Née en 1971, Sandrine Destombes a toujours vécu à Paris. Après avoir suivi des études à l'École supérieure de réalisation audiovisuelle, elle travaille dans la production d'événements et profite de son temps libre pour écrire des polars, son domaine de prédilection : *La Faiseuse d'anges* (Nouvelles Plumes, 2015), *L'Arlequin* (Nouvelles Plumes, 2016), *Ainsi sera-t-il* (Nouvelles Plumes, 2017), *Les Jumeaux de Piolenc* (Hugo & Cie, 2018), *Ils étaient cinq* (Nouvelles Plumes, 2018) et *Le Prieuré de Crest* (Hugo & Cie, 2019).

LES JUMEAUX DE PIOLENC

DU MÊME AUTEUR
CHEZ POCKET

ILS ÉTAIENT CINQ

LES JUMEAUX DE PIOLENC

SANDRINE DESTOMBES

LES JUMEAUX DE PIOLENC

Hugo Thriller

MIXTE
Papier issu de sources responsables
FSC® C003309

Pocket, une marque d'Univers Poche, est un éditeur qui s'engage pour la préservation de l'environnement et qui utilise du papier fabriqué à partir de bois provenant de forêts gérées de manière responsable.

ISBN : 978-2-266-29625-0
Dépôt légal : octobre 2019

À mon mari, ce héros.

– Prologue –

1er septembre 1989

« … Bison Futé recommande à tous les automobilistes d'éviter les grands axes entre dix heures et dix-huit heures. La journée de dimanche sera, elle, classée orange.

Faits divers : toujours aucune trace des jumeaux de Piolenc, ces deux enfants âgés de onze ans et disparus depuis samedi dernier lors de la fête de l'ail, célébrée, comme chaque année, le dernier week-end d'août. Une nouvelle battue de la gendarmerie d'Orange est prévue demain à partir de dix heures. Notre envoyé spécial, Matthieu Boteau, a pu recueillir le témoignage de plusieurs voisins qui comptent participer aux recherches… »

11 novembre 1989

« … Merci à Olivier Yann et Bertrand Corte pour ces images. À cette occasion, Antenne 2 diffusera ce soir

un documentaire d'archives retraçant les étapes de la construction du mur de Berlin suivi d'une émission spéciale durant laquelle nous tenterons de vous expliquer les enjeux politiques et économiques auxquels l'Allemagne va désormais être confrontée.

Sans transition, faits divers : l'affaire des jumeaux de Piolenc a connu ce matin un tragique tournant. En effet, le corps de la petite Solène a été retrouvé dans le cimetière de la chapelle Saint-Michel de Castellas près d'Uchaux, soit à moins d'une dizaine de kilomètres de l'endroit où elle avait été vue pour la dernière fois. Selon les premières constatations de la gendarmerie, la fillette serait morte depuis moins de vingt-quatre heures. Nous avons pu échanger avec le jardinier de la paroisse qui a fait la macabre découverte. Encore très ému, l'homme a comparé la petite Solène à un ange. Elle portait une robe blanche et une couronne de fleurs dans les cheveux. Elle avait l'air si paisible qu'il a d'abord cru qu'elle dormait, malgré le froid, avant de reconnaître le visage de la fillette disparue, dont le portrait était encore largement diffusé dans la région. Son frère jumeau reste pour l'instant introuvable mais il est évident que cette terrible découverte va relancer l'enquête en espérant que de nouveaux éléments pourront être exploités... »

1er janvier 1990

« ... ont dénombré 197 voitures incendiées rien que dans ce département. La préfecture tient tout de même

à signaler que c'est un chiffre en légère baisse par rapport à l'année dernière.

Un autre acte de vandalisme à noter lors de cette nuit de la Saint-Sylvestre, mais dont la raison est autre que la fête ou l'alcool : les habitants de Piolenc, village situé dans le Vaucluse, ont pu lire des inscriptions à caractère haineux sur la façade de leur mairie. Les mots, écrits en rouge sang, accusaient les autorités de ne pas se démener davantage dans la recherche de Raphaël, le jumeau de Piolenc dont on reste toujours sans nouvelle. L'enquête sur le meurtre de sa sœur reste ouverte mais la gendarmerie d'Orange avoue à demi-mot son manque d'optimisme quant à une fin heureuse pour ce garçon âgé de seulement onze ans, rappelons-le. »

14 février 1996

« … Cette fête, très populaire outre-Atlantique, fait néanmoins débat chez nous, Français. En effet, même si l'idée d'un restaurant en tête à tête ou d'un petit cadeau ne semble pas gêner la gent féminine, le micro trottoir que vous allez découvrir nous montre bien que les hommes ne partagent pas tout à fait ce point de vue et considèrent que cette fête de l'amour est avant tout une démarche commerciale…

Merci Alain Faure pour ces images. Revenons maintenant au sujet dont nous vous parlions en début de semaine. Lundi, une requête sera déposée par Victor Lessage afin que soit relancée l'enquête sur le meurtre de sa fille Solène et la disparition de son fils

Raphaël. Sept ans après les faits, l'homme se dit prêt à exhumer le corps de sa petite fille afin qu'un prélèvement ADN soit effectué. Il faut dire que cette technique est, depuis un an, de plus en plus utilisée par les services de police et qu'elle a permis de résoudre en peu de temps un grand nombre d'affaires. Avec nous, sur ce plateau, Michel Chevalet qui va tenter de nous expliquer cette technique de l'ADN mitochondrial – j'espère que je le prononce bien – et nous dire en quoi cette découverte est une révolution dans le domaine judiciaire. »

31 août 2009

« … En place depuis seulement deux mois, le ministre de l'Éducation nationale s'attend à une rentrée quelque peu houleuse. M. Luc Chatel sera d'ailleurs sur notre plateau demain matin pour expliquer ce qui va changer pour nos enfants cette année et répondre aux questions des auditeurs.

C'est aujourd'hui à quinze heures que se dérouleront les obsèques de Luce Lessage, la mère des jumeaux de Piolenc. Luce Lessage s'est suicidée mercredi dernier, à son domicile, vingt ans jour pour jour après la disparition de ses enfants. Rappelons que le corps de la petite Solène avait été découvert deux mois et demi plus tard et que son meurtre n'a jamais été élucidé. Son frère Raphaël, quant à lui, n'a toujours pas été retrouvé. Une marche blanche se déroulera dans le village de Piolenc, juste après la cérémonie. Les organisateurs attendent plus de dix mille personnes, soit le double de la population de Piolenc, et espèrent mettre ainsi un coup de projecteur sur cette sombre affaire que personne n'est prêt à oublier dans la région. Victor Lessage, le père des jumeaux, devrait mener la marche. »

21 juin 2018

« … Malgré le dispositif mis en place par les forces de l'ordre depuis deux jours, toujours aucune trace de la petite Nadia Vernois. Cette petite fille de onze ans a été vue pour la dernière fois devant son école, La Ròca, à Piolenc. Nadia, qui normalement rentre toujours chez elle accompagnée de deux de ses amies, a expliqué avoir rendez-vous chez le médecin et est partie dans la direction opposée. Depuis, plus personne n'a eu de nouvelles de la petite fille. Notons que cette disparition ravive de très mauvais souvenirs aux habitants du village. En effet, il y a vingt-neuf ans, à un mois près, c'étaient les jumeaux de Piolenc, Solène et Raphaël, qui disparaissaient. Espérons que la petite Nadia ne connaîtra pas le même sort que Solène dont le meurtre n'a toujours pas été résolu alors que la prescription devrait tomber le mois prochain.

Enfin, pour finir sur une note joyeuse ou presque, sachez que cette trente-sixième édition de la fête de la Musique devrait se passer sous la pluie pour une bonne partie des Français. Cela ne semble pas pour autant freiner ces jeunes musiciens en herbe que Florent Thomas a rencontrés pour nous. Florent, c'est à vous… »

– 1 –

Jean ne quittait pas Victor Lessage des yeux, attendant une explication qui ne venait pas. Ses anciens collègues de la gendarmerie d'Orange lui avaient fait une fleur en le laissant s'asseoir face à cet homme qu'il connaissait depuis presque trente ans et qui se trouvait maintenant en garde à vue. C'est Victor lui-même qui avait réclamé sa présence. Après toutes ces années, le père des jumeaux avait encore confiance en lui et Jean n'était pas sûr de le mériter.

— Dis-moi que tu n'as rien à voir dans la disparition de la petite Nadia.

— Comment oses-tu me poser une telle question ? répondit Victor d'un air abattu.

Cet air, Jean ne le connaissait pas. C'était nouveau. Victor Lessage était depuis trois décennies un homme en colère. Un homme révolté, provocateur, parfois même accusateur, mais un homme abattu, jamais. Jean s'en voulait d'avoir posé la question, mais les éléments jouaient contre lui et l'ignorer n'était pas lui rendre service.

— Pourquoi m'as-tu appelé ?

— Tu sais très bien qu'ils ne m'écouteront pas. Je suis le suspect idéal. Je me bats depuis des mois pour que le meurtre de Solène ne tombe pas sous le coup de la prescription et voilà qu'une autre petite fille est enlevée juste avant la date fatidique. Les enquêteurs vont certainement devoir rouvrir mon dossier. Même si tes copains n'ont jamais été des flèches, faut pas chercher bien loin. Je suis le premier à qui profite le crime. À leur place, même moi je me serais arrêté.

Jean sourit. Victor n'avait jamais caché son mépris pour les uniformes depuis qu'ils se connaissaient et on ne pouvait pas lui en vouloir. Ses deux enfants avaient disparu, sa fille pour toujours et son fils peut-être aussi, or personne n'avait pu lui apporter la moindre explication. Ce qu'il ne comprenait pas, c'est pourquoi lui, Jean Wimez, chargé de l'enquête au moment des faits, avait toujours eu droit à un peu plus de sympathie.

— Ils ont d'autres éléments à charge, reprit Jean à contrecœur. Ils ont trouvé une barrette appartenant à la petite dans ton salon.

— Nadia passait me voir de temps en temps.

— Comment ça, elle passait te voir ? Depuis quand ? Tu en as parlé aux collègues ?

— Pour qu'ils me prennent en plus pour un vieux vicelard ? Sans façon, merci.

— Dis-moi pourquoi Nadia te rendait visite ! insista Jean mal à l'aise.

— Détends-toi, Jeannot, ce n'est pas ce que tu crois. Il n'y avait rien de malsain là-dedans. Pour sûr, un psy de comptoir te dirait que je faisais un transfert sur la petite, mais je te jure que ce n'est pas le cas. Nadia était au courant de notre histoire et elle était plutôt calée sur le sujet. Elle avait décidé de faire un exposé sur Solène. Un devoir qu'elle devait présenter à la fin de l'année. Tu sais, le genre de travail continu que tu dois ensuite réciter devant toute ta classe. La petite, elle s'était mis en tête que tous les enfants de son âge devaient savoir ce qui était arrivé à ma famille. Un devoir de mémoire, en quelque sorte. Elle avait bon cœur, tu sais, et mature qui plus est !

— Pourquoi tu en parles au passé ? le coupa Jean d'un ton plus brusque qu'il ne l'aurait souhaité.

— Tu as raison, souffla Victor. Je dois finalement le faire, ce putain de transfert. Écoute Jean, je ne sais pas ce qui lui est arrivé à cette petite, mais je te jure que je serai le premier à la chercher si on me laisse sortir d'ici. Va pas croire que je me sentirais moins seul s'il lui arrivait quelque chose. La peine, ça ne se partage pas. J'ai fini par le comprendre.

Jean scrutait cet homme qu'il avait toujours secrètement admiré. Victor s'était battu toutes ces années comme un diable. Pour que justice soit faite, pour qu'on ne les oublie pas, lui et ses enfants. Même le suicide de sa femme n'avait pas réussi à étancher sa soif de vérité. Victor Lessage avait passé tout son temps libre à chercher la faille qui lui permettrait de déclencher un séisme. Il lisait toutes les revues scientifiques à l'affût d'une nouvelle technologie que les enquêteurs pourraient appliquer à son affaire. C'est ainsi qu'il avait eu l'idée du test ADN alors que la gendarmerie tâtonnait encore en la matière. Malheureusement, Victor avait exhumé sa petite fille pour rien. Les tests n'avaient pas été concluants et Victor avait dû, une fois de plus, ronger son frein. Il avait créé une association à la mémoire de Solène qui avait eu pas mal d'adhérents les premières années mais le temps avait fini par les éloigner. Lorsque Facebook fit son apparition, Victor s'acheta aussitôt un ordinateur pour s'ouvrir un compte. Il avait compris depuis longtemps l'impact que pouvait avoir un média. Son coup d'éclat à la mairie, retransmis à la télévision presque trente ans plus tôt, lui avait apporté le soutien d'un grand nombre d'inconnus éparpillés sur toute la France. Alors Victor utilisa les nouveaux outils mis à sa disposition, les réseaux sociaux. Son profil comptait plus de cinq mille « amis ». Il n'en connaissait aucun personnellement, ce qui ne l'empêchait pas de les solliciter dès qu'il souhaitait rappeler aux autorités que son affaire n'était toujours pas classée. Jusqu'ici, aucun de ses efforts n'avait été récompensé et c'est certainement ce point qui forçait l'admiration de Jean. Ce veuf, désormais sans enfants, n'abandonnait toujours pas.

— Les collègues m'ont dit que tu n'avais pas d'alibi au moment de sa disparition ? reprit-il après quelques instants.

— Quand est-ce que tu arrêteras de les appeler tes « collègues » ? rétorqua Victor. Ça fait presque dix ans que tu as raccroché.

— Tu sais ce qu'on dit : gendarme un jour…

— Jamais entendu ça !

— Je l'ai peut-être inventé, admit Jean de bonne grâce. Mais revenons à ton alibi, tu veux bien ?

— Qu'est-ce que tu veux que je te dise de plus que je ne leur ai déjà dit ? J'étais chez moi. Tout seul. Comme tous les jours de la semaine depuis que Luce a décidé de se passer la corde au cou.

— Personne ne t'a vu ce jour-là ?

— C'est quel mot que tu ne comprends pas dans « tout seul » ?

— Sois sérieux, s'il te plaît. Tu as peut-être passé un coup de fil ? Ou acheté un film en VOD ?

— En plein après-midi ?

— Fais un effort, Victor ! Au cas où tu ne l'aurais pas compris, j'essaie de t'aider.

Victor sembla réfléchir plus sérieusement à la question mais finit par hocher la tête de gauche à droite.

— Seul et oisif. Le coupable parfait !

— Tu n'as pas l'air de saisir la gravité de la situation ! s'énerva Jean.

— Au contraire, répondit Victor froidement. S'il y a bien quelqu'un qui s'en rend compte, c'est moi ! Pendant qu'on est en train de faire la causette, toi et moi, et que tes collègues, comme tu les appelles, accumulent des pseudo-preuves à la con, personne ne cherche la petite Nadia.

— C'est faux ! Tu ne peux pas dire ça. Ils sont tous sur le pied de guerre. Ta maison et ton jardin ont déjà été retournés, et à l'heure où nous parlons, ils mènent une battue sur tes vignes.

— Alors que Dieu protège cette enfant, Jean, car personne d'autre ne le fera !

– 2 –

Deux heures que Jean tentait d'obtenir des informations de Victor Lessage, sans résultat. L'homme, assis face à lui, semblait désormais résigné. « Le Maudit de Piolenc », comme certains villageois l'avaient surnommé, ne réagissait plus aux provocations de l'ancien gendarme. Jean Wimez n'attendait pourtant pas des aveux. Il ne croyait pas une seule seconde à sa culpabilité. Non, ce qu'il espérait c'était une réaction, un élément, quel qu'il soit, qui lui permettrait de sortir Victor d'ici. Lui-même aurait préféré se trouver à des kilomètres de là.

L'affaire des jumeaux de Piolenc avait été « son » affaire, ou plutôt son désastre, sa malédiction. À peine promu, il s'était retrouvé à trente-cinq ans à la tête d'une cellule de crise très vite dépassée. Il est dit que les premières quarante-huit heures sont les plus cruciales après la disparition d'un enfant. Jean avait compris trop tard la justesse de ces statistiques.

L'ancien gendarme se souvenait encore de ce matin du 11 novembre 1989. Comme tant d'autres, il n'avait pas beaucoup dormi mais, pour une fois, ce n'était pas à cause de l'enquête. Les images de la chute du mur de Berlin, diffusées en direct depuis vingt-quatre heures, l'avaient hypnotisé. Rostropovitch et son violoncelle l'avaient ému aux larmes. Ce n'était pourtant en rien comparable avec ce qu'il avait ressenti quelques heures plus tard.

Solène et sa robe de première communiante. La couronne de fleurs blanches dans ses cheveux. Ce petit corps allongé délicatement sur l'herbe mouillée, une main posée sur l'autre au niveau du cœur. Lui aussi partageait l'avis du jardinier qui l'avait découverte. Solène ressemblait à un ange.

L'autopsie avait démontré que la fillette n'avait pas été molestée ni n'avait subi de sévices sexuels. C'était une faible consolation à laquelle tout le village s'était raccroché. Solène était morte d'asphyxie. N'ayant trouvé aucune fibre dans sa trachée, la thèse retenue était que le meurtrier l'avait étouffée en obstruant ses voies aériennes avec les mains. Son visage était si petit. Il ne fallait pas être bien costaud pour l'empêcher de respirer.

La tenue qu'elle portait ne faisait pas partie de sa garde-robe. Comme elle était parfaitement ajustée, on en déduisit que le meurtrier l'avait achetée pour elle. C'était le premier indice à leur disposition depuis trois mois. Les enquêteurs avaient démarché toutes les boutiques de vêtements pour enfants de la région, ainsi que les couturières et retoucheuses, mais cela n'avait rien donné.

Après plusieurs semaines de recherches, les forces de police durent se rendre à l'évidence. La découverte du corps de Solène n'avait permis aucune avancée dans l'enquête. Sa mort restait un mystère et plus personne ne s'attendait à retrouver son frère vivant. Seul Jean Wimez continuait à y croire. Et Victor Lessage, bien sûr. De cette foi commune, une sorte d'amitié était née, ou tout au moins du respect.

— Vous êtes allé voir au cimetière ?

L'intervention de Victor surprit Jean. Depuis qu'il était entré dans cette salle d'interrogatoire, c'était lui qui avait posé les questions.

— Le cimetière de Saint-Michel ?

— Bien sûr ! Lequel sinon ?

— Victor, rien ne nous prouve pour l'instant que l'enlèvement de Nadia ait un rapport avec celui de Solène.

— Et de Raphaël.

— Pardon ?

— J'ai dit « et de Raphaël » ! répéta Victor, mauvais. Tout le monde semble oublier que mon petit garçon est toujours quelque part dans la nature.

Jean ne répondit rien. Qu'aurait-il pu dire, si ce n'est que le petit garçon en question, à condition qu'il soit toujours en vie, devait avoir aujourd'hui quarante ans et qu'il n'avait sûrement plus rien en commun avec l'enfant que Victor chérissait ?

— Je ne sais pas s'ils y sont allés, avoua-t-il finalement, mais je vais le leur suggérer.

— Merci.

— Ne me remercie pas, Victor. Tant qu'ils te croiront coupable, je ne suis pas sûr d'être écouté.

— Mais mon affaire, ils vont la rouvrir, non ?

— À ta place, je ne compterais pas trop là-dessus. Une fois de plus, tu es le principal suspect et la plupart des gars étaient à peine nés quand tes jumeaux ont disparu. Je sais que ce n'est pas ce que tu veux entendre, mais Solène et Raphaël ne sont certainement pas leur priorité à l'heure qu'il est.

— Même âge, même école, quasiment la même date. Ne me dis pas que tu crois à ce point aux coïncidences !

— L'âge, je te l'accorde. Pour l'école, désolé de ne pas aller dans ton sens mais un enfant sur deux à Piolenc fréquente La Ròca. Quant à la période, c'est toi qui arranges l'histoire à ta sauce. Nous sommes en juin, tes enfants ont disparu fin août.

— Et le fait que la petite Nadia s'intéressait justement à Solène ?

— Tu m'as dit toi-même que tu n'en avais pas parlé aux gendarmes, ce qui est une erreur, si tu veux mon avis.

Jean perçut alors un changement dans l'attitude de Victor. Une étincelle dans le regard, une posture plus rigide, comme si ce dernier était prêt à repartir au combat.

— Fais venir le crétin qui se prend pour un chef ! confirma Victor d'une voix assurée.

— Il s'appelle Fabregas, et c'est loin d'être un crétin.

— Si tu le dis.

Satisfait d'avoir pu faire entendre raison à son interlocuteur, Jean se dirigea vers la porte, mais celle-ci s'ouvrit violemment, manquant de peu de lui fracturer le nez.

Un jeune lieutenant fit son apparition. Jean ne connaissait pas son nom mais il se souvenait de l'avoir vu auprès de Fabregas lors de la première conférence de presse.

— Vous tombez bien, lieutenant ! Pouvez-vous dire au capitaine Fabregas que M. Lessage est disposé à parler ?

Le lieutenant marqua un temps d'arrêt avant de s'exprimer.

— C'est justement le capitaine qui m'envoie, mon capitaine.

— Je ne suis plus capitaine, lieutenant.

Le jeune homme hocha la tête rapidement, montrant qu'il avait enregistré l'information, mais délivra tout de même son message.

— On l'a retrouvée, monsieur.

Jean et Victor se regardèrent, interloqués. Le lieutenant n'enchaînant pas, l'ex-gendarme l'encouragea d'un geste de la main à donner plus de détails.

— C'est que je ne sais pas si je peux vous dire ça devant l'interpellé, monsieur.

— Je m'en porte garant, lieutenant. Dites-nous au moins si elle est en vie.

— Elle l'est, monsieur. Ses parents nous ont appelés pour dire que Nadia était rentrée chez elle.

— C'était une fugue ? demanda Victor, un mélange de soulagement et d'abattement dans la voix.

— Ce n'est pas encore très clair, répondit le gradé. Toujours selon ses parents, la gamine a l'air… changée.

— Changée comment ? demanda Jean.

— Elle n'a pas dit un mot depuis qu'elle est revenue.

— Et c'est tout ? insista Jean qui devinait que le lieutenant gardait des informations pour lui.

— C'est sa tenue, monsieur.

— Eh bien quoi, sa tenue ?

— Elle n'était pas habillée comme le jour de sa disparition.

Le lieutenant observa Victor quelques instants avant de continuer, visiblement mal à l'aise.

— Elle portait une robe blanche et une couronne de fleurs dans les cheveux.

– 3 –

Victor tournait comme un lion en cage. Nadia revenue saine et sauve, il s'attendait à ce qu'on le libère dans la foulée mais les ordres étaient clairs. Tant que la fillette resterait muette, sa garde à vue serait maintenue, du moins jusqu'au délai légal, soit potentiellement trente-deux heures de plus.

Jean Wimez avait bien tenté de plaider sa cause auprès de Fabregas, mais la robe blanche que portait Nadia avait accentué les soupçons qui pesaient déjà sur Victor Lessage. Plutôt que de l'innocenter, ce point ramenait inéluctablement à l'affaire des jumeaux de Piolenc et leur père restait donc au centre de l'intrigue.

Une pédopsychiatre, qui travaillait régulièrement avec les forces de police, avait été dépêchée d'Avignon et se trouvait en ce moment même auprès de l'enfant. Du peu d'informations qu'avait pu glaner Jean, il ressortait que Nadia, après une demi-heure de consultation, n'avait toujours pas émis le moindre son.

Victor bouillonnait. Il considérait que, s'il y avait bien une personne qui méritait de poser des questions à la petite, c'était lui. Il aurait donné n'importe quoi pour se retrouver face à elle. Nadia représentait désormais une source inépuisable de réponses à laquelle il devait s'abreuver.

— Tu ne comprends pas, Jean, elle a vu le kidnappeur de mes enfants !

— On ne le sait pas, Victor. Tout ça n'est peut-être qu'une mise en scène.

— Comment peux-tu dire ça ?

— J'en ai vu des fêlés ces trente dernières années, m'expliquer comment ils avaient enlevé tes petits ou dénoncer leur voisin. J'ai vérifié ces pistes une à une. Et tu sais quel était leur point commun ? Des coupures de presse. Chacun des témoins qui avaient passé la porte de mon bureau collectionnait ces putains de coupures de presse. Et Dieu sait qu'il y en a eu à l'époque ! Tu te souviens ? Tous ces articles décrivant par le menu le déroulement de l'enquête. Le corps de ta petite Solène, comment il avait été retrouvé, comment elle était habillée, même ce qu'elle avait dîné la veille. Pas un détail ne manquait. À croire que les journalistes dormaient dans mon lit. Sans parler du légiste qui a cru bon de faire un cours magistral sur cette affaire à peine un an après, alors que l'instruction était toujours en cours. Depuis, on a verrouillé la communication, on a tiré les leçons de nos erreurs, mais à quel prix ?

— Tu es en train de me dire qu'un malade s'est amusé à enlever Nadia juste pour nous faire un pied de nez ? Arrête, s'il te plaît.

— Tout ce que je dis, Victor, c'est qu'on ne sait rien pour l'instant et que je ne voudrais pas que tu te fasses de fausses joies. Façon de parler.

— Tout ce que je veux, c'est qu'on me laisse lui parler.

— Ça n'arrivera pas.

— Alors va la voir, toi. Je suis sûr qu'ils te laisseront l'approcher.

Jean Wimez était moins confiant que Victor sur ce sujet, pourtant lui aussi se sentait frustré par la situation. Après tout, cette enfant était peut-être la clé du mystère. En prenant sa retraite, Jean avait espéré laisser ses vieux démons derrière lui, mais force était de constater que l'affaire des jumeaux de Piolenc le hantait encore après toutes ces années.

Il dut négocier âprement avec Fabregas avant que celui-ci n'accède à sa demande. Jean avait joué sur tous les tableaux. L'ancienneté, la légitimité, mais aussi l'affect. Fabregas avait été sous ses ordres alors qu'il sortait à peine des classes et Jean l'avait aidé à gravir chaque échelon. Fabregas était un bon élément, très bon même, mais ce dernier savait que, sans l'appui de Jean, sa carrière n'aurait pas été la même. Or Fabregas était un homme d'honneur, et l'ex-gendarme sut le lui rappeler.

Jean avait donc été autorisé à se rendre chez les parents de la petite Nadia, mais avec une consigne claire : il pouvait assister à l'entretien entre la pédopsychiatre et l'enfant mais n'avait en aucun cas le droit d'intervenir. Il avait espéré plus, bien sûr, cependant

Jean savait qu'il devait accepter cette condition s'il voulait rester au centre de l'enquête.

Assis dans un des fauteuils du salon, Jean observait Nadia avec attention. Il n'avait vu d'elle que la photo de classe qui avait été diffusée massivement depuis quarante-huit heures. Son sourire et son air espiègle avaient attendri la France entière. Aujourd'hui, c'était une autre enfant que Jean avait face à lui. Le regard sombre, les lèvres pincées, Nadia semblait avoir vieilli de quelques années. Son visage avait encore la morphologie de celui d'une petite fille de onze ans mais quelque chose avait changé. Ses yeux. Jean cherchait à percevoir ce qu'ils exprimaient à présent. De la tristesse ou de la dureté. Il n'aurait su le dire. Ce qu'il savait, en revanche, c'est que ces deux derniers jours avaient effacé cette trace indicible d'insouciance propre aux enfants.

Jean écoutait attentivement les questions de la pédopsychiatre. Il aurait préféré se concentrer sur les réponses de Nadia mais la petite fille persistait à se taire. La mère, qui s'était installée en retrait, avait du mal à contenir ses larmes et Jean comprenait sa détresse. Il arrivait même à la ressentir.

Après une heure de monologue, le docteur Florent proposa une pause à tout le monde. Jean avait été impressionné par la patience de la pédopsychiatre. Sa voix était restée douce durant toute la séance mais il devinait qu'elle avait besoin de souffler un peu avant de reprendre. Le mutisme de Nadia en aurait désarmé plus d'un, pourtant le docteur Florent n'avait pas l'air déstabilisée. Ce devait être courant, se dit Jean, à la fois confiant et frustré de ne pas obtenir les réponses qu'il attendait.

Était-ce une ruse de la part du docteur ou une simple coïncidence ? À peine les adultes avaient-ils amorcé un mouvement pour sortir de la pièce que la voix de Nadia se fit entendre pour la première fois.

— Vous êtes un ami de M. Lessage, n'est-ce pas ?

Jean se retourna et fixa la petite fille sans pouvoir répondre. L'élocution froide, presque clinique, de Nadia l'avait tétanisé. Maintenant qu'elle était prête à parler, il redoutait instinctivement ce qu'elle avait à dire.

— Vous êtes son ami ou pas ?

Cette fois, le ton était impatient.

— En quelque sorte, répondit Jean mal à l'aise.

— J'ai un message pour lui.

— Un message ? De la part de qui ?

— Dites-lui juste que Solène lui pardonne.

– 4 –

« Dites-lui juste que Solène lui pardonne. »

Une phrase. Une simple petite phrase avait suffi à déclencher le tsunami qui s'abattait en ce moment même sur Victor Lessage. Lui qui souhaitait à tout prix qu'on s'intéresse à son affaire, c'était chose faite.

Fabregas avait changé le motif de la garde à vue. Victor était désormais interrogé en tant que principal suspect du meurtre de Solène et de l'enlèvement de son frère, Raphaël. Une fois encore.

Trente ans plus tôt, les gendarmes s'étaient bien évidemment intéressés à son cas. Ils l'avaient questionné des jours durant, frôlant le harcèlement. Les statistiques démontraient que l'entourage proche était souvent impliqué et Victor faisait un coupable idéal, faute de mieux. Pourtant, Victor avait un alibi. Il tenait un stand à la fête de l'ail, avec sa femme, le jour où ses enfants avaient disparu. Mais seule Luce Lessage avait pu affirmer que son mari n'avait pas quitté l'emplacement de tout l'après-midi. D'autres témoins avaient été entendus. Tous étaient d'accord pour dire que Victor était présent ce jour-là. De là à dire qu'il n'avait pas bougé, c'était impossible.

Jean Wimez, qui avait mené les interrogatoires à l'époque, avait fini par le relâcher, faute de preuves. C'est seulement après la découverte du corps de la petite Solène qu'il avait cru en son innocence. Victor Lessage s'était effondré dans ses bras et personne n'aurait pu imaginer que cette peine était simulée.

Depuis deux heures, Jean ne savait pourtant plus quoi penser.

Était-il possible que l'homme qu'il côtoyait depuis tant d'années ait une quelconque responsabilité dans cette affaire ? Avait-il eu la moindre implication dans l'enlèvement de ses enfants, sans parler du meurtre de sa fille ? Jean ne pouvait pas y croire. Il s'y refusait. Alors pourquoi se sentait-il en colère ?

Fabregas l'avait autorisé à suivre l'interrogatoire derrière la vitre sans tain. C'était une nouvelle faveur, Jean en avait bien conscience ; pour autant, il considérait que sa place était de l'autre côté du miroir. La disparition des jumeaux était son affaire. Il était le seul dans le bâtiment à en connaître tous les tenants et les aboutissants. Surtout, il était le seul qui avait une chance de faire parler Victor.

Bien sûr, le docteur Florent avait cherché à tempérer les propos de la petite Nadia. Elle avait émis plusieurs suggestions qui, sans remettre en cause ce qu'avait raconté l'enfant, pouvaient apporter une explication.

En premier lieu, le kidnappeur avait pu lui intimer de passer ce message sous peine de représailles. Jean avait du mal à y croire. Nadia s'était adressée à lui sans trembler. Aucune peur ne se décelait dans ses yeux. Une menace, quelle qu'elle soit, l'aurait certainement ébranlée ; or Nadia n'avait pas cillé.

L'autre théorie avancée par la pédopsychiatre était l'autosuggestion. Le traumatisme de l'enlèvement avait pu avoir des conséquences sur son psychisme.

« Nadia s'intéressait de près à Solène depuis quelques semaines », avait-elle expliqué. « Isolée, effrayée, Nadia a très bien pu se réfugier auprès d'une amie imaginaire. »

Jean Wimez était un cartésien et tout ce qui sortait du domaine de la logique lui échappait ; c'est pourquoi il n'avait pas cherché à la contredire. Il était difficile d'accepter qu'une enfant morte depuis trente ans ait un message à faire passer à son père, et cette explication avait le mérite de rationaliser la situation.

Victor, quant à lui, semblait dépassé par les événements. Comme on pouvait s'y attendre, il avait tout d'abord eu du mal à y croire. Puis, comprenant que les gendarmes le soupçonnaient à nouveau pour l'enlèvement de ses enfants, l'incompréhension avait laissé place à la colère. Enfin, contre toute attente, c'étaient des larmes qui étaient apparues. Sans crier gare. Victor n'avait même pas cherché à les cacher ou à les essuyer. Il s'était mis à fixer un point au loin et restait depuis perdu dans ses pensées.

Fabregas le harcelait de questions mais rien n'y faisait. Victor ne réagissait plus. Son esprit était parti. Jean, à l'observer par la vitre, se sentait mal. L'homme assis dans cette pièce n'était pas un simple suspect. Il le considérait comme un compagnon de route d'infortune. Victor et lui s'étaient soutenus toutes ces années.

Lorsque l'un d'eux perdait la foi ou s'apprêtait à tout lâcher, l'autre trouvait les mots pour le réconforter, le motiver. Mais ceux qu'avait prononcés Nadia avaient changé la donne. Jean ne savait plus ce qu'il était censé ressentir pour Victor.

L'ancien gendarme profita d'une pause pour s'entretenir avec Fabregas.

— Laisse-moi lui parler, Julien.

Les deux hommes entretenaient une relation amicale et avaient depuis longtemps laissé tomber les titres.

— Je ne peux pas, Jean, tu le sais très bien.

— Et toi, tu vois bien que tu n'en tireras rien !

— C'est possible, mais je ne veux pas qu'il me file entre les pattes pour un vice de procédure.

— Je ne te demande pas d'être seul avec lui. Je veux simplement t'accompagner quand tu retourneras l'interroger.

— Mais tu veux lui parler.

— En ta présence. Je ne vois vraiment pas en quoi ça pourrait poser problème. Tu auras fait appel à un expert sur l'affaire des jumeaux. Qui ira te le reprocher ?

Fabregas réfléchit quelques instants tout en touillant son café. Le capitaine savait d'expérience qu'il ne ferait pas craquer Victor et il aurait été stupide de ne pas accepter l'aide de son ancien supérieur.

— OK, finit-il par lâcher, mais je te préviens, Jean : c'est à toi que je fais une faveur, pas à lui. Et si je sens que tu cherches à influencer ses réponses pour lui sauver la mise, j'arrête tout de suite et tu rentres chez toi. Définitivement. On est bien d'accord ?

— Tu as ma parole.

Victor mit quelques secondes à intégrer la présence de Jean dans la salle d'interrogatoire. Les yeux toujours humides, il redressa les épaules et commença à le bombarder de questions, comme si le temps allait lui manquer.

— Dis-moi ce qu'elle t'a dit exactement, Jeannot. Est-ce qu'elle avait l'air en colère ? Triste ? Est-ce que Solène lui a dit autre chose ? Si elle a souffert, par exemple ?

Jean éleva ses mains en signe d'apaisement, mais Victor continuait à quémander des réponses. L'ex-gendarme finit par lui couper la parole.

— C'est tout ce qu'elle m'a dit, Victor. Tu penses bien que j'ai cherché à en savoir plus.

— Mais ça n'a aucun sens ! gémit Victor.

— Ça, c'est toi qui le dis.

— Comment ça ?

— Explique-moi pourquoi Nadia a ressenti le besoin de me parler. Pourquoi je suis le seul à qui elle se soit adressée ?

— Comment veux-tu que je le sache ?

Mais Jean n'avait en fait qu'une seule question qui lui brûlait les lèvres.

— Victor, qu'as-tu fait à Solène pour qu'elle ait quelque chose à te pardonner ?

Victor regarda alors son ami droit dans les yeux avant de craquer.

— Ce n'est pas ce que tu crois, Jean. Je te le jure.

– 5 –

Les derniers mots de Victor avaient jeté un froid. Fabregas s'apprêtait à reprendre la main sur l'interrogatoire, mais Jean ne lui en laissa pas le temps. Surprenant tout le monde, l'ancien gendarme se jeta sur Victor. Il lui attrapa le col et le secoua de toutes ses forces.

— Qu'est-ce que tu lui as fait, salopard !

Victor ne chercha pas à se dégager des mains de son ami. De l'extérieur, il donnait même l'impression d'attendre que celui-ci le frappe et c'est certainement ce qui se serait passé si Fabregas n'était pas intervenu.

Jean accepta de se rasseoir. Il peinait à se calmer. Les mâchoires et les poings serrés, il fusillait Lessage du regard et attendait une explication.

De l'autre côté de la table, Victor avait perdu toute contenance. Ses yeux furetaient dans la pièce à la recherche d'un soutien, même s'il avait conscience que seule une intervention divine pourrait lui venir en aide.

Le capitaine Fabregas profita de cette accalmie pour reprendre l'interrogatoire.

— Veuillez répondre à la question, monsieur Lessage. Qu'avez-vous fait à votre fille ?

La voix tremblante, Victor ne put que répéter ce qu'il avait déjà dit.

— Ce n'est pas ce que vous croyez. Je vous le jure.

— Nous ne croyons rien, répondit Fabregas d'un ton ferme mais dénué de toute agressivité. Dites-nous simplement ce qu'il s'est passé.

Victor posa ses coudes sur la table et se prit la tête à deux mains. Fabregas voyait qu'il s'arrachait les cheveux, littéralement. Lorsque Lessage releva son visage, des larmes inondaient ses yeux.

— C'était une semaine avant que mes petits…

Victor n'arriva même pas à finir sa phrase tant son corps était secoué de sanglots. Il but une gorgée d'eau, se racla la gorge et reprit son histoire.

— Luce m'avait demandé de m'occuper des enfants ce soir-là. Elle avait prévu de rentrer après le dîner, une histoire de club de lecture ou quelque chose dans le genre, je n'avais pas vraiment écouté. Je me souviens m'être dit que ça me ferait du bien de passer une soirée seul avec eux, ça faisait longtemps que ce n'était pas arrivé.

Victor était lancé.

Il raconta comment les enfants s'étaient moqués de lui pendant le repas. Les pâtes, nettement trop cuites, étaient restées collées les unes aux autres et à force de taper sur le cul de la bouteille de ketchup, il en avait renversé la moitié dans le plat. Après le dîner, ils s'étaient fait une partie de sept familles. Comme d'habitude, les jumeaux avaient triché. Raphaël avait aidé sa sœur en lui passant des cartes sous la table et

Victor avait fait mine de ne pas s'en rendre compte. C'est ensuite que les choses s'étaient compliquées. Les deux enfants avaient voulu prendre leur bain ensemble, comme tous les soirs, mais Victor avait profité du fait d'être en charge de la soirée pour instaurer une nouvelle règle. Il était temps qu'ils utilisent la salle de bains séparément. Les jumeaux avaient protesté une bonne demi-heure et avaient fini par accepter à contrecœur. Ils boudaient toujours quand Victor les avait envoyés au lit.

— Je voulais juste les embrasser avant qu'ils s'endorment. Histoire de ne pas se coucher fâchés, vous voyez ? On avait passé une bonne soirée et je n'avais pas envie de rester là-dessus.

— Et ? relança Jean qui présageait que la réponse attendue s'apprêtait à tomber.

— Et il y a eu un gros malentendu, souffla Victor. Juste un gros malentendu.

— Explique-toi !

— Les jumeaux dormaient dans des lits superposés. Raphaël occupait celui du haut. J'ai d'abord gravi les barreaux pour embrasser mon fils. Il m'a tourné le dos alors je n'ai pas insisté. Je me suis baissé ensuite pour embrasser Solène mais elle a fait pareil que son frère. Ces deux-là, crois-moi qu'ils n'avaient pas besoin d'être à côté l'un de l'autre pour se ressembler. Le truc, c'est que j'ai perdu l'équilibre. J'ai tenté de me rattraper comme j'ai pu mais ma main est tombée sur son torse alors qu'elle était justement en train de se retourner. Et là, faut me croire Jean, je ne sais pas ce qui s'est passé. Solène s'est mise à crier et à me taper dessus.

— Et vous l'avez frappée en retour ? intervint Fabregas.

— Non, pas du tout, vous n'y êtes pas ! se défendit Victor. Je n'aurais jamais frappé ma petite fille. Mais elle s'est mise à m'insulter, à me dire des choses horribles, comme quoi je l'avais fait exprès, que j'avais cherché à lui toucher les seins.

— Et c'était le cas ? demanda Fabregas, impassible.

— Vous êtes fou ! Mais pour qui vous me prenez ? Elle avait onze ans ! Onze ans, vous m'entendez ? Elle en avait même pas, des seins, ma petite Solène !

— Alors pourquoi elle a cru ça ?

— Mais qu'est-ce que j'en sais, moi ? Ça fait trente ans que je me pose la question ! Son frère a commencé à prendre sa défense. Il a sauté du lit et s'est mis à me donner des coups de poing.

— Et vous avez riposté ?

— Non, répondit Victor en baissant la voix, pas vraiment.

— Ça veut dire quoi « pas vraiment » ?

— Je l'ai repoussé. Peut-être un peu trop fort. Il est tombé et s'est mis à pleurer. Solène m'a hurlé dessus et je suis sorti de la chambre. C'est tout.

— C'est tout ? insista Fabregas.

— C'est tout, je vous dis. Le lendemain, les enfants ont fait comme si de rien n'était. Ils n'en ont même pas parlé à leur mère et moi, comme un crétin, j'ai fait pareil. J'aurais dû m'excuser ou au moins chercher à leur parler mais je n'ai rien fait. J'imagine que je pensais que ça allait se tasser avec le temps. Comment je pouvais savoir qu'ils ne seraient plus là la semaine d'après ?

Fabregas et Wimez regardèrent Victor, sceptiques, et quittèrent la pièce sans un mot. En arrivant dans le bureau du capitaine, Jean s'effondra sur une chaise. Il paraissait exténué.

— Tu crois à son histoire ?

— Tu le connais mieux que moi, répondit Fabregas d'un ton neutre. Maintenant, on n'a que sa version et personne pour le contredire.

— C'est bien tout le problème.

Fabregas s'assit à son tour et attendit quelques secondes avant de continuer.

— Jean, demanda-t-il visiblement mal à l'aise, as-tu envisagé la possibilité d'une fugue, à l'époque ?

— Bien sûr ! se défendit Jean. Mais tu connais beaucoup de cas où des enfants de onze ans disparaissent de la circulation sans laisser de traces ? Et puis la découverte du corps de la petite Solène nous a définitivement convaincus qu'on avait affaire à autre chose.

— Je comprends. Il fallait que je te pose la question.

— Moi, la question que je me pose, c'est comment la petite Nadia a su que Victor avait quelque chose à se reprocher.

— Tu as raison. Soit cette petite a un sixième sens hors du commun, soit la personne qui l'a enlevée en sait plus que nous sur cette affaire. Que ce soit l'un ou l'autre, je crois qu'il est temps qu'on la fasse venir ici. Va savoir si elle n'a pas un autre message à transmettre à ton ami.

– 6 –

La mère de Nadia s'était montrée réticente à l'idée de venir à la gendarmerie avec sa fille. Vingt-quatre heures après son retour à la maison, l'enfant commençait à peine à reprendre ses marques. Nadia refusait toujours de raconter ce qui lui était arrivé durant ses deux jours d'absence, mais elle avait exprimé le souhait de retourner à l'école le plus vite possible pour sa dernière semaine de cours. Le docteur Florent estimait que c'était bon signe. Changer ses habitudes ne l'aurait pas encouragée à parler, c'est pourquoi la pédopsychiatre demanda à ce que l'interrogatoire de Nadia se fasse à l'heure du déjeuner, dans une des salles de classe de La Ròca.

Ce n'était pas tout à fait les conditions qu'espérait le capitaine Fabregas, mais Nadia était la victime dans cette affaire et il aurait été mal venu de la brusquer. Il demanda en retour que Jean puisse assister à l'entretien. Nadia s'était adressée à lui lors de leur première rencontre, elle en ferait peut-être de même cette fois-ci.

La maîtresse de Nadia, Mlle Gauthier, les accueillit sans pouvoir cacher sa nervosité. C'était la première fois qu'elle recevait des gendarmes dans sa salle de classe. Fabregas, qui avait déjà interrogé l'institutrice au moment de la disparition de Nadia, profita de l'occasion pour lui poser quelques questions.

— Étiez-vous au courant du devoir de Nadia ? Je veux dire, le thème qu'elle avait choisi.

— Vous parlez de son exposé sur la famille Lessage ? Oui, j'étais au courant.

— C'est vous qui lui aviez suggéré le sujet ?

L'institutrice rougit en baissant le regard. Dans d'autres circonstances, Julien Fabregas aurait trouvé cela charmant. La jeune femme, sans être belle à proprement parler, avait des traits délicats. Son teint diaphane, assez rare chez les femmes de la région, n'ôtait rien à son charme, bien au contraire.

— Suggéré, non, répondit Mlle Gauthier, mais je lui ai dit que c'était un sujet très intéressant et que c'était bien de sa part de vouloir en parler.

— Mais vous ne savez pas ce qui l'a mise sur cette piste ?

— Non, désolée. Si j'avais pu imaginer une seule seconde que ce serait dangereux…

— Vous n'avez rien à vous reprocher, la coupa Fabregas, rassurez-vous !

Mlle Gauthier sourit timidement, acceptant les paroles réconfortantes du capitaine, avant de s'éclipser de la salle.

Nadia attendait sagement que son tour vienne. Elle était assise entre sa mère et le docteur Florent.

Fabregas s'installa en face d'elles, laissant Jean un peu en retrait. La pédopsychiatre fit un signe au capitaine indiquant qu'elle souhaitait prendre la parole.

— Sachez que j'ai expliqué à Nadia qu'elle n'était en aucun cas obligée de répondre à vos questions si cela la mettait mal à l'aise, d'une façon ou d'une autre. Ce qui est arrivé aux enfants de M. Lessage est bien sûr terrible, mais je vous rappelle que Nadia est avant tout une victime dans cette histoire et que c'est en tant que telle que vous devez vous adresser à elle.

— Bien entendu, docteur. Je ne pensais pas l'inculper de meurtre ou d'enlèvement, ajouta Fabregas pour le regretter aussitôt.

La psychiatre le fusilla du regard et posa instinctivement une main sur l'épaule de Nadia. Fabregas était habitué à ce que les parents défendent bec et ongles leur enfant dans ce genre de situation, mais il comprit sur-le-champ que c'était avec le docteur Florent qu'il lui faudrait batailler. Il observa son interlocutrice avec davantage d'attention. La petite quarantaine, elle avait un visage sec et anguleux. Ses lèvres étaient tellement fines que son rouge à lèvres n'esquissait qu'un trait nerveux. Seuls ses yeux donnaient envie de mieux la connaître. Noirs et profonds, Fabregas ne doutait pas qu'ils avaient dû en envoûter plus d'un. Pour l'heure, le regard qu'elle lui lançait avait plutôt tendance à l'agacer. Il fit néanmoins bonne figure en s'adressant à Nadia.

— Ta mère m'a dit que c'est toi qui as souhaité revenir à l'école. Je suis content de voir que tu vas mieux.

Nadia fit une grimace qui devait être l'esquisse d'un sourire mais ne dit mot. Fabregas reprit comme si de rien n'était.

— Je tenais à te dire que nous avons transmis ton message au papa de Solène. D'ailleurs, il te remercie. Il était content de savoir qu'elle ne lui en voulait plus.

L'approche était osée. Julien Fabregas savait qu'il devait gagner sa confiance pour obtenir plus d'informations. Or, jusqu'ici, Nadia s'était montrée plutôt réfractaire à toute autorité. Le capitaine avait donc décidé de jouer sur un autre tableau.

— Tant mieux ! répondit l'enfant froidement, tout en donnant l'impression de ne pas en penser un mot.

Fabregas continua sur le même ton, même s'il se rendait compte qu'il serait compliqué de briser le mur de glace que la petite avait érigé entre eux.

— Solène t'a-t-elle dit autre chose, Nadia ? Est-ce qu'elle t'a parlé de son frère ?

— Non. On n'a pas parlé de Raphaël.

Toujours ce même ton cinglant qui résonnait dans la salle de classe.

— De quoi avez-vous parlé, alors ? Tu veux bien nous le dire ?

— Non. Je lui ai promis de me taire.

Le capitaine commençait à perdre patience. Cette conversation n'avait aucun sens. Solène était morte et enterrée depuis presque trente ans et il se retrouvait à quémander des informations à une petite fille de onze ans qui entretenait une relation de confiance avec une amie imaginaire. Il avait l'impression de perdre son temps. Pourtant, son instinct l'incita à poursuivre.

— Je comprends, Nadia, et je ne te demande pas de trahir ton amie, mais pense à son papa. Tu le connais. Tu sais à quel point il est malheureux de ne rien savoir. Est-ce qu'au moins Solène t'a expliqué ce qui lui était arrivé ?

— Pas vraiment, répondit Nadia avec moins d'assurance.

— Pas vraiment ? répéta Fabregas, piqué au vif.

— Elle m'a juste dit qu'il ne fallait pas l'oublier. Et que si jamais il devait se passer quelque chose, il ne faudrait pas s'inquiéter. Que cette fois, tout se passerait bien.

Le gendarme n'aimait pas ce qu'il venait d'entendre. Sans en comprendre totalement le sens, il savait que cette phrase était annonciatrice de mauvaises nouvelles. Il n'eut d'ailleurs pas le temps d'approfondir le sujet que ses doutes furent confirmés.

La tête basse et les mains nouées, Mlle Gauthier se tenait sur le pas de la porte. Fabregas comprit aussitôt qu'il y avait un problème. Il se dirigea vers elle d'un pas rapide et l'encouragea à parler.

— Ce n'est peut-être rien, commença l'institutrice à voix basse, mais une de mes élèves ne s'est pas présentée à la cantine. J'ai appelé ses parents pour vérifier qu'elle n'était pas rentrée chez eux pour le déjeuner. Ce n'est pas le cas. Mes collègues et moi l'avons cherchée partout. La petite Zélie est introuvable et personne ne l'a vue quitter l'enceinte de l'établissement.

– 7 –

La première mission de Fabregas consistait à éviter que l'information se propage. Il ne voulait pas créer un vent de panique à La Ròca. Les élèves étaient encore au réfectoire et le capitaine demanda aux instituteurs de reprendre les cours après la pause.

La mère de la petite Zélie était arrivée dix minutes après le coup de fil de l'école et son mari n'allait pas tarder. Fabregas savait déjà à quoi s'attendre. Après les pleurs et l'incompréhension, il aurait droit à la colère. Les parents insisteraient pour que le plan Alerte enlèvement soit déclenché, ce qui ne serait bien évidemment pas le cas.

Il était trop tôt pour dire que l'enfant avait été enlevée et que sa vie était en danger. Qui plus est, les gendarmes n'avaient pour l'instant aucune information utile à transmettre. Ce dispositif éprouvé depuis douze ans ne pouvait pas s'activer sans certaines conditions. Fabregas le savait, mais avait toujours du mal à le justifier. Comment expliquer à des parents dans la tourmente que près de cinquante mille enfants étaient inscrits sur le fichier des personnes disparues alors que l'alerte était déclenchée en moyenne deux fois par an depuis sa création ? Il fallait avant tout s'assurer que Zélie ne s'était tout simplement pas absentée pour quelques heures ou encore qu'elle n'avait pas fugué. Même si cette dernière hypothèse paraissait généralement absurde aux yeux des parents, cette possibilité ne pouvait être exclue d'un revers de la main. Ensuite, afin de rendre le plan efficace, il fallait être en mesure de communiquer sur des éléments concrets. Un indice qui puisse permettre la localisation de la victime ou du suspect. Le véhicule dans lequel serait monté le mineur ou une description du kidnappeur. À cela se rajoutait le retour spontané de la petite Nadia. Ça n'allait pas faciliter les choses. Le procureur de la République voudrait certainement qu'on vérifie chaque information à deux fois. C'était lui, et seulement lui, qui avait autorité pour déclencher l'alerte et il n'avait pas très bien vécu les dernières vingt-quatre heures. Le fait que Nadia soit revenue saine et sauve était bien évidemment une bonne nouvelle, mais la crédibilité du ministère de la Justice en avait pris un coup. Pour toutes ces raisons, Fabregas allait devoir se passer de l'aide des médias.

Pour l'heure, la meilleure piste dont disposaient les gendarmes était Nadia. Elle détenait peut-être toutes les clés de l'affaire, mais se refusait toujours à parler. Dire que la situation était frustrante était bien en dessous de la vérité. Fabregas employait toutes ses forces pour se souvenir qu'il était face à une enfant de onze ans qui venait de vivre elle-même une épreuve traumatisante. Si Nadia avait été une adulte, il lui aurait volontiers passé les menottes pour obstruction à l'enquête.

La pédopsychiatre, consciente que le sort d'une autre enfant était désormais en jeu, s'était engagée à faire son maximum, quitte à brusquer un peu Nadia. Le capitaine les avait fait raccompagner, préférant éviter une confrontation directe avec les parents de la petite Zélie.

Le directeur de l'école avait eu du mal à accuser la nouvelle. Fabregas, assis face à lui, observait un homme dévasté. Deux enlèvements en moins d'une semaine, c'était un record dont personne n'aurait souhaité se vanter. À présent qu'il connaissait la procédure, le directeur avait anticipé les demandes et rassemblé tous les éléments qu'il avait à sa disposition. Le dossier de Zélie, un plan avec tous les accès de l'école et une liste du personnel ainsi que de tous les acteurs externes qui auraient pu se trouver dans le bâtiment à l'heure du déjeuner.

La Ròca ne possédait aucune caméra de surveillance. L'idée d'en installer avait été évoquée à la suite de la disparition de Nadia, mais le conseil d'administration n'avait pas eu le temps de trancher que la petite fille était déjà rentrée chez elle. Le directeur se fit la promesse que, quelle que soit l'issue de cette affaire ou la décision des autorités, il ferait poser ces caméras coûte que coûte, quitte à les payer de sa poche.

Fabregas feuilleta rapidement le dossier de l'enfant. Mlle Gauthier, sa maîtresse, la décrivait comme une enfant pleine de promesses qui n'explorait pas ses capacités. Le capitaine se remémora ce fameux « peut mieux faire » qui avait accompagné toute sa scolarité et qu'il se reprochait encore quand une enquête n'avançait pas aussi vite qu'il le souhaitait. Zélie Mourier avait les cheveux châtains et de jolis yeux bleus. La photo accrochée en première page montrait une petite fille souriante avec un regard malicieux. Fabregas ne put s'empêcher de ressentir un pincement au cœur.

En étudiant un peu mieux son parcours scolaire, le gendarme constata que la moyenne de Zélie avait fortement baissé depuis le deuxième trimestre. Il interrogea le directeur à ce sujet.

— Mlle Gauthier a effectivement relevé ce point durant les évaluations de fin d'année qui ont eu lieu la semaine dernière. Cela étant, elle a tout de même émis un avis favorable pour son passage en sixième. Zélie est une jeune fille pleine de vie que nous apprécions beaucoup. Maintenant, je ne vous dirai pas que c'est la plus disciplinée de nos élèves.

Le directeur s'était exprimé avec un petit sourire en coin empreint de nostalgie. Comme un souvenir heureux qui ne se renouvellerait plus.

— Mais comment expliquez-vous cette baisse soudaine dans ses notes ? insista Fabregas.

— Je ne saurais vous le dire. Mlle Gauthier pourra certainement vous répondre. Elle passe beaucoup de temps avec ses élèves et s'intéresse de près à ce qui se passe dans leur vie.

Le capitaine étudia ensuite l'emploi du temps du personnel. Il scruta plus particulièrement les intervenants extérieurs, puisque les instituteurs étaient encore tous présents dans l'établissement. La Ròca faisait appel à une société de restauration collective pour assurer les repas. Les livreurs empruntaient un accès situé à l'arrière du bâtiment pour accéder aux cuisines et le directeur précisa que personne ne les voyait jamais entrer ou sortir.

— Ce sont un peu nos coulisses, s'excusa-t-il, et la société Élite, avec qui nous travaillons depuis des années, ne nous a jamais posé de problème. Nous connaissons la plupart de leurs employés et les laissons s'organiser.

— La plupart ? releva Fabregas.

— Il arrive qu'il y ait des remplacements effectués par des intérimaires, comme partout.

— Ils sont inscrits dans votre liste ?

— Non, bien sûr que non ! Je ne sais même pas si c'était le cas aujourd'hui. Il faudrait que je me renseigne.

— S'il vous plaît. Et tant qu'à faire, demandez-leur les noms des employés qui sont intervenus le jour de la disparition de Nadia.

— Mais Nadia n'était déjà plus dans l'établissement quand c'est arrivé ! opposa le directeur.

Fabregas lui jeta un regard noir, coupant court à toute discussion.

– 8 –

Julien Fabregas s'était isolé dans la salle des professeurs. Dans l'heure qui avait suivi la disparition de Zélie, le capitaine avait paré au plus urgent. Tous ses hommes étaient sur le terrain à la recherche du moindre indice, le docteur Florent tentait d'obtenir des informations de la part de Nadia et des barrages avaient été installés dans toute la région. Mais Fabregas n'était pas satisfait. Depuis une semaine, il avait la désagréable sensation de n'être qu'un simple spectateur. Avant même que ses équipes ne dénichent le moindre indice pour retrouver Nadia, la petite revenait d'elle-même chez ses parents. Sans l'aide de personne et sans la volonté de confier à qui que ce soit ce qui lui était arrivé. Il était prêt à rouvrir un vieux dossier pour comprendre la raison de son enlèvement et voilà qu'une autre enfant disparaissait pratiquement sous ses yeux. Soit le kidnappeur se moquait ouvertement de son incompétence, soit il ne savait pas qu'un gendarme se trouvait justement à La Ròca ce jour-là. C'était une question à laquelle il devait répondre s'il voulait réussir à dresser le profil du ravisseur.

Et puis il y avait le problème Victor Lessage, qu'il devait régler au plus vite. Retenir l'homme en garde à vue plus longtemps risquait d'envoyer de mauvais signaux aux journalistes, qui ne manqueraient pas d'échafauder toutes sortes de théories, au risque d'engendrer des conséquences désastreuses. Fabregas ne disposait de toute façon d'aucun élément nouveau dans l'affaire des jumeaux et leur père ne pouvait bien évidemment pas être inquiété pour l'enlèvement de Zélie Mourier. Il transmit donc l'ordre de le relâcher et se recentra sur les données qu'il avait en sa possession.

Lors du premier enlèvement, la cellule de crise avait bien entendu dressé le profil du ravisseur, mais celui-ci était resté plus que flou. Les statistiques tendaient à démontrer qu'ils étaient à la recherche d'un homme vivant dans la région, de race blanche et se situant dans une tranche d'âge allant de vingt-cinq à cinquante ans. L'homme avait certainement une famille ainsi qu'un emploi stable. Fabregas en avait eu froid dans le dos. Si ces données étaient justes, cette description correspondait à plus de vingt pour cent de la population du Vaucluse, autrement dit aux alentours de cent mille personnes. Il savait donc que ces renseignements ne lui suffiraient pas pour avancer.

Les derniers événements, en revanche, soulevaient des points nettement plus intéressants. Pourquoi un homme irait-il kidnapper une petite fille de onze ans pour la relâcher deux jours plus tard et en enlever une autre ? Était-il possible qu'il se soit trompé de victime ? Cela paraissait peu probable. Et qu'avait-il pu bien dire à Nadia pour qu'elle garde le silence de la sorte ? L'avait-il menacée ? Nadia ne semblait pas traumatisée et encore moins effrayée. Au contraire, elle donnait l'impression de défier les autorités. Fabregas relut ses notes et répéta à haute voix ce qu'elle lui avait confié un peu plus tôt. « Si jamais il devait se passer quelque chose, il ne faudrait pas s'inquiéter… Cette fois, tout se passerait bien. »

Cette phrase était pour Fabregas la preuve qu'ils avaient fait fausse route depuis le début. Nadia ne s'était pas inventé une amie imaginaire pour la simple et bonne raison qu'une illusion ne pouvait pas prédire l'avenir. Seulement, Solène ne pouvait pas exister. Solène était morte trente ans plus tôt et ce fait était incontestable. Alors qui s'était adressé à Nadia ? Le capitaine se rendit compte qu'il n'avait même pas cherché à creuser cette piste. Entre les consignes de la pédopsychiatre et l'urgence qui s'était moins fait ressentir du fait de son retour, Fabregas avait épargné à Nadia un interrogatoire poussé. Maintenant, les questions se bousculaient dans sa tête. À quoi ressemblait cette Solène ? Était-ce une enfant de son âge ou au contraire une adulte ? L'avait-elle vue ou uniquement entendue ? Fabregas se sentait oppressé. Il avait besoin d'avoir des réponses, et vite, s'il voulait avoir une chance de reprendre le contrôle sur cette affaire. Savoir que « cette fois, tout se passerait bien » lui faisait l'effet d'une bombe à retardement. Comme s'il fallait s'attendre à l'exact opposé.

Il laissa deux gendarmes en faction à La Ròca et se rendit chez les parents de Nadia. En arrivant sirène hurlante, il espérait traduire son état d'esprit. Il y avait urgence et l'heure n'était plus à la compassion. Si Nadia détenait une information susceptible d'orienter les recherches et par là même sauver la petite Zélie, Fabregas était bien décidé à l'obtenir.

La mère de Nadia l'accueillit les yeux rougis. Elle l'accompagna jusqu'au salon sans prononcer un seul mot, les épaules voûtées, comme vidée de toute énergie. Fabregas se dit qu'elle subissait le contrecoup de la disparition puis de la réapparition de sa fille, mais il comprit rapidement, aux explications du docteur Florent, que la situation avait évolué de façon préoccupante.

Comme promis, la pédopsychiatre avait un peu bousculé Nadia et lui avait expliqué la gravité de ce qu'il se passait et le pouvoir qu'elle détenait entre ses mains. Mais la petite fille s'était immédiatement braquée, et cela faisait maintenant une demi-heure qu'elle s'était enfermée dans sa chambre et qu'elle refusait tout contact.

— Je vous passe les insultes auxquelles nous avons eu droit, sa mère et moi, à travers la porte. On dit que les enfants sont de plus en plus précoces, s'il m'en fallait encore une preuve j'ai été servie.

Le docteur Florent s'était exprimée sans amertume, avec un demi-sourire au coin des lèvres. Mais le capitaine ne ressentait plus aucune tendresse pour Nadia. Il aurait eu honte de l'admettre, mais il commençait à considérer cette enfant de onze ans en partie responsable de l'enlèvement de Zélie. Son silence l'avait condamnée.

— Avez-vous un moyen d'ouvrir cette porte ? demanda-t-il froidement à la mère.

— C'est la première fois qu'elle s'enferme, sanglota cette dernière sans répondre à la question. Je ne reconnais plus ma petite fille, capitaine.

En d'autres temps, Fabregas aurait certainement trouvé les mots pour réconforter cette femme. À la place, il s'entendit marteler :

— Madame Vernois, s'il le faut j'enfoncerai cette porte. Alors je vous le redemande pour la dernière fois : avez-vous un moyen de l'ouvrir ?

Fabregas crut que la mère allait défaillir mais elle s'éclipsa quelques secondes avant de revenir, un tournevis à tête plate dans la main.

— Le verrou de la salle de bains s'est grippé l'autre jour, commença-t-elle à justifier d'une voix tremblante. Mon mari a réussi à le débloquer avec ça. Peut-être que vous y arriverez aussi.

Fragile et effrayée, la mère de Nadia faisait peine à voir. Le capitaine esquissa un sourire de remerciement en prenant le tournevis, mais il savait que le mal était fait et qu'il était trop tard pour s'excuser.

Comme il était trop tard pour pénétrer dans la chambre de Nadia.

– 9 –

— Tout indique le suicide, expliqua Jean.

— Mais vous êtes tous barrés ou quoi ? Depuis quand des enfants de onze ans se suicident, tu peux me le dire ?

Victor fulminait. À peine revenu chez lui, Jean lui avait annoncé la terrible nouvelle. Nadia était morte. Fabregas l'avait retrouvée inanimée dans sa chambre. Il n'avait détecté aucun pouls, mais il n'avait pu s'empêcher d'effectuer un massage cardiaque avec toute l'énergie du désespoir en attendant les secours. Mais il était trop tard. L'enfant n'était déjà plus.

— Ça arrive, Victor. C'est triste à dire mais c'est comme ça. L'année dernière, quarante enfants se sont suicidés en France. Le plus jeune avait cinq ans.

— Mais dans quel monde vit-on, Jean ?

— Dans un monde où on cherche à les faire grandir trop vite.

Fabregas avait trouvé Nadia allongée sur son lit. Il avait d'abord cru qu'elle s'était endormie, mais quelque chose dans sa position l'avait alerté.

Les mains posées sur le cœur et les jambes bien droites, collées l'une à l'autre, Nadia ressemblait à un gisant. À côté d'elle, le capitaine avait trouvé plusieurs boîtes de somnifères, vides. Sa mère avait admis avec un haut-le-cœur que c'étaient les siennes et qu'elle les rangeait dans la pharmacie de la salle de bains, à la portée de tous.

Nadia avait également laissé une lettre, bien en évidence sur son bureau d'écolière. D'une écriture ronde et appliquée, l'enfant présentait des excuses à ses parents tout en leur expliquant qu'elle n'avait pas le choix. Que c'était mieux ainsi.

Victor écoutait son ami, des larmes dans les yeux. Il revoyait la petite fille assise dans son canapé, à l'endroit même où se trouvait Jean, prenant des notes pour son exposé. Qui aurait pu croire que cette enfant, souriante et pleine de vie encore une semaine plus tôt, mettrait fin à ses jours ?

— Et vous êtes sûrs qu'on n'a pas pu la forcer à l'écrire, cette lettre ?

— Les gendarmes ne sont sûrs de rien pour l'instant, tempéra Jean. Les équipes de la Scientifique sont en train de passer sa chambre au peigne fin et son ordinateur va être examiné à la loupe. Sa mère nous a dit qu'elle avait un compte Facebook. Peut-être s'est-elle confiée à quelqu'un. Il faut juste qu'on débloque son mot de passe.

— Mais je le connais, moi, son mot de passe !

Jean regarda Victor avec stupeur.

— Comment peux-tu le connaître alors que même ses parents l'ignorent ?

— Arrête de voir le mal partout, Jeannot ! Je le connais pour la simple et bonne raison qu'elle me l'a dit. C'est « soleneetraphael », tout attaché et sans accent. Je crois qu'elle voulait me montrer à quel point cette histoire l'intéressait. Elle me l'a dit la première fois qu'elle est venue ici pour me poser ses questions.

Jean était mal à l'aise. Cette information était cruciale et il n'avait d'autre choix que de la communiquer à Fabregas, mais il craignait sa réaction. Comme lui, le capitaine risquait de trouver cette révélation dérangeante. Victor venait juste d'être relâché mais n'était pas tiré d'affaire pour autant. Il restait suspect dans la disparition de ses jumeaux. Faire accepter à Fabregas que Nadia avait d'elle-même partagé son mot de passe n'allait pas être simple.

— Et le pseudo-psychiatre dont tu m'as parlé, elle n'a rien vu, elle ? Ce n'est pas son boulot d'éviter ce genre de choses ?

— La pédopsychiatre, rectifia Jean avec délicatesse, est justement en ce moment même avec Fabregas. Elle tente d'apporter des explications au geste de Nadia.

— Désolé, mais c'était avant qu'on avait besoin d'elle ! Elle aurait dû voir qu'il y avait un truc qui clochait chez la petite. On ne se suicide pas comme ça sur un coup de tête.

— Tu sais aussi bien que moi que Nadia refusait de se confier depuis son retour. On ne peut pas forcer quelqu'un à parler s'il ne le souhaite pas.

— Tu ne m'ôteras pas de la tête qu'on aurait pu la sauver.

Jean comprit alors à quel point cette nouvelle était difficile à encaisser pour Victor. Bien sûr, tout le monde était désarmé face à la mort d'un enfant et encore plus lorsqu'il s'agissait d'un suicide, mais pour Victor cet acte avait d'autres conséquences. Outre le fait que Nadia était la seule qui s'intéressait à son histoire et qu'ils avaient fini par tisser des liens, elle détenait peut-être des informations cruciales concernant ses propres enfants. Et ce que l'ex-gendarme s'apprêtait à lui dire n'allait pas arranger la situation.

Jean avait échangé longuement avec Fabregas avant de décider si, oui ou non, Victor devait être mis dans la boucle. À présent, il en doutait. Victor était un homme déterminé, pour ne pas dire obstiné. Lorsqu'il avait compris que l'enquête sur la disparition des jumeaux se relâchait, il avait pris le relais. Il avait mené ses propres investigations, allant parfois jusqu'à la limite de la légalité. Il avait constitué un dossier plus épais que celui de la gendarmerie, récoltant les témoignages de tous ceux qui s'étaient rendus, ne serait-ce qu'une heure, à cette fameuse fête de l'ail le 26 août 1989. Les scellés levés, Victor avait retourné la terre du cimetière dans lequel on avait retrouvé Solène, à la recherche du moindre indice. L'aumônier l'avait laissé faire sans rien dire.

Aujourd'hui, Jean devinait que son ami était prêt à se remettre en chasse et il ne pourrait plus le protéger comme il l'avait fait ces trente dernières années. Même si Fabregas se fiait à l'instinct de son ancien supérieur, le capitaine de la gendarmerie ne permettrait pas à Victor d'interférer dans son enquête et l'affrontement semblait inévitable.

La raison incitait donc Jean à se taire, mais la raison était une voix qu'il avait fini par mettre de côté avec les années. D'une façon ou d'une autre, Victor finirait par l'apprendre et Jean préférait encore que l'information vienne de lui. Le cœur serré, il se lança.

— Il y a autre chose que tu dois savoir, Victor.

Victor comprit immédiatement que ce qu'il s'apprêtait à entendre allait l'affecter. Mais il se tut et attendit la suite, tel un couperet.

— Dans sa lettre, Nadia s'est également adressée à toi.

Incapable de prononcer les mots qu'il avait sous les yeux et encore moins de soutenir le regard de son ami, Jean préféra lui tendre ses notes.

Victor chaussa ses lunettes avant d'attraper le carnet. Ses mains tremblaient comme sa voix quand il lut à haute voix :

« *Dites bien à M. Lessage que tout ira bien maintenant. Solène et Raphaël vont enfin pouvoir vivre en paix.* »

– 10 –

Le mot de passe de Nadia était bien « soleneetraphael », et cette information permit aux enquêteurs de comprendre, ou du moins d'expliquer, le comportement de la petite fille depuis son retour ainsi que sa décision d'en finir avec la vie.

Nadia entretenait depuis plusieurs semaines une relation avec une certaine Solène Lessage. L'usurpateur, homme ou femme, avait fermé son compte, mais les gendarmes avaient pu remonter le fil des discussions jusqu'au premier jour de la mise en contact. D'abord suspicieuse, Nadia s'était laissée convaincre petit à petit. Il faut dire que la fameuse « Solène » avait su se montrer persuasive. Elle avait fourni à Nadia des informations sur l'affaire des jumeaux que seuls les initiés pouvaient connaître. Mais ce que ne savait pas la fillette, c'est que depuis trente ans le nombre de ces initiés s'était multiplié. Entre les enquêteurs, les journalistes, les détectives privés ou les simples curieux, le dossier des jumeaux ne comportait plus beaucoup de secrets. Cette affaire avait passionné la France entière. Tout le monde y allait de sa théorie et il y avait toujours un éditorialiste pour remettre cette histoire sur le devant de la scène une fois dans l'année, tel un marronnier.

On avait fait lire ces échanges à la pédopsychiatre. Elle était catégorique : l'imposteur était un adulte qui maîtrisait parfaitement l'art de la manipulation. Aucune faute de syntaxe ou d'orthographe, mais le vocabulaire était choisi de façon à ce qu'une petite fille de onze ans ait l'impression de discuter avec une personne de son âge. Le ton était à la fois complice et directif. Solène, puisqu'ils ne pouvaient lui donner un autre nom pour l'instant, avait progressivement infecté l'esprit de Nadia.

Elle avait tout d'abord réclamé l'aide de la fillette pour que justice soit faite. Pour que le responsable de son enlèvement et de celui de son frère soit puni. Elle lui avait ensuite proposé une rencontre. C'est là qu'elles avaient toutes les deux échafaudé le plan d'un faux kidnapping. Plus précisément, Nadia croyait avoir participé à son élaboration, alors qu'à la lecture des messages il ne faisait aucun doute que seul l'imposteur était à l'origine de cette idée. La première information de taille qui fut révélée par ces échanges, c'est que Nadia ne rencontra jamais qui que ce soit. Les posts qui auraient dû s'interrompre durant les deux jours du pseudo-enlèvement avaient continué. Solène avait expliqué qu'elle ne pourrait finalement pas venir sur le lieu de rendez-vous, mais qu'il fallait absolument que Nadia attende quarante-huit heures avant de réapparaître, faute de quoi tout ce qu'elles avaient imaginé n'aurait servi à rien. L'imposteur avait tout prévu. Il lui avait laissé de quoi se sustenter ainsi que la robe blanche et la couronne de fleurs que Nadia portait à son retour. La petite fille n'avait donc jamais rencontré son interlocuteur. Elle s'était juste cachée.

Même si Fabregas connaissait le pouvoir de suggestion qu'un adulte était capable d'exercer sur un enfant, une question le taraudait. Solène avait expliqué à Nadia que ce n'était pas son corps qui avait été découvert dans le cimetière mais celui d'une autre petite fille. Que les gendarmes s'étaient trompés. C'était bien évidemment une théorie tirée par les cheveux, mais qui pouvait s'entendre. En revanche, en imaginant un seul instant que Solène puisse être encore en vie, elle aurait aujourd'hui une quarantaine d'années et ne pourrait donc en aucun cas être la petite fille pour laquelle elle se faisait passer.

— Tout le monde nous a décrit Nadia comme une petite fille intelligente, expliqua Fabregas à l'adresse de la pédopsychiatre, comment a-t-elle pu se laisser berner comme ça ?

— Nadia était intelligente, je vous l'accorde, mais son besoin de reconnaissance était plus fort. En imaginant pouvoir venir en aide à une enfant de son âge, Nadia avait trouvé un but dans sa vie. Même si la logique devait lui crier le contraire, la mission qu'elle s'était attribuée l'aveuglait. Lors de nos échanges, ce point m'a frappée. Ce besoin irrépressible d'être utile, voire indispensable à quelqu'un. Nadia ne se sentait pas aimée par ses parents. Et pour avoir discuté un peu avec sa mère, je crois avoir compris d'où venait ce malaise. Les Vernois avaient eu un enfant avant Nadia. Un fils. Il était malheureusement mort d'une méningite à l'âge de deux ans. La mère, persuadée qu'un autre enfant saurait combler leur peine, était retombée enceinte quelques mois plus tard, alors qu'elle savait parfaitement que son mari était réticent à cette idée. Cette grossesse creusa un fossé dans le couple que même l'arrivée de Nadia ne sut résorber. L'enfant incarna dès lors la cause de tous leurs tourments.

— De là à accepter une telle incohérence… insista Fabregas, toujours dubitatif.

— Face à la logique, le besoin d'être aimé est certainement le facteur d'annihilation le plus puissant, capitaine. Et c'est d'ailleurs sur cette faiblesse que notre imposteur a misé. Il a su la détecter et, à partir de là, il pouvait faire ce qu'il voulait de Nadia. C'est d'ailleurs comme ça qu'il a pu la convaincre que son suicide serait utile. Qu'il ne serait pas vain, mais qu'au contraire il permettrait à Solène et Raphaël d'être vengés.

Fabregas n'était pas certain d'adhérer entièrement à cette théorie, ni même d'être prêt à l'entendre. Savoir qu'il suffisait de quelques échanges avec un inconnu pour qu'un enfant de onze ans commette l'impensable était au-dessus de ses forces.

— Maintenant, reprit le docteur Florent, pardonnez ma brutalité, mais ce qui est fait est fait. Si j'étais vous, ce n'est pas sur ce point que je me concentrerais.

— Je vous écoute.

— Solène parle beaucoup de Raphaël dans ses messages.

— Et alors ? J'imagine que c'était pour ajouter de la crédibilité à ses propos.

— Je n'en suis malheureusement pas aussi sûre que vous.

— C'est-à-dire ?

— L'imposteur décrit Raphaël comme un enfant. Comme si lui aussi était resté figé à l'âge de son enlèvement. Mais les propos sont cohérents. Je ne sais pas comment vous l'expliquer… Disons qu'ils sonnent juste. Trop juste.

— Je ne vous suis pas.

— Tout porte à croire que la fameuse « Solène » entretient également une relation étroite avec un petit garçon. Un petit garçon qu'elle se figure être Raphaël.

— Êtes-vous en train de me dire qu'un autre enfant est peut-être impliqué ?

— C'est fort possible, en effet.

— Et vous pensez qu'il est en danger ?

Le docteur Florent hocha la tête en guise d'acquiescement. Fabregas aurait aimé réfuter cette possibilité d'un revers de la main, mais quelque chose l'en empêchait. Un petit pincement à la base du cou, une petite voix qui lui murmurait au creux de l'oreille que le cauchemar était loin d'être terminé. Qu'en réalité il ne faisait que commencer.

– 11 –

Fabregas n'avait pas réussi à dormir de la nuit. Au petit matin, il avait roulé bien au-delà des limitations de vitesse pour se rendre à son QG, espérant chasser la culpabilité qui le taraudait depuis qu'il avait découvert la petite Nadia. Il aurait dû faire preuve de plus de tact, être plus attentif. Il aurait dû se souvenir qu'il avait affaire à une enfant.

Ce que lui avait annoncé la pédopsychiatre la veille ne faisait que renforcer son malaise. Un autre enfant était peut-être en danger. Un garçon qui incarnerait cette fois Raphaël. Fabregas fulminait. Il se sentait impuissant, incapable de maîtriser la situation. D'autres drames allaient survenir, il le savait, le ressentait dans sa chair, et pourtant il n'avait pas le début d'une piste. Comment mettre la main sur cet enfant avant qu'il ne lui arrive quelque chose ? Sans plus d'indications, les petits génies de l'informatique qui travaillaient pour lui avaient été catégoriques : ils ne pouvaient rien faire. Ils avaient bien tenté de trouver une trace de ce garçon sur le compte de Nadia, mais la fillette avait plus de cent cinquante amis dont la moitié étaient de sexe masculin et aucune conversation en particulier ne les avait alertés.

Fabregas ne savait même pas par où attaquer ses recherches. Rien n'indiquait que cet enfant était de Piolenc, ni même de la région. Il se devait néanmoins d'essayer et La Ròca restait encore son meilleur espoir. Non seulement parce qu'un enfant de Piolenc sur deux y était scolarisé, mais aussi parce que l'école était jusqu'ici le seul lien avéré entre tous les kidnappings. Que ce soit les jumeaux, trente ans auparavant, Nadia ou Zélie, tous fréquentaient cet établissement au moment de leur disparition.

Fabregas débarqua à La Ròca accompagné de quatre adjoints. Il avait tout juste pris le temps de prévenir le directeur pour que celui-ci lui facilite la tâche. Le plan était simple. Interroger tous les garçons de dix et onze ans au sujet d'une relation qu'ils pourraient entretenir avec une certaine Solène ou tout autre nouveau contact sur leur compte Facebook qu'ils n'auraient jamais rencontré dans le monde réel.

Le directeur de l'établissement, qui vivait de plus en plus mal cette situation, avait anticipé au mieux les besoins des gendarmes. Il avait réquisitionné plusieurs salles de classe, prévenu la plupart des parents concernés et demandé aux professeurs d'adapter leur programme pour la matinée.

Le capitaine, de son côté, avait briefé ses hommes : les enfants ne pouvant subir un interrogatoire sans la présence d'un parent ou d'un représentant de la DDASS, il ne fallait en aucun cas dépasser les limites de la simple discussion. Un instituteur assisterait à chaque entretien et veillerait à ce que cette règle soit respectée. Certains parents d'élèves avaient tout d'abord été réticents à l'idée que leur progéniture puisse se retrouver confrontée à un uniforme, mais le directeur avait su se montrer diplomate et rappeler que cette manœuvre n'avait qu'un seul but : éviter un nouveau drame.

Fabregas avait été effaré par le nombre de réponses positives. Quasiment tous les enfants qu'il avait interrogés avaient avoué discuter régulièrement sur les réseaux sociaux avec des personnes qu'ils ne connaissaient ni d'Ève ni d'Adam. Leur justification était parfois désarmante : « Il met des trucs trop cool sur son mur » ou « Il a plus de mille amis et sa chaîne YouTube ». Le seul point significatif que les gendarmes avaient pu établir était qu'aucune Solène ne faisait partie de leurs relations. Cela étant, Fabregas ne pouvait affirmer que le kidnappeur se servait exclusivement de ce pseudo. Peut-être en changeait-il en fonction de ses victimes. De la même manière, Facebook n'était peut-être pas son seul terrain de chasse. Nombre d'enfants avaient tenu à préciser avec morgue que Facebook était un réseau de vieux. Que seuls les ringards de l'école l'utilisaient.

Au bout de deux heures, Fabregas sortit de la salle de classe plus abattu qu'il n'y était entré. Au fond de lui, il savait que ces entretiens n'avaient rien donné. À aucun moment il n'avait ressenti ce picotement à la base du cou qui lui était si familier aujourd'hui et auquel il avait appris à se fier. Si l'un de ces enfants était la prochaine victime, les maigres éléments que les gendarmes avaient récoltés ne permettraient pas de le protéger.

Fabregas était sur le point de partir quand le directeur l'interpella. Ce dernier avait reçu les noms des intervenants extérieurs qui avaient travaillé la veille à la cantine.

— Il y avait effectivement un intérimaire ce jour-là, ajouta le directeur avec un brin d'excitation dans la voix. La société Élite va m'envoyer sa fiche.

Loin de satisfaire Fabregas, l'information ne fit que l'accabler. Comment pouvait-il mener toutes ces investigations de front ? Le temps jouait contre lui. Il fallait retrouver Zélie saine et sauve, sans occulter le fait qu'un petit garçon était peut-être en danger. Fabregas se raccrocha à ce « peut-être » pour concentrer ses efforts sur ce qui était avéré. Une petite fille avait été enlevée et sa priorité était de la ramener à ses parents avant qu'il ne soit trop tard.

— Je veux cette fiche dans l'heure ! dit-il alors avec autorité, comme pour confirmer son choix.

— Elle doit déjà être arrivée, répondit le directeur. Si vous voulez, je peux aller vérifier.

— Je vous accompagne, répondit Fabregas en lui emboîtant le pas.

En arrivant devant la porte de son bureau, le directeur marqua un temps d'arrêt et hésita quelques secondes avant de s'exprimer.

— Il y a autre chose que vous devez savoir, capitaine.

— Je vous écoute.

— C'est au sujet de cet intérimaire.

— Eh bien ?

— J'ai vérifié comme vous me l'avez demandé. Il travaillait aussi le jour où la petite Nadia a disparu.

Fabregas se raidit. Il tenait enfin quelque chose, il le savait.

Les quelques secondes qu'il fallut au directeur pour déverrouiller la porte et allumer son ordinateur parurent interminables. Le capitaine n'avait plus qu'une chose en tête : mettre un nom et un visage sur celui qu'il considérait désormais comme son principal suspect.

Le mail était arrivé. Le directeur lança une impression, mais Fabregas ne pouvait plus attendre. Tournant l'écran vers lui, il lut la fiche en diagonale. Elle détenait les indications habituelles, nom, adresse, numéro de sécurité sociale, qui permettraient de lancer la recherche. En revenant plus attentivement sur chaque information, son estomac se noua.

Sa raison lui criait que ce qu'il était en train de lire était forcément une coïncidence.

Mais son sang battait ses tempes à tout rompre.

L'intérimaire s'appelait Raphaël Dupin et son numéro de sécurité sociale indiquait qu'il était né en 1978.

La même année que Raphaël Lessage.

– 12 –

Fabregas n'avait pris que deux hommes avec lui pour débarquer à l'adresse indiquée sur la fiche de Raphaël Dupin. Officiellement, il s'y rendait pour poser quelques questions dans le cadre d'une enquête en cours : l'intérimaire avait-il remarqué quoi que ce soit d'étrange le jour de la disparition de Zélie ? Avait-il vu la petite Nadia à la sortie de La Ròca une semaine plus tôt ? Aucun juge d'instruction ne lui aurait délivré de mandat d'arrêt uniquement parce qu'un intérimaire qui travaillait régulièrement dans l'établissement scolaire portait le même prénom et était du même âge qu'une victime disparue trente ans plus tôt. Ces éléments ne pouvaient constituer à eux seuls un faisceau de présomptions aux yeux d'un magistrat.

Ce qui n'était qu'une intuition se transforma pourtant vite en doute raisonnable.

En débarquant au 1879, avenue de Provence, les gendarmes durent se rendre à l'évidence : Raphaël Dupin s'était joué d'eux. L'adresse les avait menés tout droit à une maison de la presse et la seule habitation qui se trouvait au-dessus du magasin appartenait à son propriétaire. Le patron avoua rapidement qu'il avait accepté de servir de boîte postale, moyennant finance, mais que l'intérimaire venait rarement en personne récupérer son courrier.

— Parfois c'est une femme, avait-il expliqué, parfois un autre homme. Lui, j'ai dû le voir trois ou quatre fois en six mois, pas plus.

— Et vous pourriez nous le décrire ?

— Ça doit être faisable, avait-il répondu à contrecœur, comprenant qu'il s'apprêtait à perdre un temps précieux pour avoir voulu gagner quelques euros supplémentaires.

Fabregas avait déjà demandé à la société Élite d'établir un portrait-robot de Raphaël Dupin. Si les deux descriptions correspondaient, il pourrait aisément justifier la mise en place d'une surveillance de la papeterie et aurait de quoi lancer un plan d'intervention immédiate. Tant qu'il ne disposait pas d'éléments visuels permettant de reconnaître le suspect, il ne lui servait à rien de dresser des barrages dans le département. Même si cela lui en coûtait, Fabregas n'avait d'autre choix que de patienter.

De retour au QG, il tomba nez à nez avec Jean Wimez. Son ancien supérieur avait déjà eu vent de la nouvelle et venait directement à la source pour obtenir plus de renseignements.

— Malgré tout le respect que j'ai pour toi, Jean, je n'ai pas à te communiquer les avancées de l'enquête.

— Arrête, veux-tu ! Je sais que tu as un suspect et que cet homme pourrait être le fils de Victor. Je te rappelle que j'ai passé la quasi-totalité de ma carrière à chercher ce garçon, donc s'il y a quelqu'un qui mérite d'être mis dans la confidence, il me semble que c'est moi !

Fabregas fulminait. Cette information n'aurait jamais dû fuiter. Il allait devoir resserrer ses rangs s'il ne voulait pas d'autre dérapage. Piolenc était un village de cinq mille âmes et il n'en fallait pas beaucoup pour qu'une rumeur se répande. La dernière chose qu'il souhaitait était de voir ses habitants se lancer dans une chasse à l'homme improvisée.

— Laisse-moi faire mon travail, reprit-il cependant avec calme. Je n'ai que des conjectures pour l'instant et, crois-moi, elles sont ténues. Tout ce que je peux te dire, c'est que l'homme que nous cherchons s'appelle effectivement Raphaël et que son âge pourrait correspondre à celui du fils Lessage. Tu admettras que ce n'est pas grand-chose. Qui plus est, nous n'avons aucune preuve de son implication dans l'enlèvement des fillettes. Tout ce que je veux, c'est l'interroger.

— À d'autres, s'il te plaît ! N'oublie pas que je t'ai formé, Julien. Si tu es sur ses traces, c'est que quelque chose t'a mis la puce à l'oreille, je me trompe ?

Fabregas souffla lentement, comprenant que l'ex-gendarme ne lâcherait pas aussi facilement. Il ne pouvait pas lui en vouloir. À sa place, il se serait certainement comporté de la même façon.

— Qu'on soit bien d'accord, dit-il pour abréger la conversation, je veux que tu laisses Victor Lessage en dehors de tout ça.

— C'est de son fils qu'on est en train de parler !

— Tu n'en sais rien, Jean, et moi non plus ! Si Victor est ton ami, il me semble que la moindre des choses est de ne pas lui faire miroiter des retrouvailles avant qu'on ait pu vérifier cette information.

Jean Wimez ne pouvait rien objecter à cela, d'autant que lui-même avait du mal à croire à la réapparition du fils de Victor. Depuis des années, l'ex-gendarme s'était forgé la certitude que Raphaël était mort. C'était le seul moyen qu'il avait trouvé pour recouvrer un semblant de vie. L'affaire des jumeaux avait été pour lui un abîme. Il y avait laissé son couple, sa relation avec son fils et avait même failli y perdre la raison. S'il se battait aujourd'hui, c'était avant tout pour Victor. Cet homme méritait de connaître la vérité.

— Quel est ton plan d'action ? demanda-t-il, signifiant par là même qu'il acceptait les conditions posées par Fabregas.

— Dès que j'ai sa description, je mets toutes les unités à sa recherche. Et si ça ne suffit pas, je fais circuler son portrait dans le village. Jusqu'ici notre homme ne s'est pas vraiment caché. Il n'y a donc aucune raison pour qu'on n'en sache pas plus sur lui avant la fin de la soirée.

Comme pour confirmer ses dires, le jeune lieutenant qui secondait Fabregas se tenait devant la porte vitrée, une feuille à la main. Le capitaine lui fit un signe pour l'inviter à entrer.

— C'est le portrait-robot ? demanda-t-il avec impatience.

— Oui, mon capitaine. On vient de le recevoir à l'instant.

— OK, vous connaissez la procédure. Vous le transférez à toutes les unités mobiles et aux antennes du département.

Le lieutenant, qui avait pour habitude d'exécuter les ordres sans se faire prier, restait pourtant immobile.

— Qu'est-ce que vous attendez, Vicart ? Vous voulez que je vous fasse un dessin ?

Le lieutenant dansait d'un pied sur l'autre, cherchant le ton approprié pour répondre à son supérieur.

— Je ne crois pas que ce sera la peine, mon capitaine, finit-il par dire la tête baissée.

— Vraiment ? Et vous pouvez me dire pourquoi ?

— C'est un peu la folie en ce moment, bredouilla le lieutenant, et on n'arrive pas à traiter toutes les demandes. Depuis que les habitants ont appris pour la petite Zélie, on croule sous les témoignages spontanés.

— Vicart, je vous laisse dix secondes pour vous expliquer ! s'énerva Fabregas.

— Raphaël Dupin…

— Eh bien quoi Raphaël Dupin ?

— Il est à l'accueil, mon capitaine, et il demande à vous parler.

– 13 –

Fabregas aurait apprécié la démarche spontanée de Raphaël Dupin si elle n'avait pas renforcé la sensation désagréable qui lui tenait au corps depuis le début de l'enquête. Une fois de plus, il ne contrôlait pas la tournure des événements. Il la subissait.

Il décida de faire patienter Dupin dans la salle d'interrogatoire, le temps pour lui de prendre un peu de recul et d'appréhender au mieux la confrontation. Fabregas voulait se faire une idée de son adversaire car, même si l'intérimaire s'était présenté de lui-même, il restait pour l'heure le suspect numéro un.

Il l'observa au travers de la vitre sans tain. L'homme, installé confortablement sur sa chaise les jambes croisées, ne laissait paraître aucun signe de nervosité. Tout au plus lui arrivait-il de se ronger un ongle, comme n'importe qui l'aurait fait pour chasser l'ennui ou se donner une contenance. Fabregas eut un sourire en coin. Les coupables avaient toujours tendance à croire qu'ils étaient plus forts que tout le monde. Qu'ils savaient maîtriser leurs émotions tels des joueurs de poker chevronnés. Ils n'avaient d'ailleurs pas forcément tort. Mais ce qu'ils ne comprenaient pas, c'est que leur impassibilité était justement ce qui les accusait. S'ils avaient observé ne serait-ce qu'une seule fois le comportement des témoins qu'on installait dans cette salle, ils auraient vu que l'innocent tremble toujours face à la justice.

Fabregas attaqua l'interrogatoire sur le ton de la conversation. Raphaël Dupin était venu jusqu'à lui et si le capitaine voulait obtenir des réponses, il n'avait aucun intérêt à le braquer.

— Savez-vous que vous avez évité beaucoup de frais à la gendarmerie, monsieur Dupin ?

— Vraiment ?

— Absolument ! Nous nous apprêtions à lancer un avis de recherche à votre encontre.

— Ah, ça ! dit-il d'un haussement d'épaules. Ils m'ont dit à Élite que vous aviez besoin de me parler.

— Et vous êtes donc venu jusqu'à nous ! conclut Fabregas un rien ironique.

— Ben c'est encore ce qu'il y a de plus simple, non ?

— Vous auriez pu nous appeler.

— Je n'ai pas le téléphone.

L'homme était toujours aussi calme, presque apathique, et Fabregas ne décelait aucune morgue dans son ton. Raphaël Dupin donnait l'impression de ne pas être concerné par cet interrogatoire, comme si son corps avait accepté de faire acte de présence, mais que son esprit avait mieux à faire.

— Vous n'avez pas le téléphone, reprit le gendarme, et vous n'avez pas non plus de boîte aux lettres apparemment.

— Si, bien sûr !

— Nous nous sommes rendus à l'adresse que vous avez donnée à Élite.

Le suspect fronça les sourcils. Visiblement, comprendre où voulait en venir son interlocuteur exigeait de lui un réel effort. Après quelques secondes, une étincelle s'alluma dans ses yeux.

— J'étais en plein déménagement la première fois que j'ai bossé pour eux. Comme je n'avais pas encore ma nouvelle adresse, ça m'a paru plus simple de donner celle-là. J'ai dû oublier de faire le changement.

— Ça doit être ça ! Et j'imagine que vous avez dû oublier souvent, et pas seulement avec Élite, parce que le propriétaire de la maison de la presse nous a indiqué que vous continuiez à récupérer votre courrier chez lui.

— C'est possible. Vous savez, moi, l'administratif…

— Bien sûr, concéda Fabregas en voyant que cette piste ne mènerait à rien et qu'il valait mieux changer de sujet. J'ai vu que vous êtes né en 1978, c'est exact ?

— Oui.

— Puis-je vous demander où ?

— À Carsan. C'est un petit bled de l'autre côté du Rhône. Pourquoi, c'est important ?

Fabregas nota que, pour la première fois, Raphaël Dupin réagissait à une question. Cet homme avait clairement dit au début de la conversation qu'il ne savait pas pourquoi les gendarmes le cherchaient et pourtant à aucun moment il n'avait demandé d'explication.

— Simple curiosité, éluda le capitaine, mais j'imagine que vous êtes pressé alors je vais aller droit au but. Comme vous le savez, deux petites filles scolarisées à La Ròca ont disparu à quelques jours d'intervalle et on est toujours sans nouvelles de l'une d'elles.

Fabregas n'avait fait qu'énoncer ce que la presse avait publié. Seuls les proches de l'enquête savaient que Nadia avait disparu de son plein gré, et surtout qu'elle s'était suicidée.

— Je suis au courant. C'est terrible.

Le ton manquait d'empathie, mais ce n'était pas un délit en soi.

— Nous savons que vous travailliez à la cantine de l'école le jour des enlèvements.

— Ah bon ? Si vous le dites !

Fabregas commençait à perdre patience. Il se demandait s'il était face à un esprit limité ou au contraire face à un acteur de première catégorie.

— Je vous le dis, en effet ! répondit-il plus sèchement. Nous souhaiterions donc vous entendre à ce sujet.

— Quel sujet ? Désolé, je ne comprends pas.

— Avez-vous remarqué quelque chose d'étrange ou simplement d'inhabituel autour de l'établissement ces jours-là ?

— Mais comment voulez-vous que je me souvienne ! Et de quels jours on parle, d'ailleurs ?

Toujours ce même ton éteint. Le capitaine avait l'impression d'échanger avec un adolescent au sortir du lit.

— Hier, monsieur Dupin, on parle d'hier ! En tout cas pour ce qui concerne la petite Zélie. Nous aurons le temps de revenir sur l'enlèvement de Nadia.

— Nadia, c'est celle qu'est revenue, c'est ça ?

— Absolument ! Ce qui n'est pas le cas de Zélie, c'est pourquoi nous avons besoin de votre aide.

— Qu'est-ce que vous voulez que je vous dise ? Je suis arrivé vers dix heures et je ne suis pas ressorti des cuisines avant quatorze heures trente. Après, j'ai rechargé le camion et je suis rentré chez moi.

— Directement ?

— Non, bien sûr. J'ai d'abord rapporté le camion à Élite et là j'ai récupéré ma voiture.

— Et durant les quatre heures où vous vous trouviez dans l'école, vous n'avez rien remarqué ?

— Non, je m'occupais de la bouffe. Peut-être que mon collègue a vu quelque chose. Il va souvent en salle durant le service. Vous lui avez posé la question ?

— Pas encore, mais ça ne saurait tarder.

Plus l'interrogatoire avançait, plus Fabregas se rendait compte qu'il n'avait rien pour retenir son interlocuteur. À part le fait que cet homme avait travaillé à La Ròca au moment des deux disparitions – dont une était volontaire –, le capitaine ne disposait d'aucun élément à charge. Il aurait tout aussi bien pu s'en prendre au directeur ou aux instituteurs. Non, si Raphaël Dupin était assis en ce moment même face à lui, ce n'était que pour deux raisons ; son prénom et sa date de naissance. N'importe quel avocat s'en serait gaussé. Mais puisque l'homme n'avait pas encore demandé d'assistance juridique, Fabregas tenta le tout pour le tout :

— Monsieur Dupin, accepteriez-vous de vous soumettre à un prélèvement ADN ?

– 14 –

Jean avait attendu que Fabregas entre dans la salle d'interrogatoire pour se positionner derrière la vitre sans tain. Le capitaine n'avait émis aucune objection ; son ancien supérieur avait su se montrer convaincant. Jean Wimez connaissait Solène et Raphaël Lessage presque aussi bien que leur père. Il avait passé une partie de sa vie avec le portrait des jumeaux sous les yeux et avait assimilé au fil des ans chaque trait de caractère, chaque signe distinctif que les enfants avaient laissé entrevoir au cours de leurs onze premières années d'existence.

Cependant, l'homme qu'il observait aujourd'hui était âgé de quarante ans et l'ex-gendarme comprenait à quel point ses connaissances ne seraient pas suffisantes. Oui, Raphaël Dupin avait peut-être une certaine ressemblance avec le jumeau disparu, mais Jean n'aurait pu en aucun cas l'affirmer de façon catégorique. Dans son souvenir, le Raphaël qu'il avait cherché sans relâche avait les traits plus fins et un air plus rêveur, mais n'était-ce pas le cas de tous les petits garçons ? L'homme assis dans la salle d'interrogatoire avait les mêmes yeux noisette, mais un nez plus épaté et la peau du visage légèrement affaissée. Comment savoir si ces variations n'étaient pas seulement dues aux outrages du temps ? Jean se souvenait parfaitement de la métamorphose de son propre fils. En moins de deux ans, son petit garçon aux cheveux soyeux s'était transformé en un échalas disgracieux. Même sa voix avait subi les ravages de l'adolescence.

Jean était bien obligé de l'admettre : en fin de compte, son expertise ne lui servait à rien. Raphaël Dupin pouvait être Raphaël Lessage comme il pouvait être n'importe quel autre garçon né en 1978. Même si ce prénom était moins courant à l'époque, il était loin d'être unique. Victor Lessage aurait certainement été plus apte à trancher, mais Fabregas avait été catégorique : le père des jumeaux ne devait en aucun cas être tenu au courant des avancées de l'enquête, encore moins de la présence de cet homme dans les locaux de la gendarmerie. Le capitaine craignait la réaction de Victor et voulait éviter tout dérapage.

Raphaël Dupin s'était opposé à ce qu'on prélève son ADN. Il n'y avait eu aucune agressivité dans son refus mais aucune hésitation non plus. Le suspect avait souri au capitaine Fabregas et lui avait juste dit : « Non. » L'homme semblait connaître ses droits et savoir que le gendarme ne pouvait pas le forcer en l'absence d'indices graves ou concordants. Bien sûr, Fabregas lui avait signifié que son refus pouvait être interprété comme un signe de culpabilité, mais Dupin ne s'était pas laissé impressionner.

Fabregas n'eut d'autre choix que de le laisser partir. Aucune charge ne pouvait être retenue contre lui et le fait qu'il se soit présenté de lui-même aux forces de l'ordre aurait suffi à instiller le doute dans l'esprit de n'importe quel juge d'instruction. Si Dupin était l'homme qu'ils recherchaient, alors il avait très bien manœuvré.

Un planton avait raccompagné l'homme jusqu'à la sortie, laissant le capitaine avec sa frustration.

Fabregas resta dans la salle d'interrogatoire le temps de retrouver son calme. Il convoqua ensuite Vicart pour lui donner les nouvelles instructions. Maintenant que les gendarmes connaissaient l'adresse exacte de Dupin et son lieu de naissance, le capitaine voulait tout savoir.

— Et quand je dis « tout », lieutenant, ce n'est pas une expression ! Je veux savoir dans quel établissement Raphaël Dupin a fait sa scolarité, quel métier exerçaient ses parents, l'état de ses comptes bancaires… Bref, je veux que vous me passiez toute sa vie au peigne fin, est-ce que j'ai été assez clair ?

Sans mandat ?

Fabregas tempéra ses propos.

— Récoltez déjà tout ce que vous pouvez ! Jouez la carte des enfants en danger, s'il le faut. Je me charge du mandat !

— Très bien, mon capitaine !

Dès que Vicart fut reparti, Fabregas fit un signe de la main à Jean, qui attendait patiemment de pouvoir entrer. Le capitaine n'avait pas besoin de lui demander s'il avait reconnu Raphaël Lessage. Ils avaient convenu que si Jean était sûr de lui, il devait interrompre l'entretien sous un prétexte quelconque. En restant derrière la vitre sans tain, le message était passé.

— C'était trop beau pour être vrai, souffla Fabregas la mine défaite.

— Je ne dis pas que ce n'est pas lui, Julien. Je dis juste que je ne peux pas l'affirmer.

— Et moi je ne peux pas le contraindre à nous donner son ADN.

— Je sais.

L'enquête était toujours au point mort alors qu'une fillette avait disparu depuis vingt-quatre heures. Sa vie était peut-être en danger, les deux hommes le savaient, pourtant ils n'avaient pas la moindre piste à explorer.

Devinant les pensées de Fabregas, Jean tenta de l'apaiser :

— Rien ne nous dit que la petite Zélie n'a pas suivi les traces de Nadia. Elle s'est peut-être cachée de son plein gré.

— Peut-être, répondit sans conviction le capitaine.

Jean était tout aussi sceptique, mais l'idée de découvrir le corps d'une autre enfant lui était insupportable. Il ne s'était jamais vraiment remis de la mort de Solène. Trente ans plus tard, il lui arrivait encore de voir la petite fille dans sa robe blanche, sa couronne de fleurs dans les cheveux. Il fermait les yeux et elle apparaissait. Parfois souriante, mais la plupart du temps suppliante. Il ne souhaitait à personne de connaître ça, encore moins à l'homme qui se trouvait face à lui. Fabregas devrait vivre avec le suicide de Nadia et c'était un fardeau déjà trop lourd.

Un silence pesant s'était installé dans la pièce. Fabregas serrait les mâchoires de manière compulsive tandis que Jean contemplait ses mains à la recherche d'une inspiration. L'ex-gendarme était assis là où se tenait Raphaël Dupin quelques minutes plus tôt et son regard fut soudain attiré par une aspérité sur sa chaise, juste entre ses jambes. Il allait la balayer d'un revers de la main mais se ravisa aussitôt. À la place, il sortit un mouchoir de sa poche et récupéra le fragment avec précaution pour l'approcher de ses yeux. Ce qu'il avait imaginé l'espace d'un instant être une miette n'en était pas une, et Jean sourit pour la première fois depuis longtemps.

— Quand on dit que c'est une mauvaise habitude de se ronger les ongles…

Fabregas mit quelques secondes à comprendre. Son regard s'éclaira pour s'assombrir à nouveau.

— Tu sais très bien que je ne peux rien en faire. Si je lance une recherche d'ADN, tout ce qui en découlera sera irrecevable.

— Toi, peut-être, mais je te rappelle que je suis un retraité qui occupe son temps libre comme il peut. Tout le monde sait que je cherche toujours à résoudre l'affaire des jumeaux et qu'il m'arrive de faire appel à de vieilles connaissances pour me donner un coup de main. Il me suffit de lancer cette recherche à titre privé et de t'apporter les résultats. En tant que responsable de l'enquête, tu n'auras pas d'autre choix que d'étudier cette piste.

Fabregas savait pertinemment que la méthode était douteuse. Si on apprenait qu'il en avait été averti, non seulement la preuve serait irrecevable mais l'enquête lui serait retirée définitivement. Il s'apprêtait à refuser quand Vicart fit irruption sans s'annoncer.

— Désolé, mon capitaine, dit-il essoufflé, mais La Ròca vient d'appeler.

– 15 –

Fabregas n'avait pas décroché un mot tout au long du chemin qui les menait, Jean et lui, à La Ròca. Le cauchemar continuait et aucune parole n'aurait pu apaiser la situation.

Le directeur de l'établissement les avait prévenus avant même d'avertir les parents. Un autre élève de CM2 avait disparu. Le surveillant se souvenait l'avoir vu jouer avec ses camarades dans la cour de récréation mais, à la reprise, Gabriel Pénicaud manquait à l'appel.

— Elle avait vu juste, finit par cracher le capitaine. Le docteur Florent m'avait prévenu et je n'ai même pas été foutu d'empêcher ça !

— Ne rentre pas là-dedans, Julien ! La culpabilité n'est pas une bonne alliée, crois-moi. Si tu la laisses s'installer, elle va finir par te paralyser.

Jean connaissait ce sentiment d'impuissance, comme il connaissait aussi la colère qui animait aujourd'hui son ancien lieutenant. C'est pourquoi il avait insisté pour l'accompagner. L'enquête que Jean avait menée toutes ces années avait fini par l'isoler. Ses propres lieutenants, sans réellement l'abandonner, l'avaient regardé s'enliser dans sa quête. « C'est la marotte du capitaine », expliquaient-ils aux bleus à peine arrivés. Jean en avait conscience, il savait que ses hommes le regardaient avec pitié dès qu'il avait le dos tourné, mais il ne leur en voulait pas. Ils avaient raison. L'affaire des jumeaux était devenue sa compagne, de jour comme de nuit, et Jean ne souhaitait pas que Fabregas suive ses traces. Pas celles-là, en tout cas.

Gabriel Pénicaud faisait partie des garçons interrogés la veille. Fabregas avait récupéré les notes du lieutenant qui s'était entretenu avec lui, mais aucune des réponses de l'enfant n'aurait pu laisser présager la suite des événements. Gabriel était un petit garçon comme tant d'autres, fan de jeux vidéo et de football, qui aimait aller sur Facebook parce que c'était « sympa et en plus y a des vidéos trop drôles », avait-il dit au gendarme.

Le directeur de La Ròca avait anticipé la venue des gendarmes en convoquant dans son bureau Mlle Gauthier, l'institutrice de Gabriel, ainsi que le surveillant qui était le dernier à avoir vu l'enfant dans l'établissement.

Une fois qu'ils furent installés tous les cinq autour de la petite table de réunion, Fabregas attaqua l'entretien d'un ton cassant :

— Mademoiselle Gauthier, pourquoi ne suis-je pas étonné de vous voir à cette table ? Vous avez conscience que votre classe ressemble à s'y méprendre au triangle des Bermudes ?

L'institutrice baissa les yeux, le rouge au front. L'attaque était injuste, Fabregas le savait, mais il espérait une réaction.

— Je ne comprends pas, bredouilla-t-elle. Ça fait huit ans que je travaille à La Ròca et jamais…

— Ne vous justifiez pas ! la coupa le directeur. Capitaine, je trouve votre remarque déplacée. Les professeurs et moi-même sommes là pour vous aider, pas pour subir vos sarcasmes !

Fabregas allait rétorquer sur le même ton quand il croisa le regard de Jean. Il saisit le message sans même que ce dernier ait besoin de s'exprimer. L'heure n'était pas aux règlements de comptes.

— Je n'ai pas bien saisi votre nom, esquiva-t-il alors en se tournant vers le surveillant.

— Bruno. Bruno Giando.

— Monsieur Giando, avez-vous remarqué quoi que ce soit d'inhabituel dans la cour de récréation ? Une personne qui n'aurait pas dû se trouver là, par exemple ?

— Le directeur m'a déjà posé la question.

— Et je vous la pose à mon tour, monsieur Giando !

— Non, je n'ai rien vu.

— Vous en êtes sûr ?

— Écoutez, j'ai pas loin de cent gamins à surveiller. Je ne peux pas regarder partout. Je me souviens avoir vu Gabriel jouer au foot avec ses copains, mais je n'avais pas les yeux rivés sur lui non plus.

L'homme était agressif mais après tout, se dit Fabregas, il s'agissait aussi pour lui de défendre sa place vis-à-vis du directeur.

— Et vous, mademoiselle Gauthier, vous n'avez rien remarqué ? Un changement dans le comportement de Gabriel, aussi infime soit-il ?

La jeune femme triturait un mouchoir jetable entre ses doigts et reniflait régulièrement. Elle releva ses yeux humides et signifia que non par un léger mouvement de la tête.

— Parlez-moi de ce garçon, renchérit Fabregas plus calmement. Que pouvez-vous me dire sur lui ?

Mlle Gauthier prit une grande inspiration avant de s'exprimer :

— Que voulez-vous que je vous dise ? Gabriel est un ange. Toujours souriant, toujours attentionné avec les autres. C'est un bon élève, consciencieux, même s'il aime faire le pitre de temps en temps. C'est vrai qu'il a un peu décroché ces dernières semaines, mais c'est le cas pour beaucoup d'élèves à cette période de l'année. Le programme est long pour des petits bouts comme eux et, à une semaine des grandes vacances, on a généralement du mal à les tenir.

À l'idée que Gabriel ne profiterait peut-être pas de ses deux mois d'été, l'institutrice s'était tue, la gorge serrée par des sanglots qu'elle essayait en vain de retenir.

Jean, qui n'avait rien dit jusqu'ici, fronçait les sourcils. Quelque chose dans les propos de la jeune femme avait retenu son attention, mais il n'arrivait pas à mettre le doigt dessus. Il tentait de se repasser mentalement la phrase, mais l'entretien qui se poursuivait l'empêchait de se concentrer. Il fit un signe discret à Fabregas pour lui notifier qu'il avait besoin de sortir du bureau.

Une fois dehors, il fit les cent pas dans le couloir et se remémora chaque échange. Jean espérait qu'en remontant le fil de l'entretien la phrase ou le mot qui l'avait titillé referait surface. L'institutrice avait évoqué la baisse de régime de Gabriel. Il se souvenait qu'il en était de même pour Zélie, mais Mlle Gauthier avait donné une explication tout à fait plausible. En fin d'année, les enfants étaient moins concentrés, lui-même avait pu le constater avec son fils. Non, ce n'était pas ça. C'était un mot en particulier qui l'avait interpellé et il mit plus de cinq minutes à le trouver. « Un ange ». L'institutrice avait comparé Gabriel à un ange. Comme cela avait si souvent été le cas pour Solène et Raphaël. Solène, surtout après qu'elle fut retrouvée vêtue de blanc et des fleurs dans les cheveux ; son frère, parce qu'il avait les traits aussi fins que ceux de sa sœur et le même regard empli de douceur, mais aussi parce que Raphaël était le prénom d'un archange.

Tout comme Gabriel.

Jean Wimez avait appris à se méfier des coïncidences. Au fond de lui, une petite voix lui intimait de creuser cette piste. Il prit alors son smartphone et lança une recherche sur Google. Le résultat lui confirma ses doutes et une sueur froide trempa le dos de sa chemise.

Zélie aussi avait un point commun avec les jumeaux de Piolenc. Sa fête était célébrée le 17 octobre, le même jour que les Solène.

– 16 –

— Tu ne comprends pas, Julien ! Cela confirme que nous sommes face à une seule et même affaire. Celui qui a enlevé les jumeaux en 1989 vient de recommencer !

Fabregas observait Jean du coin de l'œil tout en conduisant. Son excitation était palpable. L'ex-gendarme avait attendu la fin de l'entretien avec le directeur de La Ròca pour lui faire part de sa découverte. Maintenant qu'ils étaient seuls, Jean était intarissable. Ses mots se bousculaient, il prenait à peine le temps de respirer.

— Il faut qu'on reprenne tout à zéro ! continua-t-il.

Fabregas savait que ce qu'il s'apprêtait à dire risquait de blesser son ancien supérieur, aussi chercha-t-il à arrondir les angles.

— Jean, tu oublies que tu es à la retraite et qu'il n'y a donc pas de « on » qui tienne ! Je risque déjà gros à te balader comme ça avec moi.

— Oh, arrête, tu veux ! Il est clair qu'on a affaire au même homme, et tu sais parfaitement que tu vas avoir besoin de moi !

— C'est toi qui dis que c'est le même homme, Jean ! Pardonne-moi, mais à part une concordance de prénoms, on n'a rien à se mettre sous la dent.

— C'est mince, je te l'accorde, mais je suis sûr qu'on tient quelque chose ! Et puis, sans vouloir être vexant, je n'ai pas l'impression que tu aies beaucoup d'autres pistes à exploiter.

Fabregas ne pouvait rien objecter. Depuis le début, il avait le sentiment de courir le mauvais lièvre ou tout du moins d'avoir toujours un temps de retard. Quand Nadia était revenue chez elle, il était persuadé qu'il réussirait à la faire parler. Résultat, la petite s'était suicidée avant même qu'il ait le temps d'essayer. Raphaël Dupin, dont la présence à La Ròca le désignait comme un suspect parfait, se trouvait certainement encore dans les locaux de la gendarmerie au moment de la disparition de Gabriel. Enfin, Fabregas s'obstinait à exclure de son enquête le seul homme qui maîtrisait parfaitement le dossier des jumeaux sans même être sûr de savoir pourquoi. Avait-il peur qu'on lui retire l'affaire pour vice de forme ? Ou craignait-il que Jean sape son autorité auprès de ses hommes ? Quelle qu'en fût la raison, le capitaine savait qu'elle ne faisait pas le poids face à l'enjeu de la situation. La vie de deux enfants importait plus que sa carrière ou son ego.

— Tu as suspecté qui, à l'époque ? finit-il par demander, acceptant tacitement une collaboration avec son ancien supérieur.

— La liste est longue.

— Alors j'espère que tu n'as rien de prévu pour la soirée.

En arrivant à la gendarmerie, les deux hommes aperçurent par l'entrebâillement d'une porte les jambes croisées d'une femme qui, Fabregas en était convaincu, n'appartenait pas au corps de la gendarmerie. Le docteur Florent était installée dans un bureau exigu que Vicart lui avait mis à disposition. Pour les besoins de l'enquête, elle était venue apporter son témoignage au sujet du suicide de Nadia et relisait sa déposition au calme. Fabregas, qui n'avait pas échangé avec la pédopsychiatre depuis le drame, profita de l'occasion pour la remercier de son travail.

— Vous plaisantez, j'espère ! répondit-elle d'un ton sec et amer. Si je l'avais fait correctement, Nadia ne serait pas morte à l'heure qu'il est.

Le capitaine aurait aimé trouver les mots pour la rassurer, mais il comprit qu'ils partageaient désormais un sentiment commun, la culpabilité, et que ce n'étaient pas quelques poncifs qui réussiraient à l'atténuer.

— Vous rentrez ce soir sur Avignon ? demanda-t-il alors pour changer de sujet.

— Pourquoi, vous vouliez m'inviter à dîner ?

Même si Fabregas avait décelé du sarcasme dans l'intonation du docteur, il décida de passer outre.

— Absolument ! Une pizza dans nos locaux. Avouez que ça ne se refuse pas.

Décontenancée, la pédopsychiatre l'observa quelques secondes avant de riposter.

— On vous a déjà dit que vous aviez une approche des femmes… comment dire… assez surprenante ?

Comprenant qu'un malentendu était en train de s'installer entre eux et ne voulant pas froisser son interlocutrice, Fabregas lui décrocha un sourire qu'il espérait enjôleur avant de s'expliquer.

— J'aurais largement préféré vous inviter à une bonne table, dit-il malgré lui, mais Jean et moi devons travailler toute la soirée et je me disais que votre aide serait la bienvenue.

— Mon aide ? Vous souhaitez que je m'entretienne avec un autre enfant ?

— Non, du tout. J'aurais aimé que vous nous donniez votre avis sur le profil du kidnappeur.

Cette fois, le docteur Florent était réellement perplexe.

— Je suis pédopsychiatre, capitaine, pas profileur !

— Je sais. Pourtant vous avez été la seule à pressentir qu'un autre enfant serait enlevé.

— Et c'est le cas ? manqua-t-elle de s'étouffer.

Fabregas se rendit compte qu'il avait brûlé les étapes. La disparition de Gabriel n'était pour l'instant connue que de quelques initiés. En dehors des parents qu'une cellule psychologique soutenait en ce moment même, la consigne avait été donnée de museler l'information. Les habitants de Piolenc étaient déjà sous tension, et Fabregas devait éviter à tout prix un vent de panique s'il voulait garder le contrôle de la situation.

Il relata donc les derniers événements au docteur tout en faisant appel à sa discrétion. La pédopsychiatre prit le temps d'accuser le coup avant d'accepter la proposition du capitaine.

— Par quoi on commence ?

— Jean va nous établir la liste des suspects qu'il a interrogés en 1989.

— Vous pensez vraiment qu'on a affaire à la même personne ?

— À ce stade, je suis prêt à tout envisager.

Le docteur Florent hocha brièvement la tête tout en prenant la chemise que lui tendait Fabregas. Jusqu'ici, elle n'avait eu à disposition que les éléments concernant directement Nadia. Il était temps qu'elle découvre la totalité du dossier. Qu'elle apprenne à connaître Zélie et Gabriel au travers des descriptions qu'ils avaient récoltées. Qu'elle prenne connaissance de la centaine de témoignages enregistrés depuis une semaine. Il voulait également qu'elle lui explique les conséquences qu'avait pu entraîner la dispute entre Victor Lessage et ses enfants, quelques jours avant leur disparition. Pour finir, il lui fournit le procès-verbal de Raphaël Dupin. Même si l'homme ne pouvait être tenu responsable de l'enlèvement de Gabriel, quelque chose chez lui continuait de le perturber et il espérait qu'elle pourrait lui dire à quoi cela tenait.

— Vous placez trop d'espoir en moi, capitaine. Je vous l'ai dit, je ne suis pas criminologue. Mon boulot consiste à accompagner des enfants en souffrance. Pas à traquer ceux qui leur font du mal.

— Je ne vous demande pas de les traquer, docteur. Ça, j'en fais mon affaire. Mais si vous arrivez déjà à m'expliquer ce qui a pu se passer dans la tête de Nadia pour qu'elle s'enfuie avant de se suicider, et si vous pouvez me dire comment deux enfants ont pu disparaître de leur école sans être vus ou entendus, alors peut-être que je pourrai y voir plus clair.

— Je vais faire de mon mieux, capitaine. C'est tout ce que je peux vous promettre.

– 17 –

Sept noms. En vingt ans d'enquête officielle, et dix ans d'enquête officieuse, Jean Wimez avait soupçonné au total sept hommes d'être responsables de l'enlèvement des jumeaux et du meurtre de Solène.

Il avait à l'époque poussé les interrogatoires aussi loin que le lui permettait la loi. Faute de preuves ou d'éléments tangibles, il avait fini par abandonner, se persuadant que le vrai coupable devait être un touriste de passage à Piolenc ce fameux 26 août 1989. La fête de l'ail, appelée un peu pompeusement « festival culturel et folklorique de l'ail », célébrait cette année-là ses dix ans d'existence et les nombreuses animations organisées pour l'occasion avaient attiré encore plus de badauds que les éditions précédentes.

La disparition de Zélie et Gabriel remettait tout en question. Jean était persuadé que la coïncidence des prénoms n'en était pas une et qu'elle prouvait que le kidnappeur avait élaboré son plan minutieusement. Il ne pouvait pas s'agir de quelqu'un de passage. Il avait probablement attendu que les deux enfants atteignent le même âge que Solène et Raphaël pour les faire disparaître à leur tour. Restait maintenant à comprendre comment et surtout pourquoi. L'homme cherchait-il à reproduire un schéma ?

— C'est tout à fait possible, avait répondu le docteur Florent. Zélie et Gabriel ont beau ne pas être jumeaux, ils ont le même âge et fréquentent la même classe. Même si leur maîtresse vous a dit qu'ils n'étaient pas particulièrement proches l'un de l'autre, notre kidnappeur s'est peut-être imaginé une autre histoire.

— Est-ce que ça signifie qu'on doit se préparer à retrouver le corps de Zélie d'ici quelques mois ? demanda alors Fabregas, sous tension.

— On ne peut pas l'exclure.

Le capitaine avait posé ses yeux sur le calendrier accroché au mur, prenant tout à coup conscience qu'un décompte venait d'être lancé. Et que son issue pourrait s'avérer fatale.

— Pardonnez-moi, mais j'ai un doute, intervint Jean. Je n'ai jamais cru que la mort de Solène était programmée et je n'y crois toujours pas.

— Pourquoi dis-tu ça ?

— Je n'ai jamais vraiment réussi à me l'expliquer. Peut-être est-ce dû à la façon dont son corps avait été disposé ou à la tenue qu'elle portait, mais la première impression que j'ai eue dans ce cimetière est que Solène avait été aimée jusque dans la mort. Je ne peux pas m'empêcher de penser que son asphyxie a été causée de manière accidentelle.

— Ce n'est pas impossible, reprit la psy avec tact, mais quelque chose me chiffonne avec cette théorie.

— Quoi donc ?

— Imaginons que notre homme, ou plutôt, puisque pour ma part je n'exclus pas l'intervention d'une femme, que cette personne ait ressenti la nécessité d'enlever un couple d'enfants pour satisfaire une pulsion, un besoin qui pour l'instant nous échappe. Imaginons maintenant que la mort de Solène ait été accidentelle, comme vous le suggérez. En toute logique, le kidnappeur aurait dû tout faire pour remplacer cette enfant. Il aurait ressenti le besoin de rééquilibrer la balance, si vous me permettez l'expression.

— Je vois, répondit Fabregas, reprenant à son compte la suite du raisonnement. Selon vous, si la mort de Solène n'avait pas été préméditée, une autre petite fille aurait été enlevée dans la foulée, c'est bien ça ?

— C'est ça ! Enfin ce n'est qu'un avis, mais si cette personne a répondu à une pulsion en s'appropriant Solène et Raphaël, alors sa frustration aura été immense et elle n'aura eu d'autre choix que de recommencer.

Jean devait admettre que le point de vue se tenait. Cela remettait en perspective ses propres convictions, mais il avait conscience qu'elles n'étaient étayées que par son instinct. Une simple sensation qui ne l'avait jamais quitté. Il ne put cependant s'empêcher de se faire l'avocat du diable.

— Après la découverte du corps, tout le monde était sur les dents, et pas seulement la gendarmerie. Même les journalistes avaient fait de cette histoire leur cheval de bataille et les habitants de la ville menaient leur propre enquête. La population se scrutait. Chacun y allait de sa petite délation. À chaque intersection, quand il n'y avait pas un barrage des forces de l'ordre, on pouvait compter sur un civil aux aguets. Il aurait fallu faire preuve d'une ingéniosité hors normes pour enlever un autre enfant dans la région.

— Vous avez sans doute raison, concéda le docteur Florent sur un ton d'excuse.

Cela ne faisait qu'une heure qu'elle étudiait ce dossier et elle venait de saper une vie de certitudes sans même penser aux conséquences que cela pourrait avoir sur l'homme qui lui faisait face. La psy était contrite, pourtant Fabregas enfonça le clou.

— Quand tu parles de la région, Jean, jusqu'où s'étendaient les filets ?

— Tout le Vaucluse ! répondit-il sur la défensive. Cent cinquante communes, plus de trois mille cinq cents mètres carrés et cinq cent mille habitants à surveiller. Je peux te dire que ça représente un paquet d'hommes. Et de femmes, si tu veux aller sur ce terrain. À l'époque, on ne les a pas laissées de côté, crois-moi. Tout le monde a été passé au crible !

— Je te crois, Jean, tempéra le capitaine, conscient qu'il allait devoir faire preuve de plus de tact s'il voulait obtenir l'aide de son ancien supérieur. J'essaie juste de me replacer dans le contexte. Je sais également que les moyens n'étaient pas les mêmes qu'aujourd'hui et qu'étendre une recherche aux départements voisins signifiait plus d'effectifs, certainement plus que ce dont tu pouvais disposer, je me trompe ?

— Non. Nous étions clairement débordés, mais je ne vois pas ce que ça change !

— Ça change que demain matin je vais mettre deux hommes sur les disparitions signalées cette année-là, mais cette fois au niveau national ! conclut Fabregas, déterminé. Docteur Florent, pouvons-nous concentrer notre recherche sur les fillettes de dix et onze ans ?

— J'élargirais un peu, si j'étais vous. Si ma théorie est juste, et une fois de plus rien ne prouve à ce stade qu'elle l'est, notre kidnappeur aura opéré dans la précipitation. À partir du moment où Solène n'était plus, l'illusion pouvait fonctionner avec une enfant de neuf à douze ans. En revanche, j'orienterais mes recherches sur l'aspect général de cette petite fille, comme la couleur de ses cheveux ou sa taille. Il fallait au moins qu'elle lui évoque quelque chose.

— OK, ce sera fait ! Jean, toi et moi, on repartira de ta liste. Je convoquerai tes sept suspects demain à la première heure. Peut-être que cette fois nous aurons plus de chance. S'il s'agit du même homme, n'oublions pas qu'il est plus vieux de trente ans et qu'il n'est peut-être plus aussi doué pour effacer ses traces.

— Si vous êtes d'accord, capitaine, j'aimerais pour ma part m'entretenir avec Mlle Gauthier.

— L'institutrice ? Je pense qu'elle nous a dit tout ce qu'elle savait.

— Je n'en suis pas aussi sûre que vous, répondit la psy sans plus d'explication.

– 18 –

Des sept suspects inscrits sur la liste de Jean Wimez, Fabregas ne put en convoquer que trois. Le temps avait fait son œuvre, resserrant les mailles du filet ; ce qui n'était pas pour déplaire au capitaine. Il entamait une course contre la montre et plus vite il éliminerait les pistes stériles, plus vite il se dirigerait dans la bonne direction. Sur les sept individus mis en question par son ancien supérieur, deux étaient morts au cours de l'année. L'un d'un accident de voiture le soir de la Saint-Sylvestre alors qu'il avait trois grammes d'alcool dans le sang, l'autre d'une crise cardiaque en avril, deux mois plus tôt. Ce dernier était l'instituteur des jumeaux au moment des faits. Jean avait admis qu'il s'était retrouvé sur cette liste uniquement parce que son comportement ne lui revenait pas. Il estimait que l'ancien professeur était un peu trop proche de ses élèves, mais aucun membre du personnel de La Ròca n'avait confirmé son sentiment. Un troisième homme avait été éliminé car il profitait de sa retraite au Maroc depuis cinq ans et que, depuis cette date, il n'avait jamais remis les pieds en France. Le dernier à être exclu l'avait été pour la simple et bonne raison qu'il souffrait d'Alzheimer et résidait dans un institut spécialisé depuis presque deux ans.

Parmi les trois noms restants figurait bien évidemment celui de Victor Lessage. Même si le père des jumeaux était en garde à vue pour l'enlèvement de Nadia au moment de la disparition de la petite Zélie, il en était sorti avant que Gabriel ne disparaisse des radars. Sachant que Nadia s'était volatilisée de son plein gré, on pouvait raisonnablement imaginer que Zélie en avait fait de même et cette simple hypothèse remettait forcément l'innocence de Victor en question.

Les deux autres personnes convoquées étaient des habitants de Piolenc. Originaire d'Orange, Fabregas ne les connaissait pas, mais Jean lui en avait fait une description succincte avant leur arrivée.

Le premier se nommait Olivier Vasse. Il avait vingt ans en 1989 et travaillait à l'époque dans les vignes pour le compte de son père. Jean l'avait catalogué dans les « mauvaises graines ». Déscolarisé dès l'âge de seize ans, Olivier avait déjà un casier avant même d'atteindre sa majorité. Rien de bien conséquent, une série de larcins pour lesquels les différents juges avaient su être indulgents ; il n'en demeurait pas moins que le jeune homme, censé assister son père durant la fête de l'ail, s'était absenté deux heures du stand sans pouvoir fournir d'alibi. Il avait prétendu être parti faire un tour en moto pour se vider la tête, mais personne n'avait pu confirmer ses dires. À part ce trou dans son emploi du temps, Jean n'avait rien pu apporter au dossier si ce n'est qu'Olivier Vasse connaissait les jumeaux pour les avoir gardés plusieurs fois au domicile des Lessage. C'était trop maigre pour qu'un juge d'instruction donne suite. Aujourd'hui, Olivier Vasse était sans emploi et fréquentait assidûment le PMU de Piolenc. Il vivait de la vente des vignes de ses parents, décédés depuis.

Le second suspect était appelé « l'Étranger » par les Piolençois. Anglais d'origine, l'homme s'était installé dans le village au début des années quatre-vingt mais son accent, toujours bien présent, lui avait valu ce surnom qu'il garderait sûrement jusqu'à la fin de sa vie. Alan Wells avait aujourd'hui quatre-vingts ans et Jean doutait qu'il fût encore en mesure d'enlever deux enfants, mais son nom était apparu à de nombreuses reprises dans l'enquête des jumeaux. Chaque fois, cela faisait suite à une délation.

— Quel genre de délations ? avait voulu approfondir Fabregas.

— Oh, ça ressemblait plus à de la xénophobie primaire, de la jalousie pure et simple. Wells avait racheté à un ancien du village un domaine de trois mille hectares pour une bouchée de pain. Il avait déclaré vouloir extraire de sa vigne un cru d'exception alors qu'il s'y connaissait en vin comme moi en pudding.

— Pourtant tu l'as inscrit sur ta liste.

— J'ai eu plus de cent plaintes au sujet du bonhomme et ma grand-mère avait l'habitude de dire : « Quand tout le monde est un con, pose-toi une question ! » Si tu veux mon avis, il n'était rien de plus qu'un rastaquouère, mais il n'empêche qu'il n'avait aucun alibi pour ce jour-là. Il a prétendu avoir peint toute la journée et avoir brûlé sa toile le soir même. Monsieur était déçu du résultat.

— C'est tout ?

— Non. J'avais demandé à une vieille connaissance de Scotland Yard s'ils avaient quelque chose sur lui. Notre homme, fils d'une grande famille londonienne, était professeur dans un collège avant de mettre les voiles. Plusieurs plaintes pour harcèlement sur mineurs avaient été déposées à son encontre, mais chacune d'elles s'était soldée par un arrangement à l'amiable. La police avait été obligée d'abandonner les poursuites.

— Je vois, répondit Fabregas sceptique, mais tu admettras qu'entre le harcèlement et le meurtre il y a un gouffre.

— Je sais, c'est pourquoi je n'étais pas allé beaucoup plus loin. Je te l'ai mis sur la liste parce que son nom m'est revenu en tête et que peut-être cet homme te fera une autre impression qu'à moi.

Fabregas savait au fond de lui que c'était une perte de temps mais, faute de pistes plus consistantes, il s'était résolu à le convoquer avec les deux autres.

Victor Lessage venait d'arriver dans les locaux. Son visage exprimait de la résignation et non, comme on aurait pu s'y attendre, de l'agacement. En soixante-douze heures, c'était la deuxième fois qu'il se retrouvait dans ces murs et n'importe qui d'autre aurait fait preuve d'impatience ; mais Victor s'y était visiblement habitué.

Jean accueillit son compagnon de route et l'installa dans la salle d'interrogatoire en attendant que Fabregas les rejoigne. Les deux hommes se regardèrent en chiens de faïence, conscients qu'ils ne faisaient que revivre une scène qu'ils avaient cent fois connue.

Fabregas, de son côté, relisait en vitesse la dernière déposition du père des jumeaux. Il voulait connaître son dossier sur le bout des doigts avant de le questionner, mais Vicart l'interrompit dans sa lecture.

— Que se passe-t-il, lieutenant ?

— C'est au sujet de Raphaël Dupin, mon capitaine.

— Je vous écoute !

— Je crois que nous avons un souci.

— Au risque de me répéter, je vous écoute, lieutenant !

— Il nous a dit être né à Carsan, sauf que j'ai appelé la mairie. Ils n'ont aucun acte de naissance enregistré à ce nom-là.

— Une possibilité qu'ils l'aient égaré ?

— Pas selon le responsable que j'ai eu au téléphone, mon capitaine.

— Très bien. Allez me chercher Dupin. S'il nous a menti sur son lieu de naissance, il a certainement dû nous cacher d'autres trucs.

— C'est bien le problème ! J'ai tenté de le joindre sur la lignc fixc qu'il nous a donnée, mais elle n'est pas attribuée. J'ai bien peur qu'il nous ait baladés sur toute la ligne, mon capitaine.

Les yeux de Fabregas se posèrent sur la liste des trois suspects qu'avait établie Jean. Il attrapa la feuille et la froissa en boule avant de la jeter avec fureur sur la porte de son bureau.

– 19 –

La chasse à l'homme était lancée, mais Fabregas fulminait. Raphaël Dupin se tenait face à lui vingt-quatre heures plus tôt et il l'avait laissé filer. Il aurait dû se fier à son instinct, trouver un prétexte quelconque pour le retenir, ou tout au moins vérifier l'exactitude des informations fournies, mais non ! Il l'avait laissé partir sans plus de formalités. La disparition de Gabriel, alors que Dupin se trouvait encore à proximité de la gendarmerie, avait fini de convaincre le capitaine qu'il faisait fausse route, et que cette histoire de prénom et de date de naissance n'était finalement qu'une coïncidence. Il en allait maintenant tout autrement. En se jouant des autorités comme il l'avait fait, Raphaël Dupin devenait à nouveau le suspect numéro un.

Et si Dupin était l'homme qu'ils cherchaient, cela signifiait qu'il avait réussi à corrompre l'esprit du petit garçon. Fabregas aurait eu du mal à y croire une semaine plus tôt, mais la fugue de Nadia, sa lettre puis son suicide lui avaient prouvé à quel point c'était facile.

L'autre possibilité était que Dupin agissait avec l'aide d'un complice. Cette hypothèse, Fabregas la redoutait. Dans ce cas, tous les alibis que ses enquêteurs pourraient récolter n'auraient qu'une valeur relative à partir du moment où les kidnappeurs étaient interchangeables. Cette simple idée l'effrayait. Fabregas gardait en tête que son ancien supérieur avait passé trente ans de sa vie à enquêter sur cette affaire, sans aucun résultat, et il refusait de connaître le même sort. Il ne voulait pas découvrir le corps de la petite Zélie dans quelques semaines, comme il ne voulait pas annoncer aux parents de Gabriel qu'ils ne reverraient jamais leur fils.

Le portrait de Raphaël Dupin avait été communiqué à toutes les unités, des barrages avaient été installés et les hommes de Fabregas étaient en ce moment même dans les locaux de la société Élite pour interroger les salariés à la recherche de la moindre information. Les habitudes du suspect, les lieux qu'il fréquentait, une petite amie qu'il aurait évoquée. Dans son dernier rapport, le lieutenant Vicart n'affichait pourtant pas beaucoup d'optimisme. Comme on pouvait s'y attendre, Dupin n'était pas du genre à se confier et faisait plutôt profil bas. Les rares employés qui avaient effectué des missions avec l'intérimaire admettaient ne rien savoir de lui.

Fabregas était bloqué. Tant qu'il ne remettait pas la main sur Dupin, il était obligé de se contenter des trois suspects de la liste de Jean, même s'il doutait de leur culpabilité. Victor Lessage était assis dans un bureau inoccupé tandis qu'Olivier Vasse attendait dans la salle d'interrogatoire. Par égard pour ses quatre-vingts ans, le capitaine avait installé Alan Wells dans son bureau, qui était le seul à disposer d'un siège un peu plus confortable.

Même si Wells faisait bonne figure, il était évident qu'il ne pouvait pas avoir enlevé deux enfants par la force. Bien sûr, Zélie et Gabriel auraient pu être attendris par ce vieil homme et le suivre docilement mais, dans ce cas, un instituteur aurait certainement remarqué la présence de ce grand-père à l'allure atypique. Alan Wells, qui se déplaçait à l'aide d'une canne, arborait une tenue vestimentaire peu adaptée pour la saison. Avec ses bottes cavalières et son bob en tweed, ce gentleman farmer semblait tout droit sorti d'une publicité vantant la beauté des landes écossaises en automne.

Par acquit de conscience, le capitaine interrogea tout de même Wells sur son emploi du temps. De la même manière que trente ans plus tôt, l'homme affirma être resté chez lui toute la semaine, sans que qui que ce soit ne puisse le confirmer.

— Vous n'avez personne qui vous aide à domicile ? s'étonna Fabregas.

— Je suis peut-être vieux, répondit le vieil homme avec son accent prononcé, mais je ne suis pas grabataire. C'est bien comme ça que vous dites, n'est-ce pas ?

— Je ne parlais pas de vos capacités, éluda Fabregas. Vous pourriez faire appel à une femme de ménage, par exemple.

— J'avoue que je suis attaché à ma solitude, capitaine, et les rares expériences que j'ai pu avoir avec des femmes de ménage ne m'ont pas vraiment apporté satisfaction. Je trouve les femmes de votre pays un peu trop… pipelettes.

Fabregas ne put s'empêcher de sourire avant de reprendre plus sérieusement.

— Parlez-moi des plaintes qui ont été déposées contre vous lorsque vous viviez à Londres.

— Oh, c'est une vieille histoire, capitaine. Je dirais même une très vieille histoire.

— Elle m'intéresse tout de même.

Le vieil homme pinça alors les lèvres, ce qui n'échappa pas à Fabregas. L'histoire était peut-être vieille, mais elle hantait toujours son interlocuteur.

— Vous avez dû lire mon dossier, tenta tout de même Wells, et vous devez donc savoir que ces plaintes ont été classées sans suite.

— Parce que vous avez dédommagé les victimes, riposta Fabregas d'un ton sec.

— Vous n'y êtes pas, capitaine. Sachez qu'en Angleterre la réputation est plus importante que la vérité. C'est triste à dire mais c'est ainsi. Les victimes, comme vous les appelez, étaient en réalité des jeunes filles très intelligentes qui connaissaient parfaitement ce principe. Un petit mensonge en échange d'une belle somme d'argent ; à leur place, j'aurais peut-être fait pareil.

— Vraiment ? Il est écrit dans ce dossier que cinq adolescentes se sont plaintes de votre comportement. Deux d'entre elles ont même parlé d'attouchements. Seriez-vous en train de me dire que vous avez été la victime d'un complot ?

Le vieil homme sourit alors en dodelinant de la tête.

— Avez-vous déjà entendu parler du rapport Wolfenden, capitaine ? Non, bien sûr que non ! Vous n'êtes pas anglais et quelque chose me dit que vous n'êtes pas concerné par le sujet. Le rapport Wolfenden a permis la dépénalisation progressive de l'homosexualité dans le Royaume-Uni vers la fin des années soixante. Un autre temps, me direz-vous, sauf qu'à l'époque tous les Britanniques étaient loin de partager cette idée. Les années quatre-vingt ont d'ailleurs été particulièrement rudes pour les gens comme moi, et il a fallu que j'atteigne soixante et onze ans pour entendre David Cameron présenter ses excuses au nom des Conservateurs. J'imagine que maintenant je peux vous l'avouer sans rougir. Jamais ces jeunes filles n'auraient pu m'intéresser.

Fabregas en avait assez entendu et regrettait presque d'avoir perdu son temps. Il allait libérer le vieil homme quand ce dernier tint à ajouter :

— Après, vous pourriez m'objecter que ma condition m'a privé de descendance et que cela aurait pu justifier l'enlèvement de deux enfants. Mais une fois de plus, je suis très attaché à ma solitude et l'idée de me retrouver avec une famille à charge ne m'a jamais attiré.

Fabregas ressentit un picotement à la base du cou. Alan Wells venait peut-être de mettre le doigt sur un point qui l'obsédait depuis le début de l'enquête : le mobile.

– 20 –

Si le mobile était de recréer une famille de toutes pièces, et l'instinct de Fabregas lui criait que c'était le cas, alors la théorie du docteur Florent se confirmait et une petite fille avait forcément remplacé Solène. En se concentrant sur Raphaël Dupin, Fabregas avait mis cette piste en veille et il le regrettait déjà amèrement. Il assigna deux de ses hommes à cette tâche pour rattraper le retard. Il fallait absolument vérifier si une autre enfant avait été enlevée à la fin de l'année 1989 et si oui, dans quel secteur.

Victor Lessage et Olivier Vasse attendaient toujours d'être interrogés, mais Fabregas cherchait désormais un homme ou peut-être un couple en mal d'enfants et les deux hommes ne correspondaient pas au profil. Vasse parce qu'il avait vingt ans au moment des faits et qu'il vivait tel un adolescent aux crochets de ses parents, Victor Lessage pour la raison évidente qu'il était déjà le père des jumeaux. Les garder ici davantage était une perte de temps.

La seule ombre au tableau s'appelait Raphaël Dupin. Tout dans son comportement le désignait comme suspect : sa façon de se présenter délibérément, stoppant ainsi net les recherches à son encontre, ses fausses déclarations et son refus d'obtempérer pour la prise d'ADN, sans parler du fait qu'il était désormais introuvable. Pourtant, quelque chose ne collait pas. Même si la date de naissance de Dupin n'était pas celle qu'il avait donnée, elle devait s'en approcher. L'homme avait à peine quarante ans, ce qui signifiait qu'il en avait dix ou onze quand les jumeaux de Piolenc avaient disparu. La seule explication plausible était que Raphaël Dupin était bien Raphaël Lessage, comme il l'avait imaginé un temps, et que, pour une raison obscure, Dupin-Lessage venait d'enlever à son tour deux enfants. Cette théorie lui paraissait tellement improbable qu'il ressentit le besoin de s'entretenir avec le docteur Florent sur-le-champ. C'était sans doute la seule personne à même de l'aider à y voir plus clair.

Il se souvenait que la pédopsychiatre avait prévu de se rendre à La Ròca pour s'entretenir avec l'institutrice, mais Fabregas estimait qu'elle serait plus utile à ses côtés ; aussi demanda-t-il à un de ses hommes de la convoquer.

Jean n'émit aucune objection quand Julien lui fit part de l'orientation qu'il voulait donner à son enquête. Il avait lui-même suivi cette piste à plusieurs reprises mais, faute de résultats, il avait fini par laisser de côté le mobile pour se concentrer sur l'essentiel : retrouver Raphaël tant qu'il était peut-être encore en vie. Pour l'heure, il était surtout soulagé de pouvoir raccompagner Victor chez lui.

Avant de partir, il s'invita une dernière fois dans le bureau de Fabregas et prit soin de bien refermer la porte derrière lui.

— Mon offre est toujours valable, Julien, mais tu gagneras du temps si tu passes par la voie officielle.

— De quoi tu parles ?

Jean sortit alors le mouchoir qu'il avait gardé précieusement dans la poche de sa veste.

— L'ADN de Dupin. Je crois que maintenant aucun juge d'instruction ne pourra te refuser une recherche de comparaison.

— Je n'en suis pas aussi sûr. Je n'ai rien pour le rattacher aux enlèvements.

— Ceux de Zélie et Gabriel, je te l'accorde, mais officiellement Raphaël Lessage est toujours porté disparu et tu as peut-être un moyen de clore ce dossier. C'est en tout cas sous cet angle que je le présenterais si j'étais à ta place.

Fabregas attrapa le Kleenex qui protégeait l'ongle de toute pollution et le glissa dans une enveloppe en papier. Que Raphaël Dupin soit coupable ou pas, il ressentait un besoin vital de savoir si cet homme était le jumeau de Solène Lessage. Mais même s'il obtenait l'accord du juge, il ne recevrait pas les résultats avant plusieurs jours.

— Lessage est toujours dans les locaux ? demanda-t-il alors.

— Oui, je pensais le raccompagner moi-même.

— Je crois qu'il est temps qu'on intègre ton ami à l'enquête.

***

Victor écumait de rage. De tout ce que lui avaient expliqué les deux hommes, il n'avait retenu qu'une chose : son fils était peut-être dans ces locaux vingt-quatre heures plus tôt et personne n'avait jugé utile de le faire venir.

— Vous encore, je comprends, mais toi, Jean ! Comment as-tu pu me faire un truc pareil ? En trente ans, je ne compte même plus le nombre de fois où je me suis retrouvé interrogé par tes services. Même aujourd'hui, personne n'a été capable de me dire pourquoi j'avais été convoqué. Et là, d'un coup, tu m'expliques que ma présence hier ne vous a pas paru nécessaire ? Tu te fous de moi ?

— Jean n'y est pour rien, intervint Fabregas pour calmer son interlocuteur. La décision me revenait.

— Alors c'est vous qui êtes un con dans cette histoire !

En d'autres circonstances, Fabregas aurait vertement remis Lessage à sa place. Mais il comprenait la colère de ce père et, surtout, il n'était pas loin de partager son avis. Il tenta néanmoins de reprendre le contrôle de la situation.

— Je tiens à vous rappeler que vous n'êtes pas totalement blanchi dans cette histoire, comme vous dites, et à ce titre, je ne suis pas censé vous communiquer des éléments de l'enquête.

— Ben voyons !

— Qui plus est, je me dois de vous répéter que nous ne sommes sûrs de rien pour l'instant.

— La faute à qui ? Si vous m'aviez fait venir, on n'en serait pas là. Vous croyez vraiment que j'ai besoin d'une analyse ADN pour reconnaître mon garçon ?

— Votre garçon, si c'est bien lui, est un homme de quarante ans aujourd'hui. Alors, à votre place, je ne serais pas aussi sûr de moi.

— Sauf que vous n'êtes pas à ma place, capitaine !

Les deux hommes se toisèrent. Fabregas se devait de garder le cap s'il ne voulait pas perdre la face, et par là même son autorité, mais toutes les raisons qui lui avaient semblé justifiées la veille lui paraissaient aujourd'hui discutables. Victor Lessage avait raison. À ne pas utiliser tous les moyens qu'il avait à sa disposition, le capitaine avait perdu un temps précieux.

Lessage dut lire dans ses pensées.

— Vous attendez quoi pour me montrer sa photo ? dit-il sur un ton qui avait étrangement perdu toute hargne.

La colère du père était retombée et avait cédé la place à de l'appréhension. Fabregas comprit que son interlocuteur mesurait la gravité de la situation. Il tourna alors l'écran de son ordinateur après avoir ouvert le fichier qui contenait l'enregistrement de son entretien avec Raphaël Dupin.

Le doigt posé sur la barre d'espace de son clavier, Fabregas attendait que Lessage soit prêt pour activer la vidéo.

Victor s'approcha de la chaise que Jean venait de lui avancer. Ses jambes tremblaient et il dut se retenir au dossier pour s'installer. Le père des jumeaux prit un temps fou pour chausser ses lunettes, comme s'il cherchait à retarder l'instant de vérité. Il approcha son visage de l'écran et indiqua d'un signe de tête qu'il était prêt.

Fabregas fit défiler l'enregistrement.

– 21 –

« *Mademoiselle Gauthier,*

Il faut leur dire d'arrêter de nous chercher.

Nous sommes heureux maintenant que nous sommes réunis.

Vous devez leur dire avant qu'un autre malheur n'arrive.

Et dites à notre père que nous l'aimons et que nous sommes désolés.

Solène et Raphaël »

Le docteur Florent relisait pour la cinquième fois la missive que lui avait tendue l'institutrice. En arrivant à La Ròca, la pédopsychiatre avait trouvé Mlle Gauthier assise dans un coin de la salle des professeurs, les yeux emplis de larmes et les mains tremblantes. Elle lui avait expliqué que la lettre se trouvait dans son casier à son arrivée. Le surveillant avait accepté d'assurer sa permanence et l'institutrice cherchait depuis la force de réagir.

— Il faut absolument transmettre ce pli à la gendarmerie ! avait tranché la psy avec autorité.

— Je sais. J'avais l'intention de le faire, mais toute cette histoire me dépasse tellement que j'ai l'impression de vivre un cauchemar. Déjà que le capitaine Fabregas me soupçonne de quelque chose, que va-t-il penser maintenant ? Cette lettre m'est adressée et je ne sais même pas pourquoi.

— Je ne pense pas qu'il vous soupçonne de quoi que ce soit.

— Vous n'étiez pas là hier. Je peux vous assurer que sa façon de me parler en disait long.

— Tous les gendarmes sont sur les dents et il ne faut pas vous laisser impressionner. L'urgence est de retrouver ces enfants et cette lettre pourra peut-être les aider.

— Mais vous l'avez lue. Tout ce qui y est écrit n'a aucun sens !

— Le sens, j'en fais mon affaire ! avait affirmé la psy. Après tout, c'est mon métier de comprendre ce qui n'est pas dit. La forme, c'est autre chose. Les gendarmes pourront certainement en extraire un tas d'informations. La calligraphie, les empreintes digitales, la marque du papier, que sais-je encore. À part vous et moi, qui y a touché ?

— Personne, répondit l'institutrice en reniflant.

— Parfait ! Je pense que ce serait bien que vous m'accompagniez à la gendarmerie.

La suggestion de la psy mettait manifestement l'institutrice mal à l'aise. Elle prétexta d'abord qu'elle devait retourner dans sa classe, ce que le docteur Florent rejeta d'un revers de la main. Il ne restait plus que trois jours d'école et elle doutait que deux heures d'absence puissent nuire à l'éducation de ses élèves. Mlle Gauthier argua ensuite qu'elle ferait perdre leur temps aux gendarmes puisqu'elle ne savait pas pourquoi cette lettre lui était adressée, mais là encore, la psy réfuta l'argument, estimant que ce n'était pas à elle d'en décider.

— Je ne vous comprends pas ! finit par s'agacer le docteur. Vous ne voulez pas qu'on retrouve ces enfants ?

— Bien sûr que si !

— Alors pourquoi donnez-vous l'impression du contraire ? Si votre attitude est la même vis-à-vis de Fabregas, je comprends son hostilité à votre égard !

— Vous n'y êtes pas… souffla l'institutrice sans finir sa phrase.

La pédopsychiatre ressentait le contraire en son for intérieur. Il était clair que cette femme avait quelque chose à cacher, c'était d'ailleurs ce qui avait poussé la psy à souhaiter s'entretenir avec elle.

Son téléphone se mit à vibrer et elle reconnut le numéro du standard de la gendarmerie. Le docteur Florent sentait qu'elle avait une fenêtre de tir et qu'il serait plus facile de faire parler l'institutrice dans cette pièce, en tête à tête dans un environnement familier, plutôt que dans une salle d'interrogatoire face à des uniformes. Si elle décrochait, elle serait dans l'obligation d'informer les gendarmes de la découverte de la lettre. Aussi, pour gagner un peu de temps, elle bascula l'appel directement sur sa messagerie.

— Cette histoire semble vous toucher de près, commença le docteur le plus délicatement possible.

— Bien sûr qu'elle me touche ! Que croyez-vous ? Je vois ces enfants tous les jours et j'en suis responsable ! Que ressentiriez-vous à ma place ?

Pour la première fois, Mlle Gauthier sortait de sa torpeur pour exprimer de la colère et le docteur Florent s'en félicita.

— Vous êtes responsable de leur éducation, mademoiselle Gauthier, pas de leur sécurité.

— Allez dire ça aux parents ! Chaque matin, je vois leur façon de les embrasser, de leur remonter le col pour qu'ils ne prennent pas froid avant de me faire part de toutes sortes de recommandations. Sur le bobo qu'il faut soigner, l'allergie qu'il ne faut pas oublier. Chaque jour, ils me confient leur bien le plus précieux et tiennent à me le rappeler.

— Peut-être, admit la psy, mais personne ne peut vous reprocher ce qui est arrivé. Cela aurait très bien pu se passer dans une autre école ou même une autre classe. Vous n'êtes pas un garde du corps et encore moins un policier.

— Il n'empêche que Zélie et Gabriel étaient sous ma responsabilité et tout ce que vous direz n'y changera rien.

— Dans ce cas, pourquoi ne faites-vous rien pour aider les forces de l'ordre ?

La pédopsychiatre avait volontairement haussé le ton, espérant susciter une réaction, mais l'institutrice, qui aurait dû se défendre ou au moins se montrer offensée, voûta les épaules et se réfugia dans ce mutisme qui commençait à la caractériser.

— Je ne suis pas un flic, reprit la psy, plus douce, et je vois bien que vous souffrez. Laissez-moi vous aider.

Mlle Gauthier triturait son Kleenex, le regard perdu vers un coin de la pièce. Le docteur Florent devinait qu'elle réfléchissait sérieusement à la proposition, ce qui était déjà un progrès. L'institutrice allait se livrer, elle le sentait. Ce n'était qu'une question de temps. Il suffisait que le docteur trouve la clé, le mot qui ferait écho. Pourtant, la psy hésitait à poursuivre sur le même ton. Jouer les confidentes n'était pas honnête de sa part. Gauthier n'était pas sa patiente et, à ce titre, tout ce qu'elle dirait serait rapporté aux gendarmes. Elle finit tout de même par mettre sa culpabilité de côté au regard de la situation.

— Je ne peux pas vous forcer à me faire confiance, mais n'oubliez pas que la vie de deux enfants est en jeu. Si vous savez quelque chose, c'est le moment de parler.

L'institutrice regarda alors la psy, les lèvres tremblantes, et ouvrait la bouche pour s'exprimer quand le directeur de La Ròca débarqua dans la salle des professeurs.

— Mademoiselle Gauthier, on vient de me dire que vous ne vous sentiez pas bien. Que se passe-t-il ?

— Rien du tout, monsieur le directeur, répondit-elle nerveusement. J'ai fait un petit malaise, mais ça va mieux maintenant. Je vous prie de m'excuser. J'allais justement retourner en classe.

— Tant mieux ! On a assez de problèmes comme ça ! Je vous accompagne.

Avant de se lever, l'institutrice se pencha pour jeter son mouchoir. Elle profita de cet instant pour murmurer quelques mots à la psy.

Une fois seule, le docteur Florent récupéra la lettre pour l'apporter au capitaine Fabregas. Elle ne savait pas encore si elle lui ferait part du rendez-vous que venait de lui donner l'institutrice, le soir même, à son appartement.

– 22 –

— Vous auriez dû me prévenir immédiatement !

Fabregas fustigeait la pédopsychiatre depuis cinq bonnes minutes. Il considérait qu'elle avait abusé de sa confiance et comptait bien lui faire passer le message : il était en charge de cette enquête, elle n'était là que pour lui apporter son analyse de la situation.

— C'est à moi de décider qui je dois interroger et quand ! Tout ce que vous avez réussi à faire, c'est me faire perdre du temps. Je vais devoir renvoyer un de mes hommes à La Ròca pour faire venir cette institutrice.

— Je vous demande, une fois de plus, de me faire confiance, capitaine. Si vous la faites venir maintenant, vous n'en tirerez rien.

Le docteur Florent ne paraissait pas impressionnée par cette démonstration d'autorité. Depuis le début de l'entretien, elle parlait calmement, laissant même quelques silences s'installer quand Fabregas la provoquait.

— Si le directeur de l'école ne nous avait pas interrompues, je suis persuadée qu'elle aurait fini par se livrer. Cette femme a quelque chose à nous dire, sur ce point je suis d'accord avec vous, mais vous n'obtiendrez rien en la brusquant. Tout ce que je vous demande, c'est de me laisser vingt-quatre heures.

— Parce que vous croyez vraiment que je vais vous laisser aller seule chez elle ce soir ?

— Ne le prenez pas mal, capitaine, mais je doute qu'elle dise quoi que ce soit en votre présence.

— Et moi je crois que vous ne comprenez pas bien la situation. Mlle Gauthier est désormais notre seule piste.

Victor Lessage avait visionné l'enregistrement de Raphaël Dupin. Wimez et Fabregas s'étaient bien gardés de prononcer le moindre mot, de peur de l'influencer, mais le père des jumeaux était catégorique : l'homme sur la vidéo n'était pas son fils. Certes, quelques détails l'avaient perturbé, retardant son verdict, comme la façon dont le jeune homme tapotait sa fossette au-dessus des lèvres avec son index, ou cette manière de ne relever qu'un seul de ses sourcils quand une question l'étonnait. Autant de tics que possédait son fils ; pourtant la ressemblance s'arrêtait là. Jean avait insisté sur le fait que trente ans s'étaient écoulés depuis la disparition du garçon et Victor avait fini par s'emporter. Il était sûr de lui et était le premier à souffrir de ce constat.

L'autre mauvaise nouvelle était que les parents respectifs de Zélie et de Gabriel s'étaient rencontrés et avaient décidé de faire bouger les choses à leur manière. Le procureur de la République ne cessait de retarder le communiqué de presse pour ne pas affoler la population, mais les familles ne l'entendaient pas de la même façon. Deux heures plus tôt, ils avaient lancé une alerte sur les réseaux sociaux et les portraits des deux enfants avaient déjà été partagés plusieurs milliers de fois. Avant la fin de la journée la France entière s'attribuerait l'affaire, ce qui aurait pour conséquence l'arrivée en profusion de témoignages erronés, de médiums et marabouts en tout genre, d'âmes cupides qui promettraient des informations capitales en échange d'entente pécuniaire… Le travail des enquêteurs allait s'en trouver décuplé car il faudrait faire le tri, vérifier chaque piste aussi farfelue soit-elle. Fabregas avait déjà demandé du renfort, mais il craignait que le dossier ne lui soit retiré par le parquet. Les grands médias allaient dépêcher leurs propres limiers et sous peu des caméras seraient installées aux quatre coins du village. La pression serait bientôt palpable et il ne donnait pas cher de sa peau.

Pour toutes ces raisons, interroger l'institutrice devenait une priorité. Fabregas entendait ce que s'évertuait à lui dire le docteur Florent, mais l'heure n'était pas à la psychologie. Si cette femme retenait des informations, cela ne lui posait aucun souci de la placer en garde à vue.

— En tant que suspecte ? s'était étonnée la psy.

— Pour entrave au bon déroulement de l'enquête !

Le docteur Florent n'avait pourtant rien lâché. Persuadée que ce serait une erreur, elle avait continué à négocier vingt-quatre heures de sursis. Fabregas avait finalement tranché : il se rendrait avec elle au rendez-vous fixé.

— Je saurai me faire discret, avait-il ajouté un demi-sourire aux lèvres.

— Cela m'étonnerait, mais je crois que je n'ai pas le choix.

— Voilà !

Ils consacrèrent les deux heures suivantes à l'analyse du message adressé à l'institutrice. Fabregas en avait fait une copie avant d'envoyer l'original en urgence au laboratoire. Le capitaine se félicitait d'avoir sollicité l'assistance de la pédopsychiatre. Il avait lu à plusieurs reprises les quelques lignes écrites à la main, mais leur sens restait pour lui totalement abscons.

Le docteur Florent avait réécrit chaque mot sur un tableau blanc, en respectant bien la ponctuation et les renvois à la ligne, expliquant que l'écriture appliquée, sans aucune faute de français, faisait penser que sa rédaction avait été mûrement réfléchie et donc que chaque détail comptait.

Fabregas observa pour la énième fois le message, espérant qu'en le lisant ainsi, à deux mètres de distance, une évidence surgirait.

« *Mademoiselle Gauthier,*

Il faut leur dire d'arrêter de nous chercher.

Nous sommes heureux maintenant que nous sommes réunis.

Vous devez leur dire avant qu'un autre malheur n'arrive.

Et dites à notre père que nous l'aimons et que nous sommes désolés.

Solène et Raphaël »

— Dites-moi que vous y comprenez quelque chose, docteur.

— Avant de comprendre, il faut savoir entendre, capitaine ! Et la personne qui a rédigé ce texte a beaucoup de choses à nous dire.

La réponse sibylline n'avait fait qu'agacer un peu plus Fabregas. Le capitaine avait l'impression d'être à la traîne. De passer à côté d'une évidence qu'il était le seul à ne pas voir. Il perdait patience et ne pouvait s'empêcher de consulter l'horloge murale, espérant ainsi signifier à son interlocutrice que le temps était compté. Mais la psy avait attrapé une feuille et un stylo sur le bureau et griffonnait tout un tas de réflexions sans même lever la tête.

— Quand vous dites « la personne », dit-il pour capter son attention, j'imagine que vous parlez de Raphaël ?

— Raphaël ou Solène. On ne le sait pas encore.

— Je veux bien faire un effort, docteur, mais je tiens à vous dire qu'il y a une chose à laquelle je n'ai jamais cru et ne croirai jamais !

— Laquelle, capitaine ?

— Les fantômes.

Le docteur Florent posa alors son stylo et lui sourit pour la première fois avant de lui répondre :

— Nous connaissons tous des fantômes, capitaine. Je suis même persuadée que vous en côtoyez plus que moi. Le tout est de savoir sous quelle forme ils s'adressent à nous.

– 23 –

Une des théories avancées par le docteur Florent se basait sur le pouvoir de suggestion. Selon elle, Zélie ou Gabriel avait très bien pu écrire cette lettre avec la certitude d'incarner l'un des jumeaux.

— Il faut que vous compreniez que l'éducation qu'un enfant recevra au cours de ses sept premières années laissera des traces jusque dans sa vie d'adulte.

Fabregas avait alors tenu à rappeler qu'ils avaient déjà passé ce cap. Les deux enfants avaient onze ans et il lui paraissait surréaliste qu'un adulte puisse les manipuler aussi facilement.

— Rien ne nous dit que cette personne n'a pas entamé ce travail de sape depuis plusieurs années ! avait opposé la psy.

Et elle avait raison. Aucune enquête sur le passé des enfants n'avait été diligentée. Depuis la disparition de Nadia, les événements s'étaient enchaînés et les gendarmes ne faisaient depuis que parer au plus pressé. Revenir sur la jeune vie de Zélie ou de Gabriel ne leur avait pas paru être une priorité : après tout, si l'on scrutait les antécédents d'une victime, c'était généralement pour trouver un mobile. Un conjoint violent, un divorce qui avait mal tourné ou encore un héritage convoité. Que pouvaient bien avoir fait deux enfants pour qu'on décide de les enlever, si ce n'est avoir eu le malheur de croiser la route d'une âme perturbée ?

« Nous sommes heureux maintenant que nous sommes réunis. » C'est cette phrase qui avait orienté la réflexion du docteur.

— Faites croire à un enfant qu'il incarne une autre vie, mais surtout qu'une injustice sera réparée grâce à lui, et vous avez une chance pour qu'il se plie à vos quatre volontés. L'enfant, par nature, cherchera toujours à aider un adulte en souffrance. Des expériences ont été faites sur des tout-petits : un homme feignait de ne pas réussir à empiler des livres et exprimait de la tristesse. Neuf enfants sur dix, alors qu'ils marchaient à peine, venaient le consoler et l'aider dans sa tâche. Imaginez qu'on vous dise que vous êtes le seul à pouvoir changer ce qui a été fait. Que grâce à vous, une petite fille qui a trouvé la mort trente ans plus tôt peut à nouveau profiter de son frère jumeau. N'allez pas croire que le fantasme du sauveur, du chevalier blanc, est réservé aux hommes à l'ego surdimensionné ! Quant à la promesse d'un amour éternel « maintenant qu'ils sont réunis », autant vous dire que c'est le moteur de l'humanité avant que la souffrance et la désillusion ne viennent apporter à l'homme le cynisme qu'on lui connaît. La bascule se fait généralement après l'adolescence, une fois que l'adulte en devenir comprend que Roméo et Juliette devaient mourir s'ils voulaient s'aimer à jamais.

Fabregas comprenait les arguments avancés par la psy, même si l'idée que des enfants puissent être manipulés de la sorte le rebutait.

— Selon vous, reprit-il nerveusement, doit-on considérer la suite du message comme une menace ?

— Le fait qu'un autre malheur arrivera si nous ne cessons pas de les chercher ? J'aimerais avoir la réponse, capitaine, mais j'avoue que je n'en sais rien. De toute façon, ce n'est pas comme si nous avions le choix, je me trompe ?

Une fois de plus, le docteur Florent voyait juste. Le ou les ravisseurs pouvaient bien les menacer du pire, stopper les recherches n'était pas une option, bien au contraire. La vie des enfants était en jeu et ils devaient mettre les bouchées doubles s'ils ne voulaient pas que cette sentence se transforme en prophétie.

Le docteur Florent hésita quelques secondes avant de poser une question qu'elle devinait délicate :

— Avez-vous l'intention de partager cette lettre avec M. Lessage ? Je parle notamment de la dernière phrase.

— Ce n'est pas l'urgence, pour le moment ! répondit Fabregas, expéditif.

La psy venait de mettre le doigt sur un point que le capitaine avait délibérément écarté jusqu'ici.

Il n'arrivait pas à trancher. Informer le père des jumeaux que ses enfants, ou plus précisément leur incarnation, souhaitaient lui dire qu'ils l'aimaient et qu'ils étaient désolés ne relevait-il pas d'une forme de sadisme ? Même si le capitaine ne partageait pas les sentiments qui liaient son ancien supérieur à cet homme, il ne se sentait pas pour autant en droit de lui infliger cela. Et puis à quoi bon ? Il avait donc décidé d'attendre le retour de Jean pour solliciter son avis.

— Selon vous, lequel des deux s'est fait le porte-parole des jumeaux ? demanda-t-il pour changer de sujet.

— Vous voulez dire : qui de Zélie ou de Gabriel a écrit cette lettre ?

— C'est ça.

— Je n'en sais rien. Peut-être l'ont-ils écrite ensemble, ou peut-être que ni l'un ni l'autre n'en est l'auteur.

— Je ne vous suis pas ! s'impatienta Fabregas.

— On ne peut exclure que cette lettre ait été écrite par le ravisseur.

— Excusez-moi de vous contredire, mais j'ai du mal à croire qu'un adulte ait pu imiter aussi bien l'écriture d'un enfant ! Nous n'aurons pas les résultats de l'analyse graphologique avant plusieurs heures, mais je suis prêt à parier que les techniciens seront d'accord avec moi.

— Capitaine, le pouvoir de suggestion ne fonctionne pas uniquement sur les enfants. Un adulte peut tout à fait se convaincre d'être une autre personne.

— Attendez, docteur ! Depuis tout à l'heure, vous m'expliquez que Zélie et Gabriel croient incarner Solène et Raphaël, et vous me dites maintenant qu'on aurait plutôt affaire à un kidnappeur schizophrène ? Il faudrait vous décider !

— L'analyse comportementale n'est pas une science exacte, répondit la psy avec calme. Qui plus est, vous me demandez un avis sur la base d'une simple lettre. Mon travail consiste généralement à m'entretenir longuement avec les enfants afin de déceler leurs souffrances et non pas à lire dans le marc de café. Je ne fais que vous présenter les différentes options qui s'offrent à nous. La mort de Solène a terriblement affecté notre ravisseur, que ce soit un homme ou une femme. Ce drame a dû conditionner sa vie et il souhaite désormais réparer ce qu'il considère être une injustice. Qu'il ait endoctriné les enfants pour qu'ils se substituent aux jumeaux ou qu'il ait fantasmé cette nouvelle famille en retenant contre leur gré Zélie et Gabriel, nous sommes face à une seule question : qui pouvait bien aimer Solène au point d'être traumatisé par sa mort trente ans après ?

Fabregas, qui commençait à perdre le fil, répondit instinctivement :

— Victor Lessage, bien sûr, et j'imagine le kidnappeur des jumeaux. Si la mort de Solène était accidentelle, comme le pense Jean, alors celui ou celle qui l'avait enlevée a dû en souffrir terriblement.

— Absolument, dit-elle comme pour le féliciter. J'avais cependant une personne bien précise en tête.

Fabregas, fatigué par cette gymnastique intellectuelle, posa sur elle un regard dur.

— Si vous avez un nom, docteur, n'hésitez pas ! L'heure n'est pas vraiment aux devinettes !

— Vous l'évoquiez vous-même tout à l'heure, capitaine. Raphaël Lessage ! Dites-moi quel frère ne serait pas traumatisé par la mort de sa sœur jumelle ?

– 24 –

Désigner Raphaël Lessage comme le ravisseur présumé des enfants soulevait de nouveaux problèmes. Depuis vingt-neuf ans, aucune piste n'avait permis de retrouver la trace du jumeau disparu. Jean Wimez avait passé la majeure partie de sa vie à la recherche du moindre indice pour finalement accepter le fait qu'on ne le retrouverait jamais. La simple idée qu'il soit toujours en vie relevait du fantasme, surtout pour un esprit cartésien comme celui de Fabregas. Pourtant, il devait admettre que c'était ce nom qui lui revenait en tête à chaque question qu'il se posait. Pourquoi quelqu'un cherchait-il désespérément à faire parler Solène au travers d'autres enfants ? Que ce soit Nadia, Zélie ou Gabriel, tous avaient eu un message à transmettre de sa part. Sans compter les attentions directement adressées au père. Qui d'autre que Raphaël pouvait tenir à ce point à ce que Victor Lessage sache qu'il était pardonné ? D'ailleurs, ce pardon lui-même en disait long. Si le père des jumeaux avait dit toute la vérité sur ce qui s'était passé quelques jours avant l'enlèvement de ses enfants, qui d'autre pouvait être au courant ? Victor avait précisé que même sa femme n'en avait rien su, alors comment un inconnu aurait-il pu deviner qu'il avait quelque chose à se faire pardonner ?

Malheureusement, même s'il était prêt à admettre que Raphaël Lessage était le coupable de ces enlèvements, Fabregas n'en était pas pour autant plus avancé. La priorité absolue était de retrouver les enfants et, sans éléments supplémentaires, lui et ses hommes étaient bloqués.

De retour à la gendarmerie et mis au fait des derniers événements, Jean ne pouvait que partager cet avis. En lisant la lettre reçue par Mlle Gauthier, il avait d'abord été pris d'un vertige. Fabregas s'en était inquiété, réalisant pour la première fois que son ancien supérieur n'était peut-être plus en état de poursuivre cette enquête, mais Jean l'avait remis à sa place. Tendrement, comme l'aurait fait un père.

— Si tu crois qu'on est bon pour la casse à soixante-cinq ans, alors tu as du souci à te faire, mon garçon, parce que ça vient beaucoup plus vite qu'on ne le pense ! En un clin d'œil, tu passes de la force de l'âge à la faiblesse des artères. Ça ne veut pas dire pour autant qu'on est gâteux.

Fabregas s'était excusé et les deux hommes étaient rapidement revenus au sujet qui les intéressait.

— Si Raphaël est de retour, avait commencé Jean, alors tu dois lancer un avis de recherche !

— Un de nos techniciens est déjà en train de modifier son portrait avec le logiciel de vieillissement.

— Il faudra le diffuser dans toute la région ! Il n'a pas pu s'installer à Piolenc. Son père aurait forcément fini par tomber sur lui.

— C'est prévu, répondit Fabregas sans insister sur le fait qu'il connaissait son métier. Les départements de la Drôme, du Var et du Gard sont déjà avertis. Ils n'attendent plus que notre feu vert.

— Parfait !

Le capitaine percevait toutefois chez son ancien supérieur une insatisfaction que son approbation ne parvenait pas à dissimuler, et il l'interrogea à ce sujet.

— Je sais que l'urgence est de retrouver les petits, expliqua-t-il, mais en admettant que Raphaël soit le responsable de ces disparitions, il n'empêche qu'il a lui aussi été victime d'un enlèvement. Tu sembles oublier ce pan de l'histoire.

— Je n'oublie rien, Jean, mais comme tu viens de le dire, retrouver le ravisseur des jumeaux n'est pas notre priorité. Ce qui a bien pu se passer dans la tête de Raphaël pour qu'il passe de victime à bourreau, en revanche, ça c'est un point sur lequel on devrait se pencher ! Ça nous permettrait peut-être d'appréhender les jours à venir. Raphaël est-il devenu dangereux au point de faire du mal à ces enfants ? Voilà les questions auxquelles j'aimerais pouvoir répondre. Et dis-toi que si nous mettons la main sur lui, tu auras aussi les réponses aux tiennes !

— Il y a un autre point qui me dérange. À t'entendre, la culpabilité de Raphaël ne fait même plus de doute. Ça ne te ressemble pas de courir après un seul lièvre.

— Tu crois que je n'en ai pas conscience ? s'énerva alors Fabregas. J'essaie de me convaincre que c'est la piste la plus sérieuse à suivre parce que les autres ne m'ont amené nulle part jusqu'ici et que le temps presse. Ce matin, j'étais prêt à m'acharner sur un homme qui avait le malheur de porter le même prénom que notre Raphaël et d'être né la même année. Si ton copain ne l'avait pas disculpé, tous mes hommes seraient à sa recherche à l'heure qu'il est.

— Ce n'est pas parce que ce Raphaël Dupin n'est pas le fils de Victor qu'il n'a rien à se reprocher, répondit Jean plus calmement. On ne donne pas volontairement de fausses informations aux autorités sans avoir quelque chose à cacher.

— Je sais, admit le capitaine à contrecœur. Je n'ai pas l'intention de lâcher cette piste, mais je dois prioriser mes ordres. Je ne peux pas disperser mes hommes dans toutes les directions. Tu sais très bien comment ça fonctionne. Les deux que j'ai bloqués hier sur la recherche d'une autre enfant disparue ont fait chou blanc. Aucune petite fille n'a été enlevée dans la région fin 1989. Résultat, j'ai juste réussi à nous faire perdre du temps.

— Tu as raison, je sais comment ça fonctionne, se permit l'ex-gendarme, et tu sais aussi bien que moi que c'est le boulot d'un enquêteur de vérifier chaque point, même s'il ne lui a été dicté que par son instinct. Tu te devais de faire cette recherche, ne serait-ce que pour éliminer cette piste.

— Peut-être, mais en attendant, Zélie et Gabriel sont toujours dans la nature et je n'ai que celle d'un fantôme à me mettre sous la dent.

Frustré par son propre constat d'impuissance, Fabregas regarda sa montre pour se donner une contenance. Dix-huit heures. L'institutrice avait forcément fini sa journée. N'ayant toujours pas reçu les résultats des analyses demandées au labo, le capitaine était bloqué. Aussi décida-t-il qu'il était temps d'honorer le rendez-vous que Mlle Gauthier avait fixé au docteur Florent. Il passa récupérer la psy dans le bureau qu'on lui avait attribué et fit le trajet les mâchoires serrées. Son ancien supérieur l'avait poussé dans ses retranchements, mais il ne pouvait pas lui donner tort. Tout miser sur Raphaël Lessage était une ineptie et Fabregas s'en voulait. Conforté par la pédopsychiatre, il s'était engouffré à corps perdu dans cette direction faute de mieux.

En arrivant devant l'immeuble de trois étages où habitait l'institutrice, la colère qu'il essayait d'apaiser fut pourtant décuplée. Le docteur Florent lui avait demandé d'attendre la fin de journée pour interroger Mlle Gauthier. Elle avait même réussi à le convaincre que ce serait le seul moyen de la faire parler. Maintenant qu'il observait les flammes qui ravageaient le bâtiment, Fabregas savait qu'il avait commis une erreur irréparable en se fiant au jugement du docteur.

– 25 –

Une vingtaine de badauds s'étaient agglutinés sur le trottoir d'en face, hypnotisés par les flammes, tandis que les pompiers s'agitaient dans tous les sens. Fabregas s'était immédiatement présenté au responsable. Sans vouloir ralentir le travail de ces soldats du feu auxquels il vouait un respect sans limites, le capitaine avait cherché à s'informer de la situation. Un caporal lui avait répondu de manière concise tout en donnant des ordres à ses hommes via son talkie-walkie. On ne dénombrait aucune victime pour l'instant mais ils n'avaient pas encore pu accéder au dernier étage, celui où vivait Mlle Gauthier.

Il était trop tôt pour dire si l'incendie était d'origine criminelle. Une enquête serait bien évidemment diligentée, mais les experts n'interviendraient pas avant que les cendres ne soient entièrement refroidies.

Le capitaine avait ensuite interrogé les habitants de l'immeuble parqués derrière le dispositif de sécurité. Trois seulement répondaient à l'appel. Alertés par le déclenchement du système d'incendie, ils s'étaient retrouvés sur le trottoir avant que les flammes n'envahissent la cage d'escalier. Ils ne savaient pas si d'autres personnes se trouvaient toujours coincées dans l'immeuble.

Sur les trois rescapés, on comptait un couple de retraités qui supputaient, ou tout du moins espéraient, que les six locataires manquants n'étaient pas encore rentrés de leur travail.

— C'est vrai que Mlle Gauthier est généralement chez elle à cette heure-là, avait dit la femme fébrilement, mais je ne l'ai pas entendue monter les escaliers.

— Et c'est toujours le cas ? s'empressa de demander Fabregas.

— Non, pas toujours. N'allez pas croire que j'ai l'oreille collée à la porte ! Simplement, les cloisons sont assez fines dans cet immeuble et si jamais je me trouve dans la cuisine quand quelqu'un monte les escaliers, alors je l'entends. Mlle Gauthier est la seule à porter des talons, alors forcément je la reconnais.

— Mais vous êtes sûre de ne pas l'avoir entendue aujourd'hui ?

— Ça, j'en suis sûre ! Mais ça ne veut pas dire que cette pauvre femme n'est pas bloquée là-haut.

La vieille femme avait répondu sans quitter des yeux l'immeuble en flammes. Elle tenait son sac à main collé sur sa poitrine tandis que son mari avait des larmes dans les yeux. Fabregas comprenait que ces retraités observaient avec impuissance la destruction de leur logement, et avec lui tous les souvenirs qu'il contenait.

Le troisième rescapé était un adolescent qui attendait le retour de ses parents. Absorbé dans son jeu vidéo, il n'avait rien vu ni rien entendu, pas même le déclenchement de l'alarme. Si son chien ne lui avait pas tiré la jambe pendant plusieurs minutes, il serait certainement évanoui par manque d'oxygène à l'heure qu'il est.

Fabregas avait convoqué trois de ses hommes pour procéder aux interrogatoires du voisinage. Si l'incendie avait été déclenché intentionnellement, il valait mieux récolter les informations alors qu'elles étaient encore fraîches dans les esprits.

Il retourna dans sa voiture en attendant que le chef des pompiers puisse lui donner davantage de nouvelles. Le docteur Florent, qui n'avait pas quitté sa place depuis leur arrivée, se terrait dans le silence. Le capitaine savait qu'elle culpabilisait de ne pas avoir su convaincre l'institutrice de se rendre immédiatement à la gendarmerie. Il ne fit rien pour la soulager. Quelque part, lui aussi lui en voulait. Il avait freiné son instinct sur ses recommandations et le regrettait amèrement. Tous deux n'avaient plus qu'à espérer que Mlle Gauthier ait fait un détour avant de rentrer chez elle.

— Répétez-moi les derniers mots qu'elle vous a adressés, dit-il à brûle-pourpoint.

— Capitaine, je vous l'ai déjà dit. Elle m'a juste demandé de la retrouver chez elle en fin de journée.

— C'était avant ou après que le directeur de La Ròca entre dans la pièce ?

— Après. Je pense qu'elle se serait confiée s'il n'avait pas fait irruption.

Fabregas serrait nerveusement son volant tout en s'interrogeant. Gauthier avait-elle eu peur de son supérieur ou avait-elle seulement souhaité s'exprimer en privé ? Dans le doute, il avait décidé de convoquer le directeur de l'établissement le lendemain à la première heure.

Trois pompiers venaient de ressortir de l'immeuble. Seuls. Fabregas devina que le caporal donnait de nouveaux ordres à ses équipes, ce qui lui fut confirmé dès qu'il vit l'échelle du camion se dresser. Deux hommes se préparaient pour l'ascension quand une fenêtre du troisième étage explosa. Pour s'être renseigné auprès des retraités, le capitaine savait qu'il s'agissait de celle de l'appartement de l'institutrice. La bonbonne de gaz de la cuisine avait dû exploser, soufflant tout sur son passage. Si la femme était chez elle avant le début de l'incendie, alors Fabregas n'était pas sûr de lui souhaiter d'être toujours en vie.

Les sapeurs-pompiers mirent presque trois heures pour maîtriser l'incendie. Fabregas en avait profité pour ramener la pédopsychiatre à son hôtel avant de porter assistance à ses hommes pour l'enquête de voisinage. Jusqu'ici, les seuls témoignages qui avaient suscité l'intérêt des gendarmes étaient ceux d'une bande d'étudiants qui avaient passé l'après-midi à la terrasse d'un café situé en face de l'immeuble. Ils ne se souvenaient pas d'avoir vu l'institutrice, mais ils étaient tous d'accord sur un point : un homme était sorti en courant peu de temps avant le début de l'incendie. Malheureusement, la description qu'ils pouvaient en faire ne serait pas d'une grande utilité. L'inconnu était de race blanche, d'une taille moyenne et portait une casquette si bien vissée sur la tête que les étudiants n'avaient vu ni ses yeux ni même la couleur de ses cheveux. L'homme avait tourné à droite à la première intersection. Fabregas imaginait qu'il avait récupéré un véhicule garé plus loin.

Le capitaine commençait à donner ses instructions pour le lendemain matin quand un silence envahit la rue jusqu'ici plongée dans un brouhaha incessant. Fabregas suivit le regard des badauds toujours obnubilés par le spectacle et comprit ce qui les avait fait taire. Deux pompiers ressortaient de l'immeuble, accompagnés cette fois d'une civière. Les villageois espéraient certainement apercevoir un survivant, une connaissance ou un visage familier qu'ils croisaient chaque dimanche au marché, mais la couleur de la housse mortuaire mit fin à leurs espoirs.

– 26 –

— Notre homme…

— Pardon ?

— Il faut vous détendre, capitaine, je n'ai encore rien dit !

— Vous venez de dire « notre homme ». Vous êtes sûr de ce que vous avancez ?

— Vous ai-je déjà donné des raisons de croire que j'ai eu mon diplôme dans une pochette-surprise ?

Le légiste regardait Fabregas par-dessus ses lunettes, un sourire en coin. Les deux hommes se connaissaient depuis plus de quinze ans et s'entendaient parfaitement ; aussi le médecin ne s'était-il pas offusqué de cette interruption.

— Désolé, docteur, je pensais que nous avions affaire à une femme.

— J'avais compris, figurez-vous, mais à moins que votre femme ne se soit développé la crête occipitale ou rétréci l'échancrure sciatique toute seule, ce qui relèverait de l'exploit anatomique, permettez-moi de continuer mon rapport sur la base d'un individu de sexe masculin !

Fabregas sourit à son tour. Le docteur Leroy aimait dérouter ses interlocuteurs avec son jargon scientifique dès qu'il en avait l'occasion, et le capitaine venait de lui tendre le bâton.

Le corps calciné qui se trouvait sur la table d'autopsie n'était donc pas celui de Mlle Gauthier. Bien que soulagé par cette nouvelle, Fabregas comprenit que le mystère s'épaississait encore. Le légiste pensait pouvoir prélever de l'ADN sur les tissus les moins endommagés et transmettre un dossier dentaire assez complet. Encore fallait-il qu'il y ait une correspondance dans les bases de données pour espérer mettre un nom sur l'homme qui venait de mourir dans l'appartement de l'institutrice.

Selon le directeur de La Ròca, celle-ci vivait seule et on ne lui connaissait pas de petit ami. Bien sûr, il était tout à fait envisageable que l'institutrice ait gardé ces informations pour elle, puisqu'elles relevaient de la vie privée, mais ses voisins avaient assuré ne jamais avoir vu d'homme monter chez elle. Si Mlle Gauthier avait une relation, elle avait su rester discrète.

— Je peux également vous dire que votre homme était mort avant que l'incendie ne se déclenche, reprit le légiste, sortant Fabregas de ses pensées.

— Et selon vous, quelle serait la cause de la mort ?

— Je pencherais pour un traumatisme crânien. Vous voyez cette fissure en forme d'étoile ?

Fabregas s'approcha un peu plus du corps et observa la marque que le légiste lui pointait du doigt.

— J'imagine que vous avez déjà la réponse, docteur, et que vous savourez ce moment ! Qu'est-ce qui vous dit qu'il ne s'est pas fait ça en perdant connaissance à cause de la fumée, justement ?

— Parce que, dans ce cas, nous aurions des traces de monoxyde de carbone dans ses poumons, or ce n'est pas le cas. Votre homme avait cessé de respirer bien avant que vous n'arriviez !

— Vous pouvez me dire quand, exactement ?

— Pas encore. Pour ça, il faut attendre les résultats du labo. Comme vous vous en doutez, la température du corps n'est pas vraiment un indicateur fiable dans ce cas de figure !

Fabregas imaginait que c'était un trait d'humour mais, dans le doute, il préféra poursuivre sur un ton professionnel.

— Que pouvez-vous me dire d'autre à ce stade ?

— Pas grand-chose, j'en ai peur. Je suis malheureusement au courant de votre affaire en cours, capitaine, et c'est pour cela que j'ai accepté de m'occuper de votre inconnu en urgence. Mais il est minuit passé et, à cette heure, vous allez être obligé de vous contenter de mes constatations préliminaires.

— Et je vous en remercie, docteur. J'enverrai certainement un de mes lieutenants suivre la fin de l'autopsie demain.

— Tant que vous ne m'envoyez pas Vicart !

Fabregas, qui pensait justement à lui, demanda au légiste de s'expliquer.

— Ne prenez pas la mouche, capitaine, simplement votre petit a beau être de bonne volonté, je suis toujours obligé de garder un œil sur lui. La dernière fois, si je ne lui avais pas tendu un haricot à temps, il aurait rempli l'abdomen d'un de mes sujets avec ses propres fluides alors que je venais de l'évider.

Fabregas, qui se serait volontiers passé de cette image avant de rentrer chez lui, se fendit d'un rictus. Il était obligé d'admettre que Vicart n'était pas le plus résistant de ses hommes, mais sa sensibilité avait d'autres avantages, et il n'était pas sûr de vouloir endurcir cet enfant du pays coûte que coûte. Le capitaine s'inquiétait parfois de son propre détachement. Il s'était endurci avec les années, ce qui lui avait permis de grimper les échelons rapidement, mais il savait pertinemment qu'il y avait laissé une part d'âme qu'il ne retrouverait jamais.

Sur le chemin du retour, Fabregas tenta d'établir un bilan rapide. Le résultat n'était pas glorieux. Raphaël Dupin était peut-être suspect de quelque chose, mais pas d'être le fils Lessage qui, lui, restait introuvable. L'institutrice qui semblait détenir des informations était maintenant portée disparue tandis qu'un homme se trouvait sur une table de dissection et qu'il n'avait aucune idée de son identité. Un autre homme qui avait été vu sortant en courant de l'immeuble de Gauthier était peut-être responsable des derniers événements mais, sans une description plus précise, leurs chances de lui mettre la main dessus étaient quasiment nulles. Enfin, l'autopsie de Nadia, qu'il avait ordonnée malgré la désapprobation des parents, avait confirmé la thèse du suicide. L'enterrement aurait lieu dans deux jours et le capitaine n'avait aucune explication à fournir à la famille quant aux raisons qui l'avaient poussée à un tel geste. Qu'avait-il bien pu se passer dans la tête de cette petite fille de onze ans pour qu'elle préfère mettre fin à ses jours plutôt que raconter ce qui lui était arrivé ?

Le constat était amer. Chaque fois qu'il pensait faire un pas dans la bonne direction, un nouvel élément remettait tout en cause. Suivre la piste de Zélie et Gabriel revenait à s'aventurer dans un labyrinthe, un entrelacs de possibilités menant toutes à une impasse.

Fabregas en était réduit à miser secrètement sur ce petit ingrédient qui lui faisait défaut jusqu'ici mais qui finirait bien par se produire : le facteur chance. Le travail des enquêteurs, aussi rigoureux soit-il, n'était pas toujours suffisant. Parfois, l'aléa fournissait la clé manquante. Un témoin qui ne s'était pas encore manifesté et qui franchissait tout à coup les portes d'une gendarmerie. Une fiche dans les bases de données qui ressortait après une recherche d'empreintes. En l'occurrence, il savait qu'il ne pouvait rien attendre de l'appartement de Mlle Gauthier, qui avait été ravagé par les flammes. L'homme allongé sur la table d'autopsie, en revanche, aurait peut-être des secrets à leur livrer.

Demain, il attaquerait sa journée en interrogeant le directeur de La Ròca. À bien y réfléchir, cet homme connaissait tous les protagonistes de cette histoire, hormis peut-être Raphaël Lessage, et Fabregas n'avait pas l'intention de commettre deux fois la même erreur. Malgré les derniers événements, Fabregas ne reporterait pas son entrevue comme il l'avait fait avec Mlle Gauthier.

– 27 –

Les jambes croisées et les mains dans les poches, le directeur de La Ròca n'avait pas l'air impressionné de se retrouver dans cette salle d'interrogatoire face au capitaine de la gendarmerie. Son attention était monopolisée par la pendule, ce qui eut vite fait d'agacer Fabregas.

— Ce n'est pas un militaire qui va me reprocher de vouloir être ponctuel ! s'était défendu le directeur.

Le ton emprunté se voulait désinvolte, mais le capitaine reprit immédiatement les rênes de l'entretien :

— Je crois que vous n'avez pas bien compris la raison de votre présence, monsieur Darras. Si je vous ai convoqué, ce n'est pas pour faire la causette, et le fait que vous arriviez en retard à La Ròca est le cadet de mes soucis ! Est-ce que j'ai été assez clair ?

Fabregas avait volontairement évité les « monsieur le directeur ». Il savait d'expérience que ce petit détail pouvait avoir un grand impact chez ses interlocuteurs, surtout chez les hommes, généralement plus attachés que les femmes à leur petit pouvoir, et la technique fonctionna. Le directeur de La Ròca s'était redressé, le dos bien droit sur sa chaise.

— Je croyais que vous souhaitiez me parler de Mlle Gauthier, bafouilla-t-il.

— De Mlle Gauthier, de Raphaël Dupin, de Nadia, de Zélie, de Gabriel ! Et encore, ce sont les premiers noms qui me viennent à l'esprit. Autant vous dire que vous n'êtes pas prêt de sortir d'ici !

Darras avait dégluti et on ne distinguait plus rien de sa superbe. Apeuré, le directeur scrutait la pièce d'un nouvel œil et, à la place de la pendule, son regard s'attardait désormais sur la porte de sortie.

— Écoutez, capitaine, je crois qu'il y a un malentendu ! Je vous ai déjà dit tout ce que je savais et il me semble que j'ai fait tout ce qui était en mon pouvoir pour vous aider.

— C'est ce que j'ai l'intention de vérifier, monsieur Darras. Commençons par Mlle Gauthier.

— Eh bien ?

— Depuis quand la connaissez-vous ?

— Six ans. Elle était déjà en poste quand j'ai pris la tête de l'établissement.

Toujours ce besoin de rappeler qu'il était le chef, se dit Fabregas qui n'appréciait guère l'homme assis face à lui. Quelque chose chez Darras l'agaçait profondément, même s'il était incapable de dire quoi exactement. Ce n'était pas sa suffisance, le capitaine en avait connu d'autres. Non, c'était plutôt l'indifférence qu'il montrait à l'égard des victimes. Une de ses élèves s'était suicidée tandis que deux autres manquaient à l'appel depuis plus de quarante-huit heures et il ne semblait pas plus perturbé que ça par la situation.

— Vous aimez votre métier ? demanda alors Fabregas sans transition.

— C'est important ?

— Laissez-moi juger de ce qui l'est ou pas, vous voulez bien ?

— Comme vous voudrez. J'ai quarante ans, capitaine, et je n'ai pas l'intention de rester toute ma vie le directeur d'une école primaire de patelin. J'ai d'autres ambitions, figurez-vous ! Donc pour répondre à votre question : j'aime mon métier, mais je pense que ma place n'est pas ici.

— Et où serait-elle, selon vous ?

— J'attends d'être muté sur Avignon, mais vous savez comment ça se passe…

— Non, je ne le sais pas et pour tout vous dire, ça ne m'intéresse pas !

Une seule information avait retenu l'attention du capitaine et elle ne concernait pas la carrière de Darras.

— Quarante ans, vous dites. Et vous êtes de la région ?

— Je suis né ici, si c'est votre question. Je suis parti après le bac pour…

— Vous avez donc fait votre scolarité à Piolenc ! le coupa Fabregas sans ménagement.

— La primaire, seulement.

— À La Ròca ?

— Comme la plupart des enfants, mais je ne vois pas en quoi mon enfance peut vous intéresser !

Fabregas ne partageait pas cet avis. Ce qui n'était au départ qu'une simple intuition se transformait peu à peu en certitude. La réponse qu'il s'apprêtait à entendre ne changerait peut-être rien à son affaire, mais il savait qu'il devait poursuivre dans cette direction.

— Connaissiez-vous Raphaël Lessage, monsieur Darras ?

Le directeur de La Ròca changea alors totalement d'expression. Un mélange d'incompréhension et d'appréhension s'était plaqué sur son visage. Tout son corps était en alerte, comme si les mots qu'il allait prononcer pouvaient sceller définitivement son sort.

— L'avez-vous connu, oui ou non ? répéta Fabregas pour le bousculer. Il me semble que la question est simple !

— Oui, avoua Darras dans un murmure. Nous étions dans la même classe. Mais une fois de plus, je ne vois vraiment pas le rapport avec votre enquête !

— Peut-être qu'il n'y en a aucun. Je m'interroge, voilà tout ! De toutes les personnes qui sont passées dans cette salle, vous êtes le premier à avoir croisé la route de toutes les victimes. Nadia, Zélie, Gabriel, Mlle Gauthier et maintenant Raphaël Lessage.

— J'avais onze ans quand Raphaël a disparu ! s'emporta le directeur. Vous n'allez quand même pas me reprocher ce qui lui est arrivé ! Accusez-moi du meurtre de sa sœur, pendant que vous y êtes !

— Qui a parlé de responsabilité, monsieur Darras ? Je vous l'ai dit, je m'interroge ! Si on ajoute à ça le fait que vous connaissez Raphaël Dupin, actuellement recherché par nos services, avouez que ça commence à faire beaucoup !

— Qui ça ?

Le directeur de La Ròca ressemblait à un boxeur sonné par les poings de son adversaire et acculé dans un coin du ring.

— Raphaël Dupin ! reprit pourtant sans ciller le capitaine. L'intérimaire de la société Élite.

— Mais je ne le connais pas !

— Vous nous avez amenés à lui, je me trompe ?

— Non, enfin oui… Ce que je veux dire, c'est que je n'ai fait que demander à Élite la liste de leurs employés. Et je l'ai fait pour vous aider ! Je n'ai jamais rencontré cet homme personnellement.

— Comment pouvez-vous en être sûr ?

— Je ne comprends pas.

— La fiche que vous a envoyée Élite ne comportait pas de photo. Donc comment pouvez-vous être sûr que vous ne connaissez pas cet homme ?

— Parce que je ne vais jamais dans les cuisines, je vous l'ai dit, donc je ne vois pas comment je pourrais le connaître.

— Vous permettez qu'on vérifie ?

Fabregas avait posé sa question tout en plaçant le portrait de Dupin sous les yeux du directeur. Darras devint si pâle que le capitaine crut qu'il allait défaillir.

– 28 –

— Posez ce fusil, monsieur Mourier, avant que quelqu'un ne soit blessé !

Jean Wimez avait parlé d'une voix ferme et posée, mais son cœur battait à cent à l'heure. Le père de la petite Zélie tremblait comme une feuille tout en tenant en joue Victor Lessage, et Jean craignait que le coup ne parte accidentellement. Depuis vingt minutes, la situation n'avait pas beaucoup évolué. Jacques Mourier menaçait le père des jumeaux avec son fusil de chasse, tandis que l'ex-gendarme assistait impuissant à la scène, jouant les négociateurs comme il le pouvait. Le père de Zélie était venu demander des comptes, persuadé que Victor Lessage en savait plus qu'il ne le disait.

— Si les gendarmes vous ont retenu aussi longtemps, c'est bien qu'il y a une raison ! avait-il crié, désespéré. Dites-moi où est ma petite fille !

Victor Lessage était resté étonnamment calme depuis cette intrusion dans son salon. Son regard montrait même de l'indulgence envers l'homme qui pointait une arme dans sa direction. Pour l'avoir vécu avant lui, il savait ce que ce père endurait et ne cherchait pas à se protéger.

— M. Lessage n'a rien à voir avec l'enlèvement de votre fille, monsieur Mourier, vous devez me croire !

Jean avait répété cette phrase une dizaine de fois, mais le père de Zélie ne voulait rien entendre. Le silence de Victor ne faisait qu'alimenter la tension.

À plusieurs reprises déjà, Jacques Mourier avait brandi d'une main le portrait de sa fille, ne tenant plus son fusil qu'à la force d'un seul bras, ce qui effrayait encore plus Jean Wimez qui avait déjà vu des accidents survenir pour moins que ça. Le père éploré était venu avec une idée en tête, celle de faire parler Lessage, et maintenant qu'il était face à ce roc silencieux, son esprit vacillait.

— Regardez-la, hurlait-il des larmes dans les yeux, regardez ma petite fille ! Comment vous avez pu vous en prendre à elle ?

Jean jetait régulièrement des coups d'œil par la fenêtre, espérant l'arrivée imminente des renforts. Il avait réussi à envoyer un texto à Fabregas sans se faire remarquer. Le message était succinct, mais l'ex-gendarme savait qu'il serait traité avec diligence : « Chez Lessage. Mourier. Menace. Arme à feu. » Il serait toujours temps de compléter le moment venu. Cela faisait cependant plus d'un quart d'heure qu'il avait envoyé son appel à l'aide et il n'entendait toujours aucune sirène. Fabregas l'avait-il seulement reçu ? Faute d'avoir enregistré leur numéro de portable dans son répertoire, Jean ne pouvait pas contacter les autres lieutenants. Il composa alors, le plus discrètement possible, celui du standard de la gendarmerie qu'il connaissait encore par cœur, et laissa sonner dans le vide sans porter l'appareil à son oreille. Il espérait que celui qui décrocherait serait assez attentif pour écouter la conversation qui se déroulait en bruit de fond et qu'il comprendrait la situation.

— Monsieur Mourier, calmez-vous ! dit-il alors un peu plus fort, espérant être entendu à l'autre bout de la ligne. Je vous le répète, Victor Lessage n'est pas responsable de la disparition de Zélie, donc posez ce fusil et asseyons-nous tous les trois ! Je suis sûr que M. Lessage sera disposé à vous parler si vous cessez de le menacer.

Jean espérait que le message avait été réceptionné car il était conscient qu'une étincelle suffirait à faire dégénérer la situation. Il fut d'autant plus en alerte quand Victor se racla la gorge pour attirer l'attention.

— Je sais qu'il est tôt, mais un verre d'origan du Comtat, ça vous tente ?

Victor avait surpris son monde. Non seulement c'était la première fois qu'il s'exprimait, mais le ton qu'il avait employé ne laissait paraître aucune anxiété. Jean avait même l'impression qu'il s'amusait.

— Mon père m'a dit un jour que cet alcool avait éradiqué le choléra ! continua-t-il. On n'en est pas là, mais ça ne pourra pas nous faire de mal, non ?

Contre toute attente, le père de Zélie baissa la garde. Était-ce l'absurdité de la situation qui l'avait interpellé ou la fatigue qui le gagnait, le fait est que le canon de son fusil de chasse pointait désormais en direction des pieds de Lessage. Jean profita de l'accalmie pour retirer délicatement l'arme de la main de Mourier, tout en lui posant une main sur l'épaule.

— Venez vous asseoir, lui dit-il à l'oreille. Victor a raison. Un petit remontant ne nous fera pas de mal.

C'est ainsi qu'à neuf heures et demie du matin, Fabregas et son équipe trouvèrent trois hommes passablement éméchés installés confortablement dans le salon de Lessage.

Le capitaine s'était d'abord montré agressif. Il avait dû écourter son entretien avec le directeur de La Ròca. Ne voulant pas le laisser repartir dans la nature, il lui avait signifié sa garde à vue. Mais les éléments qu'il avait contre lui étaient tellement minces qu'il devait faire vite s'il ne voulait pas qu'un avocat le fasse relâcher avant même qu'il ne soit de retour. Confronté à la détresse qui habitait les deux pères de famille, Fabregas s'était rapidement calmé. Il avait pris Jean à part pour le remercier d'avoir su gérer la situation.

Victor refusa de porter plainte à l'encontre de Mourier. Fabregas, lui, ne pouvait pas fermer les yeux sur ce qui venait de se passer. Les protagonistes parvinrent à un arrangement. Le capitaine retournerait finir son interrogatoire, le temps que les trois hommes cuvent leur vin, et Jacques Mourier se présenterait ensuite à la gendarmerie pour se livrer. Jean s'en était porté garant.

À situation exceptionnelle, procédure exceptionnelle, s'était dit Fabregas en remontant dans sa voiture de fonction.

Victor Lessage, qui détestait qu'on lui dise ce qu'il devait faire, avait resservi les trois verres et repris la conversation qu'ils avaient entamée, comme si rien ne s'était passé.

— Je crois que j'ai réalisé seulement au bout de quatre jours ce qui nous arrivait. Les jumeaux me manquaient, bien sûr, mais je me disais qu'ils allaient revenir. Qu'ils avaient dû fuguer mais que, sans argent ni nourriture, ils n'iraient pas bien loin et finiraient par rentrer. Je voyais bien que tout le monde s'agitait autour de moi, mais je n'arrivais pas à me sentir concerné. Luce passait son temps à pleurer et moi, tout ce que je trouvais à dire c'était « Ça va aller ».

Jacques Mourier écoutait Victor en dodelinant de la tête comme s'il approuvait chacun de ses mots. Des larmes coulaient sur ses joues et il ne cherchait pas à les cacher. À chaque gorgée de liqueur, sa glotte remontait péniblement. Le père de Zélie paraissait tout de même plus en paix qu'à son arrivée.

— Je ne connais pas Zélie, reprit Victor avec un petit sourire, mais si elle a ton caractère, Jacquot, je suis sûr qu'elle va s'en sortir !

— Que Dieu t'entende, Victor, que Dieu t'entende, répondit Mourier la bouche pâteuse.

Jean observait ces deux pères meurtris sans rien dire. Un lien indicible les réunissait désormais et il aurait préféré les laisser seuls plutôt que de livrer l'un d'eux à la gendarmerie.

– 29 –

Cela faisait à peine trois heures qu'il était retenu à la gendarmerie, pourtant le directeur de La Ròca donnait l'impression d'avoir passé la nuit en cellule. La chemise froissée, les cheveux en bataille, Darras n'était que l'ombre de lui-même et Fabregas avait bien l'intention d'en profiter, d'autant que son aller-retour chez Lessage l'avait fortement agacé.

Le directeur avait réagi de façon vive au portrait de Raphaël Dupin, sans pour autant s'expliquer. Le capitaine, prêt à durcir le ton, avait été interrompu par Vicart et cette histoire de menace à l'encontre du père des jumeaux. Fabregas, qui n'avait d'autre choix que de se rendre sur place, avait alors misé sur une technique éprouvée : laisser mariner le témoin sans lui donner d'explication. À bien observer Darras, le capitaine se disait que la manœuvre avait fonctionné. Le directeur était visiblement prêt à parler, Fabregas n'avait plus qu'à appuyer sur le bon bouton.

Sans même dire un mot, il plaça à nouveau le cliché de Dupin sous les yeux de Darras. Celui-ci s'agita sur sa chaise. L'énergie qui l'animait à huit heures ce matin avait totalement disparu. Il n'attendit même pas la première question, comprenant que parler était sa seule option s'il voulait sortir d'ici.

— Je ne savais pas que cet homme était l'intérimaire que vous recherchiez ! Il faut me croire.

— Je suis prêt à vous croire, monsieur Darras. Expliquez-moi simplement comment vous le connaissez.

Darras semblait peser le pour et le contre, comme si ce qu'il s'apprêtait à dire pouvait se retourner contre lui. Le fait qu'il ne réclame pas l'assistance d'un avocat jouait en sa faveur et incita Fabregas à mesurer ses propos :

— Monsieur Darras, la vie de deux enfants est en jeu et je suis persuadé que vous ne voulez pas qu'un autre malheur arrive. Nous n'avons pas pu sauver Nadia, mais il n'est peut-être pas trop tard pour Zélie et Gabriel. Si vous détenez la moindre petite information sur cet homme, il faut tout nous dire !

Le ton n'était ni agressif ni autoritaire. Même si Fabregas ne croyait pas une seconde pouvoir toucher une corde sensible chez cet homme, il était convaincu que le directeur ne laisserait pas passer la chance de se positionner en sauveur.

— Monsieur Darras, insista-t-il, vous détenez peut-être la clé de toute cette affaire. Dites-nous qui est Raphaël Dupin.

— Cet homme a travaillé trois mois pour nous. Il venait une fois par semaine pour s'occuper de la maintenance informatique. Il a même réalisé notre site Internet.

— Et pourtant son nom ne vous disait rien ? demanda Fabregas, dubitatif.

— Parce que ce n'est pas le nom qu'il nous a donné. Il m'a dit s'appeler Michel Dumas.

— Et vous n'aviez pas vérifié ?

— Vérifié quoi ? demanda le directeur, sur la défensive. Comment j'aurais pu savoir que ses papiers n'étaient pas en règle ?

— Vous ne faites pas une enquête de routine avant d'embaucher qui que ce soit ?

— Une fois de plus, capitaine, nous ne parlons pas d'un professeur ni d'un surveillant ! Il venait dans nos bureaux quatre fois par mois et ne côtoyait pas les enfants. Je n'ai pas imaginé une seule seconde que cet homme pouvait nous mentir sur son identité. Et visiblement, je ne suis pas le seul ! La société Élite s'est fait avoir de la même façon.

Déplacer la responsabilité sur un tiers. Un système de défense que Fabregas ne connaissait que trop bien et qui ne l'étonnait pas de la part de cet homme. Le capitaine devinait que le directeur n'avait pas tout dit.

— Si je comprends bien, ce monsieur ne travaillait plus à La Ròca en tant que Michel Dumas, mais continuait à y faire des intérims en tant que Raphaël Dupin, c'est bien ça ?

— Il faut croire.

— Et pourtant vous ne l'avez jamais vu en tant qu'intérimaire envoyé par la société Élite, alors que cette dernière nous a dit qu'il travaillait chez vous régulièrement depuis plusieurs mois !

— Je vous ai déjà dit cent fois que je ne vais jamais dans les cuisines !

Darras, qui avait repris petit à petit confiance en se livrant, perdait à nouveau patience. L'abcès percé, il imaginait certainement que les gendarmes écourteraient sa garde à vue. Mais son histoire ne satisfaisait toujours pas le capitaine.

— Et pourquoi avoir mis fin à son contrat ?

— Je ne crois vraiment pas que ce soit important.

Ils y étaient. Fabregas se doutait que le portrait de Raphaël Dupin n'avait pas pu à ce point mettre mal à l'aise le directeur simplement parce qu'il l'avait embauché sous un autre nom. Son comportement avait laissé transparaître quelque chose de plus profond, de plus dérangeant.

— Et moi je pense que c'est à moi d'en juger ! répondit-il alors sèchement. Qu'est-il arrivé pour que vous vous passiez de ses services ?

— Nous n'avions plus besoin de lui, tenta le directeur.

— Monsieur Darras, d'une manière ou d'une autre, j'apprendrai ce qui est arrivé ! Donc à vous de voir si vous préférez que je l'apprenne de votre bouche ou de celle de quelqu'un d'autre. Mais dites-vous bien qu'en fonction de votre décision l'heure à laquelle vous sortirez d'ici ne sera pas du tout la même !

De nouveau, Darras s'était tassé sur sa chaise. Il n'osait même plus fixer le capitaine dans les yeux. Il finit par s'exprimer d'un filet de voix si faible que Fabregas fut obligé de le faire répéter un ton au-dessus.

— Je disais que ça relève de ma vie privée ! répéta le directeur, cette fois à la limite de crier.

— Que les choses soient claires entre nous, répondit en écho Fabregas d'un ton calme mais cassant, votre vie privée ne m'intéresse en aucune manière. Si j'estime que ce que vous vous apprêtez à me dire n'apporte rien de pertinent à mon enquête, alors nous en resterons là. En revanche, si j'apprends que vous m'avez caché quelque chose qui aurait pu nous permettre d'avancer, ne serait-ce que d'un seul pas, alors je serai le premier à tout balancer à *La Provence* ! Est-ce que c'est clair ?

— Vous bluffez !

— Vous voulez parier ?

Vingt secondes. Ce fut le temps nécessaire à Darras pour reprendre ses esprits et se mettre à parler :

— J'avais une liaison avec cet homme. Elle n'a duré que deux mois. J'ai cru que nous étions amoureux, jusqu'à ce que je comprenne qu'il se servait de moi.

— Que vous a-t-il demandé ?

— Rien. Mais je l'ai surpris un jour dans mon bureau en train de copier des dossiers de mon ordinateur sur une clé USB. Je lui avais fait un double de mon passe pour qu'il puisse m'attendre en toute discrétion.

— Des dossiers, vous dites. Quels dossiers ?

— Des dossiers scolaires. Je n'ai même pas cherché à savoir pourquoi, je l'ai viré sur-le-champ.

— Et vous n'en avez pas parlé aux autorités ? s'étonna Fabregas.

Darras fixa le sol pour ne pas montrer sa gêne.

— Je ne voulais pas forcément que ça s'ébruite, et j'avais promis à Solène de ne pas causer de tort à son cousin.

— Solène ? répéta le capitaine, manquant de s'étrangler.

— Oui, Solène. Mlle Gauthier, si vous préférez.

– 30 –

Comment avait-il pu passer à côté de cette information ? Fabregas se repassait le film de ces derniers jours, les entretiens, les échanges qu'il avait eus avec les différents protagonistes de cette affaire ; à aucun moment il ne se souvenait avoir entendu le prénom de l'institutrice. Bien sûr, en temps normal un prénom ne l'aurait pas forcément interpellé, mais depuis le début, cette enquête n'avait rien de normal. Les jumeaux de Piolenc hantaient chacun de ses pas et ignorer une telle coïncidence aurait relevé de la faute professionnelle.

Un autre point qui aurait pu paraître anodin dans un contexte différent s'imposa à lui. Le cousin de Solène Gauthier avait choisi comme alias Michel Dumas avant de le changer en Raphaël Dupin.

Quand son ancien supérieur avait évoqué la concordance des prénoms entre les jumeaux et les deux enfants récemment disparus, Fabregas avait creusé un peu le sujet. Il avait lu tout ce qui pouvait se trouver sur le net sur la signification exacte de ces prénoms. Même si cette recherche ne lui avait pas apporté grand-chose, il en avait retenu ceci : au même titre que

Raphaël et Gabriel, Michel était le nom d'un archange, et ça ne pouvait bien évidemment pas être fortuit.

Fabregas aurait dû jubiler d'avoir mis le doigt sur ce point ; tout nouvel élément dans une enquête était toujours le bienvenu. Sauf que, dans ce cas précis, il ne faisait qu'épaissir le mystère. Le capitaine ne cessait de récolter des informations sans réussir à leur donner un sens. Il s'obligea à récapituler les faits par écrit, espérant qu'avec le recul un schéma se dessinerait.

Solène et Raphaël Lessage avaient disparu en août 1989.

Trois mois plus tard, le corps de Solène était retrouvé dans un cimetière. Fabregas avait relu le compte rendu d'autopsie. Il n'y avait aucun doute possible sur l'identité du cadavre. Il s'agissait bel et bien de la fille de Victor Lessage.

Trente ans après, deux autres enfants étaient enlevés, ou du moins étaient portés disparus. Zélie et Gabriel. La première portait un prénom qui se fêtait le même jour que Solène, tandis que Gabriel était le prénom d'un archange, à l'instar de Raphaël.

Fabregas nota ensuite les étapes clés des deux derniers jours.

Un nom était revenu à plusieurs reprises depuis le début de l'enquête : Raphaël Dupin. Soupçonné dans un premier temps d'être le jumeau disparu, avant que cette hypothèse ne soit écartée par un Victor Lessage catégorique : cet homme n'était pas son fils !

Était-il possible qu'il ait menti ? Fabregas nota sa réflexion dans la marge. Il avait obtenu l'autorisation de faire analyser l'ongle laissé dans la salle d'interrogatoire. Les résultats ADN ne tomberaient pas avant plusieurs jours, à moins qu'il ne fasse accélérer la procédure. Compte tenu des derniers éléments, Fabregas estimait qu'il était en mesure d'obtenir cette requête en urgence.

Il y avait eu ensuite cette lettre adressée à l'institutrice, Solène Gauthier, qui incitait à stopper les recherches. Le capitaine relut ses notes et ratura le mot « incitation » pour le remplacer par « menace », suivi d'un point d'interrogation. La missive était signée Solène et Raphaël. Devait-il en déduire que Solène Gauthier elle-même et Raphaël Dupin l'avaient écrite ? Ou étaient-ce Zélie et Gabriel, persuadés d'incarner les jumeaux, comme la pédopsychiatre l'avait suggéré ?

Restait enfin à intégrer les révélations du directeur de La Ròca. L'homme avait été relâché deux heures plus tôt après avoir dit tout ce qu'il savait. Fabregas avait vu partir un homme abattu, conscient que sa réputation risquait d'être ternie dans ce village de cinq mille habitants, mais le capitaine n'était pas inquiet pour lui. Darras trouverait les ressources nécessaires pour rebondir. Le fait qu'il soit homosexuel ne serait pas un souci dans une ville de plus grande envergure. Son plus gros problème serait d'expliquer au rectorat pourquoi il n'avait pas rendu compte des agissements de Dumas. Une enquête serait ouverte pour découvrir quels dossiers scolaires avaient été copiés et dans quel but. Fabregas avait déjà mis un de ses hommes dessus.

Selon Darras, Raphaël Dupin se faisait également appeler Michel Dumas, un autre prénom d'archange, et prétendait être le cousin de Solène Gauthier. L'institutrice de Zélie et Gabriel, disparue à son tour et dont l'appartement était parti en fumée avec un cadavre non identifié dans la cuisine, n'avait pourtant jamais parlé de lui aux enquêteurs. Était-elle seulement au courant qu'il était recherché par la gendarmerie ? Fabregas s'était repassé la chronologie des événements et ne se souvenait pas avoir soumis le portrait à la jeune femme. Était-ce ce sujet qu'elle souhaitait aborder avec le docteur Florent ? Interrompue par le directeur de La Ròca, son supérieur et l'ex-amant de son cousin, elle avait peut-être préféré se confier ailleurs qu'au sein de l'établissement.

Plus la liste de Fabregas s'allongeait, plus les questions en suspens se multipliaient. Lui qui espérait trouver un schéma dans toute cette histoire n'avait réussi qu'à s'enfoncer un peu plus dans le labyrinthe.

Des prénoms identiques, un suspect aux multiples identités et une institutrice au cœur de l'affaire. C'était finalement tout ce qui ressortait de son analyse.

Fabregas comprenait qu'il devait désormais attendre. Attendre les résultats de toutes les analyses en cours, attendre que ses hommes mettent la main sur Raphaël Dupin ou qu'ils retrouvent la trace de Solène Gauthier. Bref, attendre qu'un nouvel élément permette de démêler cet imbroglio.

— Je vous dérange, capitaine ?

La voix de la pédopsychiatre le fit sursauter. Le docteur Florent se tenait à l'entrée de son bureau sans oser franchir le seuil de la porte. Ils ne s'étaient pas parlé depuis la veille au soir et Fabregas se reprochait d'avoir été aussi glacial avec elle. Il ne pouvait pas tenir cette femme pour responsable des derniers événements. Elle s'était fiée à son instinct en reportant l'entretien avec Solène Gauthier. Elle avait eu tort, mais Fabregas aurait tout aussi bien pu ne pas suivre son avis et convoquer l'institutrice à la gendarmerie. Personne n'aurait pu deviner ce qui allait se passer.

— Entrez, docteur ! dit-il d'un ton exagérément affable. J'étais justement en train de me dire que vous pourriez m'être utile.

Ce n'était qu'un demi-mensonge. Fabregas aurait certainement fini par réclamer son aide maintenant qu'il avait posé tous les éléments à plat. La psy lui apporterait un autre regard et peut-être qu'une évidence leur sauterait aux yeux. Le capitaine n'y croyait pas vraiment, mais il se sentait néanmoins soulagé par la présence de cette femme. Fabregas était dépassé, il le savait, et il ne pouvait en aucun cas se confier à ses hommes. Un capitaine se devait d'être le leader de son équipe. Ses doutes, il devait les garder pour lui s'il ne voulait pas ébranler la détermination de ses enquêteurs.

— Je vous écoute, dit la psy en s'asseyant face à lui.

– 31 –

Les quarante-huit heures qui suivirent eurent pour Fabregas le goût amer d'un jour sans fin. Il avait vu s'égrener les heures sans que le moindre nouvel indice ne vienne s'ajouter au dossier. Contrairement aux séries américaines, où une batterie d'experts pouvait vous donner l'origine d'une fibre, son lieu de fabrication et la liste de ses revendeurs en moins de deux minutes montre en main, le capitaine avait dû se confronter à la réalité et faire preuve de patience.

Il espérait obtenir dans la journée les comptes rendus des analyses demandées et compenser ainsi l'absence de résultats de l'enquête de terrain. Les barrages en place n'avaient rien donné. Personne n'avait croisé la route de Raphaël Dupin ou de Solène Gauthier, aucun témoin spontané ne s'était présenté pour évoquer une vague ressemblance avec un de leurs voisins, même les médiums – d'habitude si prompts à se manifester – se taisaient.

Fabregas avait assisté de loin à la marche blanche organisée par la mairie de Piolenc. L'élu avait fait preuve de beaucoup de diplomatie pour lui passer un message de la part des familles. Lui et ses hommes n'étaient pas les bienvenus. Les parents de Zélie et Gabriel ne cachaient plus leur impatience. Selon eux, les autorités étaient dépassées et n'en faisaient pas assez pour retrouver leurs enfants. Sur le premier point, le capitaine ne pouvait pas leur donner tout à fait tort. Il n'en allait pas de même du second : tous les moyens dont pouvait disposer la gendarmerie, que ce soit en hommes ou en matériel, avaient été affectés à cette enquête. Ce n'était malheureusement pas suffisant.

La psychose s'était emparée de Piolenc et ne cessait d'enfler. Certains parents d'élèves refusaient d'envoyer leur enfant à La Ròca et préféraient garder leur progéniture cloîtrée jusqu'à l'arrestation du kidnappeur. D'autres avaient pris Darras à partie et lui reprochaient son manque d'efficacité quant à la sécurité de l'établissement. Ils réclamaient que les grilles de l'école soient surveillées en permanence. Le directeur, acculé, avait blâmé la gendarmerie dont l'accueil était désormais continuellement squatté par des parents d'élèves irascibles. Les premiers incidents sérieux étaient survenus le matin même de la marche. Les fenêtres de la maison d'Olivier Vasse avaient été fracassées par des jets de pierres et une partie du vignoble d'Alan Wells avait été incendiée. Toutes les personnes qui étaient passées par la salle d'interrogatoire du capitaine Fabregas se retrouvaient dans le collimateur des plus belliqueux. Les habitants du village scrutaient le moindre passant qui ne faisait pas partie de leur entourage proche. Les touristes ou simples flâneurs n'étaient pas les bienvenus et on ne se gênait pas pour le leur signifier. Seul Victor Lessage avait été épargné. Le récit de son face-à-face avec le fusil du père de Zélie avait déjà fait le tour de Piolenc.

Les réseaux sociaux alimentaient la polémique. Chacun y allait de sa théorie. Des comptes anonymes faisaient leur apparition, prompts à relayer la moindre rumeur, surtout si elle était nocive et permettait de régler de vieux différends. Des pétitions pour le rétablissement de la peine de mort accumulaient plus de signatures que l'on ne comptait d'électeurs.

Le procureur de la République subissait des pressions de toutes parts et ne manquait pas de les répercuter sur tous ceux qui se plaçaient en dessous de lui dans la hiérarchie.

Fabregas savait que le temps lui était compté. S'il ne voulait pas que le parquet de Paris se saisisse du dossier et envoie ses cow-boys, il devait apporter des éléments de réponse au plus vite et prouver qu'il était apte à maintenir un semblant de paix dans le village.

Les premiers résultats qui atterrirent sur le bureau du capitaine concernaient l'analyse de la lettre reçue par Solène Gauthier, même si Fabregas doutait désormais qu'elle lui ait réellement été envoyée. Bien que ces informations ne soient pas totalement dénuées d'intérêt, le capitaine ne voyait pas trop en quoi elles lui permettraient d'avancer.

La lettre avait été écrite à l'aide d'un stylo à bille dont l'encre correspondait au modèle le plus répandu sur le marché. L'écriture était celle d'un droitier. L'expert avait tenu à préciser que les droitiers représentaient environ quatre-vingt-cinq pour cent de la population française, comme si cette statistique pouvait lui être d'une quelconque utilité. Hormis les empreintes de Solène Gauthier et du docteur Florent qui avaient pu être rapidement isolées du fait de leur position sur la feuille, le papier était vierge de toute autre trace exploitable. Il avait été arraché d'un cahier à spirales à grands carreaux. Là encore, l'expert avait mis en valeur ses connaissances en insistant sur le fait que ce format n'était fabriqué qu'en France, les autres pays se contentant des petits carreaux ou des lignes droites. Fabregas commençait à désespérer quand une information attira enfin son attention. Les graphologues étaient catégoriques : l'écriture était sans conteste celle d'un enfant.

Cela pouvait signifier deux choses : soit le kidnappeur souffrait de schizophrénie, comme l'avait suggéré un temps le docteur Florent, soit il avait forcé Zélie ou Gabriel à rédiger cette lettre. Sur ce point, l'expert ne pouvait lui être d'aucune aide. Pour Fabregas, quelle que soit la réponse, la conclusion était la même : ces enfants étaient en danger. Si ce n'était physiquement, ils l'étaient psychologiquement et le capitaine se demandait quelles séquelles étaient les plus à craindre.

Si la seconde option était la bonne, l'absence d'empreintes digitales indiquait que Zélie ou Gabriel avaient accepté de porter des gants pour rédiger cette lettre. Fabregas ferma les yeux et tenta de s'imaginer la scène : une petite main gantée de latex, s'appliquant à former de belles lettres. Étrangement, cette image l'oppressa plus qu'aucune autre.

Comme si les experts s'étaient donné le mot pour accélérer la cadence, le deuxième dossier qui lui fut présenté contenait les analyses demandées par le légiste en complément de son autopsie. Fabregas avait déjà échangé la veille avec le docteur Leroy après avoir reçu son compte rendu par écrit. L'homme retrouvé calciné dans l'appartement de l'institutrice était mort d'un traumatisme crânien. L'arme du crime était un objet contondant de forme sphérique, et avait fracturé l'os occipital sur une surface de cinq centimètres de diamètre. Le légiste avait écarté l'hypothèse de l'accident pour une simple et bonne raison : l'agresseur s'était repris à trois fois pour tuer son adversaire. Toujours selon le docteur Leroy, le premier coup aurait suffi à le neutraliser, le deuxième lui avait été fatal. « Soit votre coupable a perdu son sang-froid, soit il voulait être absolument sûr que cet homme ne se relèverait jamais », avait conclu le légiste au téléphone. Les hommes de Fabregas avaient bien évidemment tenté de retrouver l'arme du crime dans l'appartement, mais aucun des objets encore à peu près intacts après le passage des flammes ne correspondait à la description du légiste. Soit l'arme s'était consumée dans l'incendie, soit l'assassin l'avait emportée avec lui. Encore une impasse.

Au moment d'ouvrir la pochette, Fabregas craignit d'être une fois de plus déçu par ce qu'il s'apprêtait à lire. Il ne se souvenait même plus de ce qu'avait demandé le légiste en complément de son autopsie. Il savait qu'il y trouverait forcément l'analyse du contenu stomacal et le bilan toxicologique de la victime ; or ces informations avaient peu de chance de l'intéresser, à moins que le dernier repas de l'inconnu ne se soit composé d'aliments exotiques cuisinés par un seul et unique restaurant dans la région. Autant dire que ce cas de figure n'arrivait jamais.

Aussi, lorsque Fabregas découvrit la première page du dossier, il dut s'y reprendre à deux fois pour assimiler l'information qu'il avait sous les yeux. Sa première réaction fut un accès de rage à l'encontre du technicien qui n'avait pas eu le bon sens de décrocher son téléphone pour lui faire gagner un temps précieux. Son coup de sang passé, le capitaine comprit que cette découverte lui permettrait difficilement d'avancer. Bien au contraire, elle allait lui faire faire plus d'un pas en arrière.

Les bases de données avaient parlé. Une correspondance avait été trouvée avec l'ADN de l'homme calciné, et Fabregas regrettait presque qu'il en soit ainsi. Si les empreintes génétiques de l'inconnu de l'appartement étaient ressorties, c'était parce qu'elles appartenaient à celles d'un enfant porté disparu trente ans plus tôt.

Plus précisément en décembre 1989.

– 32 –

Une fois de plus, Fabregas se reprochait d'avoir négligé une piste. Pour gagner du temps, il avait ordonné à ses hommes de se concentrer sur les petites filles disparues trente ans plus tôt. À aucun moment il n'avait imaginé que le ravisseur des jumeaux choisirait un garçon pour remplacer Solène. Il comprenait désormais que c'était une erreur. Il n'avait aucun doute sur le fait que le cadavre découvert dans l'appartement de l'institutrice était relié, d'une manière ou d'une autre, aux enfants Lessage.

L'avis de recherche était établi au nom d'Arnaud Belli. L'enfant avait onze ans quand il avait disparu à la sortie de son école, la veille des vacances de Noël. Il habitait à Milhaud, un village à peine plus grand que Piolenc et situé dans l'agglomération de Nîmes. L'histoire de ce garçon n'avait malheureusement pas assez attendri la France pour qu'on le recherche avec le même acharnement. Était-ce parce qu'il venait d'être placé dans sa quatrième famille d'accueil depuis la mort de ses parents survenue deux ans plus tôt, ou parce qu'il était déjà connu des services de la gendarmerie pour de menus larcins ? Le fait est que la théorie de la fugue avait très vite été avancée et que personne ne s'était plus vraiment soucié d'Arnaud Belli jusqu'à aujourd'hui.

Le cliché fourni aux enquêteurs de l'époque montrait un enfant au visage poupin, clairsemé de taches de rousseur, et au regard chargé de colère. Arnaud Belli aurait pu tenir le premier rôle dans un film de Ken Loach, se dit Fabregas, non sans un pincement au cœur. Une âme torturée dans un corps d'enfant, abandonné trop vite par ses parents puis par la société, et qui était mort comme il avait vécu : seul et sans personne pour s'inquiéter de sa disparition. Vicart avait vérifié les dernières plaintes déposées dans la région : aucun homme dans cette tranche d'âge n'avait été déclaré manquant depuis trois jours.

Qu'était devenu Arnaud Belli ces trente dernières années ? Comment avait-il vécu ? Fabregas n'avait pas le début d'une réponse, mais cette découverte entraînait une autre question : avait-il grandi tout ce temps auprès de Raphaël Lessage ? Les deux garçons étaient-ils devenus des frères par la force des choses, ou celle du kidnappeur ?

Lorsque Victor Lessage apprendrait cette nouvelle – et Fabregas n'avait aucun doute sur le fait que cela se produirait très rapidement –, tous ses espoirs renaîtraient. Si un enfant enlevé quatre mois après son fils avait pu vivre jusqu'ici, alors il en allait sûrement de même pour Raphaël. Sauf que, dans l'esprit du capitaine, le fils Lessage devenait plus que jamais un suspect dans son enquête, et non plus une victime.

Les deux premières questions auxquelles Fabregas devait répondre de façon urgente étaient « Pourquoi Arnaud Belli se trouvait-il dans l'appartement de Solène Gauthier ? » et « Qui l'avait assassiné ? ». Un homme avait été vu en train de fuir l'immeuble, tandis que l'institutrice était toujours introuvable. Était-ce Raphaël Lessage ? Si tel était le cas, Solène et Raphaël opéraient-ils de mèche, ou l'institutrice était-elle au contraire en danger ?

Les hommes du capitaine travaillaient d'arrache-pied pour remonter la trace d'Arnaud Belli. L'homme avait su rester en dehors des radars depuis tant d'années que Fabregas doutait qu'ils trouvent la moindre information. Le légiste avait décelé sur le cadavre une fracture du sternum qui devait remonter à une vingtaine d'années. Fabregas hésitait à envoyer ses enquêteurs dans tous les hôpitaux de la région pour exhumer son dossier, d'autant plus que le docteur Leroy lui avait précisé que ce genre de fracture ne nécessitait pas d'intervention ni même de corset. L'examen dentaire aussi aboutissait à une impasse. Belli avait toujours ses dents de sagesse le jour de sa mort et sa denture laissait deviner qu'aucun orthodontiste ne s'était occupé de son cas. Là encore, le légiste avait une explication. À la fin des années quatre-vingt, le pourcentage d'adolescents à qui on imposait de porter des bagues était très faible, contrairement à maintenant. « L'avantage du selfie ! avait-il ironisé. Si on veut être le plus beau dans le miroir, il faut bien accepter quelques tortures ! »

Fabregas relisait ses notes depuis plus d'une heure lorsque Jean Wimez, venu s'informer des dernières avancées de l'enquête, frappa à la porte de son bureau, le sortant de ses pensées. Cette interruption était la bienvenue. Un regard neuf sur la situation lui serait certainement utile.

— Tu comptes l'annoncer aux parents ? demanda de but en blanc l'ex-gendarme.

— Ils sont morts ! Quant à sa dernière famille d'accueil, elle n'a pas eu l'air trop attristée de sa disparition. Il faut dire que le gamin était chez eux depuis seulement trois mois.

— Comment ai-je pu passer à côté ! souffla Wimez en s'asseyant.

Les épaules voûtées et les traits tirés, l'ancien supérieur de Fabregas semblait avoir pris dix ans d'un coup.

— Tu n'avais aucun moyen de faire le rapprochement, Jean !

— Vraiment ? Un enfant disparaît à soixante-dix kilomètres d'ici, un mois après la mort de Solène, et j'ai laissé passer cette information ! Comment te sentirais-tu à ma place ?

— Tu l'as dit toi-même : une petite fille venait de mourir et ta priorité était de retrouver son assassin. Sans compter qu'on pouvait penser que Raphaël allait subir le même sort que sa sœur jumelle.

— Sauf que j'aurais dû me dire que Solène serait remplacée ! Je n'y ai pensé que bien plus tard. Des mois, si ce n'est des années après. Si j'avais essayé de comprendre les motivations du kidnappeur au moment des faits, j'aurais pu faire quelque chose.

— Comme quoi ? Chercher deux enfants au lieu d'un ? Je ne vois pas en quoi cela aurait été plus facile. Et puis tu sais comme moi qu'à l'époque les informations ne circulaient pas de la même façon. Arnaud Belli a vite été catalogué comme une mauvaise graine qui venait de fuguer. Son avis de recherche n'a pas dû dépasser les frontières du Gard.

Jean savait tout ça, en effet, mais la culpabilité qu'il essayait d'étouffer depuis trente ans venait de trouver de quoi s'alimenter.

— Tu sais que Victor ne va pas te lâcher s'il l'apprend ? dit-il pour changer de sujet.

— Je sais, répondit Fabregas dans un souffle.

— D'un autre côté, il me semble qu'il est en droit de savoir. Après tout, Arnaud Belli a peut-être grandi auprès de son fils toutes ces années !

— J'en ai conscience, figure-toi ! Sauf que cet homme est mort et que, s'il avait des informations à nous donner sur Raphaël Lessage, elles sont malheureusement mortes avec lui.

— En ton âme et conscience, Julien, tu penses que Raphaël est son assassin ?

— Je n'en sais foutre rien, Jean !

– 33 –

Tout orientait Fabregas dans la direction de Raphaël Lessage, mais le capitaine n'osait plus se fier à l'évidence et encore moins à son instinct. Toutes les pistes qu'il avait exploitées jusqu'ici avec certitude l'avaient conduit dans une impasse. Il avait l'horrible sensation de s'éloigner chaque jour un peu plus de Zélie et de Gabriel, et son pire cauchemar était en train de se réaliser : il suivait les traces de son ancien supérieur et devait se préparer à vivre un échec qui le hanterait à jamais.

Fabregas se frotta le visage à deux mains, espérant chasser ainsi ses idées noires. Il ne pouvait pas se permettre de baisser les bras. Pas déjà, pas maintenant. La vie de deux enfants dépendait de lui et ses états d'âme n'avaient pas leur place dans ce tableau.

Jean lui avait demandé l'autorisation de parler d'Arnaud Belli à Victor Lessage. Fabregas avait tout d'abord été réfractaire à cette idée. Mais à bien y réfléchir, le père des jumeaux pouvait peut-être leur fournir des informations. Les enfants se connaissaient-ils avant leur disparition ? Le nom de Belli lui évoquait-il quelque chose ? Cela paraissait peu probable, mais Fabregas n'avait rien à perdre à poser ces questions, aussi décida-t-il d'accompagner son ancien supérieur.

Victor ne sembla pas surpris par la présence des deux hommes devant sa porte à cette heure tardive. Il leur proposa même de se joindre à lui pour le dîner. Les deux gendarmes déclinèrent poliment. Il faut dire que l'odeur de chou cuit qui émanait de la cuisine n'affolait pas forcément les papilles.

— C'est la mère Bozon qui m'a préparé un gratin, expliqua Victor comme s'il avait pu lire dans leurs pensées. J'ai fait l'erreur de lui dire un jour que j'aimais bien le chou-fleur, depuis elle m'en prépare à toutes les sauces !

— Mme Bozon ? s'étonna Jean. La femme de Pierre Bozon ?

— La veuve, précisa Victor. Crise cardiaque, il y a deux mois de ça.

— Je suis au courant, figure-toi.

— Depuis, elle passe me voir trois fois par jour !

— Elle n'est pas un peu vieille pour jouer les veuves joyeuses ?

— Quoi, tu crois qu'elle me drague ? s'esclaffa-t-il. Penses-tu ! Son mari était le prof des jumeaux. Tous les deux ont toujours été aux petits soins avec moi. Depuis qu'elle n'a plus à s'occuper de lui, je dois avouer qu'elle fait un peu d'excès de zèle. Après, va lui dire que le chou c'est sympa, mais à petite dose… Si j'avais voulu en bouffer tous les jours, j'aurais émigré en Alsace !

Fabregas avait suivi la conversation de loin. Le nom de Bozon l'avait tout d'abord intrigué, sans plus, jusqu'à ce que la réponse de Victor provoque un déclic : Pierre Bozon était un des noms présents sur la liste de suspects que Jean avait fournie quelques jours plus tôt. Le capitaine se rendait compte qu'il menait une enquête impliquant des vies dont il ne connaissait finalement pas grand-chose. Jean avait une nette longueur d'avance sur lui et venir ici ce soir, de manière officieuse, était définitivement une bonne chose. Plus il en apprendrait sur les habitants de Piolenc, sur les acteurs ou même les spectateurs du drame qui avait à jamais bouleversé ce village, plus il aurait une chance de relever un détail qui, sans cela, aurait pu lui échapper.

Les trois hommes s'installèrent au salon et Jean jeta un regard vers Fabregas pour lui signifier qu'il préférerait être celui qui annoncerait la nouvelle. Le capitaine hocha discrètement la tête et se concentra sur le visage de Victor, guettant sa réaction.

Le père des jumeaux laissa parler Jean sans l'interrompre une seule fois. Son regard se posait parfois sur Fabregas avant de revenir, de plus en plus embué, vers son ami. Quand l'ancien enquêteur termina son exposé, Victor se leva pour se diriger directement vers le bar. Il revint avec une bouteille de pastis et se servit une double dose sans même en proposer à ses invités. Il descendit son verre d'une seule gorgée avant de prendre à son tour la parole :

— Tu es en train de me dire que cet homme connaissait mon fils ? Qu'il a peut-être partagé sa vie ?

— C'est une possibilité, Victor.

— Et cet homme vivait à Piolenc ?

— Ça, nous ne le savons pas, intervint Fabregas. Il a très bien pu se rendre à l'appartement de Solène Gauthier dans un but précis.

— Vous avez dit Solène ?

Fabregas comprit alors que Victor ne disposait pas encore de toutes les informations.

— Oui, Solène. Hasard de la vie ou pas, l'institutrice de Zélie et Gabriel se prénomme comme votre fille.

Victor ne réagit pas. Qu'aurait-il pu dire ? Mieux que quiconque, il savait que cette femme ne pouvait pas être sa fille et préféra se concentrer sur ce qui pouvait être encore sauvé.

— Que savez-vous sur cet Arnaud Belli ?

— Pas grand-chose, malheureusement. Nos recherches ne font que commencer. Ce garçon a su rester discret jusqu'ici.

— Ce qui ne l'a pas empêché de rôtir dans une cuisine ! C'est bien qu'il ne devait pas être si malin que ça.

Victor avait persiflé ces dernières paroles tout en se resservant une dose de pastis pur. Jean, qui entendait au-delà des mots la douleur de ce père, posa sa question aussi délicatement que possible :

— Tu es sûr que les enfants n'ont jamais prononcé ce nom en ta présence, Victor ? Ou ta femme, peut-être ?

— Tu crois que, si c'était le cas, je garderais l'info pour moi ?

— Ne t'énerve pas, s'il te plaît, et réfléchis plutôt ! Je ne suis pas en train de te dire qu'Arnaud Belli était leur meilleur ami, mais peut-être que les enfants t'ont parlé de lui, ne serait-ce qu'une seule fois…

Victor souffla et ferma les yeux sans plus rien dire. Fabregas jeta un rapide coup d'œil à Jean pour vérifier que ce dernier savait ce qu'il faisait. L'ex-gendarme le rassura d'un hochement de tête. Il connaissait depuis tellement longtemps son interlocuteur qu'il savait parfaitement comment obtenir des informations de sa part. À observer Victor, on aurait pu croire qu'il avait décidé de se taire ; Jean savait au contraire qu'il se concentrait sur des images de son passé.

— Ça ne me dit rien, finit-il par dire en ouvrant les yeux. Après, les jumeaux ne me disaient pas tout, ils étaient même assez secrets. Peut-être qu'ils en ont parlé à leur mère mais Luce et moi, on ne se parlait pas beaucoup non plus, quand j'y pense. Je pourrais toujours demander à Christophe si vous pensez que c'est important. Maintenant, je ne vois pas comment les jumeaux auraient pu fréquenter un gamin qui n'était pas du coin.

— Christophe ? releva Fabregas.

— Un copain de classe des jumeaux. Je crois qu'il était amoureux de Solène, même si ça ne veut pas dire grand-chose à cet âge-là. Il prend régulièrement de mes nouvelles. Un brave garçon !

– 34 –

Jean et Fabregas acceptèrent finalement l'invitation à dîner de Victor. L'idée d'un gratin de chou-fleur mal réchauffé ne tentait pas plus Fabregas qu'en arrivant, mais il comprenait que le père des jumeaux avait beaucoup à lui apprendre, notamment au sujet de ce Christophe.

Jean avait dressé la table, tandis que Victor s'affairait en cuisine. En voyant son ancien supérieur récupérer assiettes et couverts dans les placards sans même poser de questions sur leur emplacement, le capitaine devina que cette scène s'était déroulée plus d'une fois. Il y avait quelque chose de triste et beau à la fois dans ce lien qui unissait les deux hommes. À les observer dans ce cadre plus intime, Fabregas se demanda à quel moment leur relation s'était éloignée du cadre professionnel pour devenir cette amitié à la fois pudique et sincère.

Les trois hommes s'installèrent à la table de la salle à manger. Victor leur servit un vin du pays dont

Fabregas but quelques gorgées avant d'entrer dans le vif du sujet :

— Comment se fait-il que j'entende parler de ce Christophe seulement maintenant ?

Les deux hommes qui lui faisaient face se regardèrent en haussant les épaules sans pour autant répondre à la question.

— Jean, ce nom ne faisait pas partie de ta liste ! insista alors Fabregas.

— Quelle liste ? voulut savoir Victor.

— La liste des personnes susceptibles d'avoir un lien avec l'enlèvement de tes enfants, répondit Jean.

Le père des jumeaux posa longuement son regard sur Jean avant de se mettre à rire nerveusement, jusqu'à ce qu'il soit pris d'une violente quinte de toux. Fabregas dut attendre deux minutes avant que Victor reprenne son souffle et que Jean lui donne l'explication de cette réaction :

— Julien, tu analyses les faits qui se présentent à toi aujourd'hui, et c'est tout à ton honneur, mais si tu veux te faire une idée de ce qui a pu se passer à l'époque, tu dois d'abord te projeter trente ans en arrière. Christophe avait onze ans en 1989, soit le même âge que les jumeaux. Crois-tu vraiment qu'un enfant de cet âge aurait été capable d'enlever deux de ses camarades ?

Fabregas n'avait rien à objecter. Il se sentait même ridicule d'avoir pu émettre cette idée. Son ancien supérieur avait raison : à force de croiser les deux enquêtes en permanence, il en oubliait que plus d'une génération les séparait.

— Maintenant, reprit Jean, si tu penses que l'homme qu'il est devenu s'en est pris à Zélie et à Gabriel pour des raisons qui m'échappent mais que ta psy pourrait nous décortiquer, je veux bien te parler un peu plus de ce garçon.

Cette idée n'avait pas effleuré l'esprit du capitaine. À bien y réfléchir, elle méritait que l'on s'arrête dessus.

— Vous dites que Christophe était amoureux de Solène ? demanda-t-il à l'adresse de Victor.

— Comme le sont les enfants à cet âge-là !

— Et Solène ?

— Quoi, Solène ?

— Elle était amoureuse de lui ?

— Vous plaisantez ? Solène n'avait d'yeux que pour son frère et c'était réciproque. Ces deux-là, ils n'avaient besoin de personne, ils s'autosuffisaient ! Moi, je trouvais ça presque malsain. Il paraît que c'est souvent comme ça chez les jumeaux. Que ça se calme avec les années, mais ça…

Victor n'avait pas achevé sa phrase. La suite était simple à deviner. L'histoire des jumeaux n'avait pas permis à leur père de vérifier cette théorie. Un bref silence s'installa autour de la table, puis Jean reprit le sujet à son compte :

— Tu crois que Christophe a recréé un schéma qu'il a connu enfant ? Comme une sorte de transfert ?

— Je n'en sais rien ! souffla Fabregas. Je suis comme toi, j'ai tendance à laisser la psychologie aux professionnels. Va savoir ce qu'il peut se passer dans l'esprit d'un enfant de onze ans qui a vu ses camarades disparaître. Et puis, on en sourit aujourd'hui, mais les premières amours sont souvent puissantes ! Christophe pensait être amoureux de Solène, et elle est assassinée alors qu'il n'a encore rien connu d'autre. Peut-être que sa mort l'a traumatisé à un point que nous ne pouvons pas imaginer.

— Et il aurait enlevé Zélie et Gabriel ? demanda Victor. Dans quel but ?

— Pour les protéger, proposa Jean. Il a pu décider de recréer exactement la même situation mais en devenant cette fois acteur des événements au lieu de les subir en spectateur.

— Ça se tient, répondit le capitaine avant de poursuivre le raisonnement. De cette manière, il peut interférer sur le sort de Zélie qu'il imagine être Solène en lui sauvant la vie, ce qui serait une bonne nouvelle pour nous. J'appellerai le docteur Florent demain à la première heure pour avoir son avis.

Sans se concerter, les trois hommes décidèrent qu'il était temps de laisser l'enquête de côté. Ils s'installèrent dans les canapés, laissant la vaisselle en vrac sur la table, et savourèrent un cognac que Victor disait garder pour les bonnes occasions. Fabregas se doutait que le père des jumeaux avait tendance à trouver facilement les occasions suffisamment bonnes pour ouvrir sa bouteille, mais il se garda bien de faire la moindre réflexion. Depuis deux semaines qu'il avait mis sa vie entre parenthèses, cette pause lui paraissait tout à coup salutaire.

Victor parla de ses vignes, du travail que cela représentait. Il chercha même à enrôler ses deux invités pour les vendanges qui selon lui seraient précoces cette année, vu les températures clémentes qu'ils avaient eues au printemps.

Ce fut ensuite au tour de Jean de se livrer. La retraite lui pesait moins que la solitude, même s'il ne regrettait pas vraiment sa vie de famille. Les relations avec son ex-femme étaient finalement plus apaisées aujourd'hui qu'elles ne l'avaient été lorsqu'ils étaient mariés. Son fils, en revanche, lui manquait. Il savait qu'il était trop tard, que le mal était fait. Son garçon était devenu un homme, et Jean ne faisait pas partie de sa vie.

Fabregas, qui commençait à ressentir la fatigue accumulée ces derniers jours, les avait écoutés tout en se dégourdissant les jambes. Il flânait dans le salon, s'arrêtant sur chaque photo encadrée. Partout où il posait les yeux, les jumeaux lui souriaient. Luce, l'épouse de Victor, ne faisait, elle, pas partie du décor. Victor lui en voulait-il de l'avoir abandonné en se suicidant ? Même si l'heure était aux confidences, Fabregas ne se sentait pas en droit de poser la question.

Sur le rebord de la cheminée, il trouva un bilboquet avec lequel il commença à s'exercer. Victor posa sur lui un regard attendri avant de s'exprimer d'une voix cassée :

— C'était le jeu préféré des enfants. Raphaël était même très doué. Ça fait bizarre de vous voir jouer avec alors que mon garçon doit avoir à peu près votre âge, maintenant.

Mais Fabregas ne l'écoutait plus. Depuis qu'il avait pris le bilboquet dans ses mains, une sensation désagréable s'était emparée de lui, dissipant brutalement les effets de l'alcool pour le ramener à la réalité.

– 35 –

Fabregas tenait toujours le bilboquet et l'observait avec une attention décuplée. En ratant son premier essai, il avait réceptionné la boule percée sur son poignet. Le capitaine avait ressenti une onde de choc tout le long du radius et s'en était étonné. Il n'avait pas joué à ce jeu d'adresse depuis des années et avait fini par oublier les hématomes de son enfance. L'effet de surprise estompé, Fabregas avait pris la boule en bois dans une main pour la soupeser. Elle devait mesurer environ dix centimètres de diamètre pour près de cinq cents grammes et la prise était aisée. En y mettant un peu de force, l'instrument pouvait devenir dangereux. Les mots du légiste lui étaient alors revenus en tête et ne voulaient désormais plus s'effacer : « L'arme du crime est un objet contondant de forme sphérique. Elle a fracturé l'os occipital sur une surface de cinq centimètres de diamètre. »

Arnaud Belli avait été frappé à la tête à plusieurs reprises et l'objet que Fabregas tenait dans les mains pouvait tout à fait correspondre à l'arme en question.

Cinq centimètres, c'était assurément la trace qu'aurait laissée cette sphère.

En admettant qu'il avait vu juste, Fabregas devait choisir entre deux options : soit Solène Gauthier avait un bilboquet chez elle, ou une sphère en tout point semblable, qui avait été détruit avec le reste de ses affaires dans l'incendie, soit le capitaine tenait potentiellement l'arme du crime entre ses mains. En y réfléchissant plus sérieusement, il paraissait peu probable que Victor soit sorti de chez lui, un bilboquet à la main, pour se rendre chez l'institutrice. Ça n'avait aucun sens ! On ne préméditait pas un crime en emportant un jeu en bois avec soi. Alors pourquoi le malaise qu'il ressentait depuis cinq minutes ne s'était-il toujours pas dissipé ? Il observa de plus près la boule, cherchant à déceler une marque ou encore les traces d'un nettoyage poussé, mais l'éclairage de la pièce n'était pas suffisant pour déceler quoi que ce soit.

Jean, qui avait remarqué le changement de comportement de son ancien lieutenant, finit par s'impatienter :

— On peut savoir ce qui t'arrive ?

Fabregas savait que ce qu'il s'apprêtait à répondre risquait de jeter un froid, mais son instinct d'enquêteur venait de refaire surface et il était hors de question qu'il attende le lendemain pour poser ses questions.

— Ce bilboquet, Victor, c'est celui-là même avec lequel jouaient les enfants ?

— Absolument ! C'est une antiquité que vous tenez là !

— Il est en très bon état…

— Ça fait pas loin de trente ans que plus personne ne s'en sert, c'est peut-être pour ça.

— Vraiment ? Pourtant, je ne vois pas une once de poussière.

— Qu'est-ce que vous voulez que je vous dise ? Je féliciterai la femme de ménage de votre part !

Victor avait répondu cette fois de manière nettement plus froide. Le père des jumeaux avait assez d'expérience pour savoir que ce qu'il avait pris au départ pour une simple conversation était en train de se transformer en un interrogatoire en bonne et due forme.

— Voyez-vous un inconvénient à ce que je l'emporte avec moi ? Je vous le rendrai, bien sûr.

— À quoi tu joues, Julien ?

Jean s'était redressé sur son fauteuil et fusillait son ancien lieutenant du regard.

— Je ne joue à rien, Jean. Je fais simplement mon travail.

— Et tu peux nous expliquer en quoi il consiste en ce moment même ?

— J'ai besoin de vérifier certains détails et tu sais aussi bien que moi que je n'ai pas à me justifier devant vous !

Le ton était monté d'un cran. Contre toute attente, ce fut Victor qui désamorça la situation :

— Prends ce que tu veux, mon p'tit ! dit-il, oubliant le vouvoiement ou toute autre marque de respect. Tu peux même te torcher le cul avec que ça m'est bien égal ! Et puis, si tu veux le garder, fais-toi plaisir ! Je te l'ai dit : il n'y avait que les enfants qui jouaient avec et j'ai bien assez de souvenirs comme ça. Regarde cette pièce, on dirait un mausolée ! En fait, tu sais quoi, tu me rendras service en m'en débarrassant !

Fabregas était mal à l'aise. Victor l'avait accueilli chez lui sans y être forcé, avait partagé son dîner, et lui venait de rappeler à cet homme qu'à chaque nouveau drame dans la région il serait toujours sur la liste des suspects. Comme une fatalité avec laquelle il lui fallait vivre. Fabregas ne s'était d'ailleurs pas offusqué de ce « p'tit » craché par Victor. En fin de compte, c'est ce qu'il était au regard de toute cette affaire. Le capitaine avait à peine six ans quand les jumeaux Lessage avaient disparu.

Fabregas lui-même ne croyait pas à la théorie qu'il venait d'échafauder, mais le bilboquet l'envoûtait à tel point que, plutôt que de s'excuser, il continua sur sa lancée :

— Je vais être obligé de vous demander où vous étiez le soir où l'appartement de Mlle Gauthier est parti en fumée.

— Je n'ai même pas besoin de te demander quand c'était ! ironisa Victor. Si je n'étais pas chez vous, c'est que j'étais chez moi. Et seul, si c'est ça ta prochaine question !

— Il y a trois soirs de cela, précisa tout de même le capitaine. Vous êtes sûr que personne ne peut témoigner de votre présence ?

Même si Victor jouait les désabusés, Fabregas devinait qu'il faisait un effort pour se concentrer. Au bout de quelques secondes, le père des jumeaux sourit, visiblement soulagé :

— La mère Bozon est passée me voir avec des pommes de terre farcies aux brocolis ! Immangeables, si tu veux mon avis, mais je n'ai pas eu le courage de le lui dire. Ce soir-là, elle a dû rester une bonne heure à papoter, peut-être même plus. Il devait être aux environs de six ou sept heures. Ça colle avec ton truc ?

— Ça colle parfaitement ! répondit Fabregas presque soulagé.

— Alors on a fini ? dit Victor plus qu'il ne le demanda, en s'extirpant du canapé. Je ne sais pas vous, mais moi je n'ai plus l'âge de veiller. Prends donc ce bout de bois avec toi et fais toutes les analyses qu'il te plaira, moi je vais me coucher. Jean, je te laisse claquer la porte en partant.

Victor sortit de la pièce sans même se retourner, laissant Fabregas en tête à tête avec son ancien supérieur. Ce dernier avait la mine grave et attendait visiblement des explications.

— Désolé, Jean, il fallait que je pose la question.

— Tu commences à perdre pied, Julien ! Et tu sais comment je le sais ? Parce que je suis passé par là. À soupçonner tout le monde, tu vas finir dans le mur, crois-moi !

— Explique-moi alors pourquoi j'ai la conviction que cet objet a un rapport avec la mort d'Arnaud Belli !

— Parce que les jumeaux commencent à te hanter comme ils ont hanté ma vie. Mais tu dois te ressaisir, Julien ! Les fantômes n'existent pas.

– 36 –

Fabregas était arrivé à la gendarmerie à cinq heures du matin. La soirée chez Victor l'avait passablement ébranlé et, contrairement à l'adage, la nuit ne lui avait pas porté conseil. Incapable de dormir, il avait préféré s'installer à son bureau pour réfléchir au calme avant que l'urgence de l'enquête ne reprenne ses droits.

Le capitaine ne parvenait pas à prendre assez de recul sur toute cette affaire. Il en avait conscience, comme il avait conscience que son implication devenait plus émotionnelle que professionnelle. L'autre constat était que les jumeaux monopolisaient son attention, reléguant Zélie et Gabriel au second plan. Cette stratégie aurait été indéfendable face à un juge d'instruction ou même aux yeux du grand public, pourtant, si Fabregas avait une conviction depuis le début de son enquête, c'était que les deux affaires étaient étroitement liées. S'il voulait retrouver les deux enfants, il devait comprendre ce qu'il s'était passé trente ans plus tôt. Et pour avoir une chance d'y parvenir, il devait avant tout éloigner de son esprit le fait que son ancien supérieur avait pour sa part échoué. Fabregas ne s'estimait pas plus intelligent, il avait juste un avantage par rapport à lui : le temps. Pas celui après lequel il courait depuis presque deux semaines, mais celui qui s'était écoulé depuis la disparition des jumeaux. En trente ans, beaucoup de choses avaient changé et le capitaine ne pensait pas seulement aux méthodes d'investigation ou à la technologie. Les protagonistes de cette affaire avaient eux aussi évolué. Si Raphaël Lessage était toujours en vie, ce dont Fabregas était persuadé, alors le garçon avait quarante ans aujourd'hui et son existence ne pouvait pas être aussi facile à dissimuler que celle d'un enfant de onze ans. Le kidnappeur des jumeaux avait également trois décennies de plus et son esprit était peut-être moins affûté qu'il ne l'avait été. Il pouvait tout à fait commettre une erreur, laisser une trace qui permettrait de remonter jusqu'à lui. Il y avait enfin ce Christophe dont lui avait parlé Victor. À l'époque, il n'était qu'un enfant. Qu'avait-il à dire maintenant qu'il avait grandi ?

Il était trop tôt pour appeler le docteur Florent. Fabregas se contenta de rassembler ses idées au sujet de cet ami d'enfance afin de vérifier que ce qu'ils avaient échafaudé la veille, Jean et lui, était aussi pertinent qu'ils l'avaient pensé avec de l'alcool dans les veines.

Christophe Mougin. Quarante ans, célibataire, agent immobilier, installé à Bollène depuis quelques années. Voilà les informations qu'avait pu lui fournir Victor sur l'ancien camarade de classe des jumeaux. Ce n'était pas lourd, mais Fabregas avait bien l'intention d'en savoir plus dans la journée en allant directement à sa rencontre.

Christophe ou, littéralement, « celui qui porte le Christ » ; le Christ, les archanges… Fabregas se reprit aussitôt. Il se méfiait des réflexions orientées. À force de chercher des coïncidences, on finissait toujours par en trouver. Christophe était un prénom courant, conclut-il pour lui-même, et y accorder plus d'importance était une perte de temps.

À onze ans, il avait subi la disparition brutale de deux de ses amis, et surtout la mort de Solène dont il était amoureux. C'était forcément traumatisant, se dit Fabregas. Cela l'était-il au point de perdre la raison ? La théorie qui avait germé dans l'esprit du gendarme la veille lui paraissait ce matin beaucoup plus difficile à défendre. Christophe Mougin avait-il décidé de recréer la même situation que celle qu'il avait vécue trente ans plus tôt pour pouvoir cette fois sauver ses copains d'enfance ? Avait-il pu devenir bourreau en se pensant sauveur ? Fabregas avait entendu des justifications plus alambiquées que celle-là au cours de sa carrière, mais quelque chose ne collait pas. Que venait faire Arnaud Belli dans cette histoire ? Si Christophe Mougin était l'homme qui avait été vu s'enfuyant de l'immeuble de l'institutrice, cela signifiait vraisemblablement que c'était lui qui l'avait assassiné. Mais pourquoi ?

Fabregas interrompit sa réflexion et observa le bilboquet qui trônait sur son bureau. Il avait prévu de le déposer au labo à l'ouverture. Il avait eu le temps de l'observer plus attentivement que la veille et sous un meilleur éclairage. Les fines rainures en bois avaient noirci avec les années, mais leur teinte était uniforme. Si du sang s'était insinué dans les interstices, le capitaine l'aurait sûrement décelé ; aussi ne croyait-il plus détenir l'arme du crime. Savoir en revanche si un objet tel que celui-ci pouvait être à l'origine de la mort d'Arnaud Belli restait une question intéressante. Les jumeaux aimaient ce jeu d'adresse et Fabregas avait retenu cette information, par instinct plus que par raison. Il avait néanmoins décidé de s'accorder un peu de confiance.

En parcourant une nouvelle fois ses notes, Fabregas ajouta le nom de Solène Gauthier. Où était-elle ? Cachée quelque part aux côtés de Raphaël Dupin ? Ou fallait-il au contraire s'attendre à découvrir son corps d'un jour à l'autre ? L'institutrice était sur le point de fournir des informations au docteur Florent. L'avait-elle payé de sa vie ? Son cousin restait lui aussi introuvable. Raphaël Dupin ou Michel Dumas, quel que soit son nom, avait disparu de la circulation et Fabregas ne savait plus quelle place lui attribuer sur l'échiquier. Était-il toujours son principal suspect ?

Trop de noms, trop de théories. Le capitaine croulait sous les possibilités. Il fallait absolument qu'il élague ses pensées.

À cette heure si matinale, les locaux de la gendarmerie étaient quasiment déserts, transformant le moindre bruit en écho, et Fabregas sursauta lorsque la sonnerie de son téléphone retentit.

C'était un des techniciens du labo. S'attendant à être rebasculé vers le standard, il ne cacha pas sa satisfaction d'être tombé directement sur le capitaine. Au ton de sa voix et à sa manière empressée de parler, Fabregas devina que le petit coup de pouce qu'il attendait désespérément depuis des jours était enfin sur le point de tomber.

— C'est au sujet de l'ongle que vous nous avez adressé, capitaine.

L'ongle de Raphaël Dupin. Fabregas ne pensait pas recevoir les résultats si tôt. Maintenant qu'il était près du but, le silence qu'avait imposé son interlocuteur lui devenait insupportable.

— Eh bien quoi ?

— Nous avons une concordance.

— J'ai tout mon temps ! persiffla Fabregas.

— Vous aurez notre rapport détaillé dans la journée, continua le technicien, imperturbable, mais j'ai pensé que vous souhaiteriez avoir l'information au plus vite.

— Quelle information ?

— Vos deux enquêtes sont liées, capitaine. L'ongle appartient, enfin appartenait, au cadavre qu'on a retrouvé calciné.

— Arnaud Belli ? s'écria Fabregas. Vous êtes sûr de vous ?

— Affirmatif ! Aucun doute possible.

– 37 –

Arnaud Belli, Michel Dumas et Raphaël Dupin n'étaient finalement qu'une seule et même personne. Même si Fabregas était soulagé de pouvoir rayer un nom de sa liste de suspects, il n'en demeurait pas moins désorienté.

L'enfant disparu trente ans plus tôt dans l'indifférence générale avait pris l'identité de Michel Dumas pour ensuite se faire appeler Raphaël Dupin, avant de mourir assassiné chez Solène Gauthier. Si la présence de Dupin chez l'institutrice se justifiait à partir du moment où ces deux-là se disaient cousins, Fabregas doutait désormais fortement de la véracité de cette dernière information. Arnaud Belli était sans famille, personne n'avait cherché à le retrouver ; il paraissait alors peu probable que Solène ait reconnu en lui un lien de parenté. Se posait donc une nouvelle question : quelle était la nature exacte de leur relation ? Se pouvait-il que le nom de Solène Gauthier ne soit qu'un alias et que l'institutrice ait cherché à cacher son propre passé ? Remonter la trace de cette femme, jusqu'à sa naissance s'il le fallait, devenait une priorité. Malheureusement, les flammes qui avaient dévasté son appartement avaient également effacé toute trace d'ADN.

Fabregas, dont l'esprit fonctionnait à cent à l'heure depuis le coup de fil du technicien, se souvint de la lettre qu'elle avait fournie au docteur Florent. À défaut d'ADN, l'institutrice y avait forcément laissé ses empreintes digitales et les techniciens avaient dû les répertorier. Il appela le département des empreintes digitales. Deux jeux d'empreintes avaient effectivement été relevés, sans être soumis à une recherche approfondie étant donné que les instructions précisaient que deux femmes avaient eu la lettre entre les mains sans porter de gants.

— Nous pensions envoyer quelqu'un à La Ròca pour vérifier la concordance, mais nous avons eu vent de ce qu'il s'était passé, continua le technicien. Nous avions dans notre base les empreintes du docteur Florent, qui correspondaient à l'un des jeux, et nous en avons donc déduit que le deuxième appartenait à votre institutrice.

— Je comprends, répondit Fabregas, mais pourriez-vous tout de même approfondir la recherche ?

— Bien sûr ! Je m'en occupe immédiatement.

Si Solène Gauthier était recherchée, pour une raison ou pour une autre, la réponse ne se ferait pas attendre. Fabregas était survolté. L'adrénaline qui circulait dans son sang depuis plus d'une heure l'empêchait de tenir en place. Il était presque sept heures. D'Orange, il fallait compter vingt minutes pour se rendre à Bollène, et le capitaine estima que c'était le timing parfait pour s'entretenir avec Christophe Mougin. L'homme serait probablement en train d'apprécier son premier café de la journée et impressionné de voir un uniforme débarquer chez lui de si bon matin.

Sur la route, il téléphona au docteur Florent. Elle était retournée sur Avignon depuis la veille pour s'occuper de ses patients, et avait précisé qu'on pouvait la joindre à n'importe quelle heure du jour ou de la nuit. Fabregas avait failli la prendre au mot. Il avait hésité à l'appeler en rentrant chez lui la veille, vers une heure du matin, mais son état d'ébriété lui avait fait douter de la raison de son appel. Était-ce pour lui demander son avis sur Christophe Mougin ou voulait-il entendre une voix féminine avant de se mettre au lit ? Fabregas vivait seul depuis des années et ne s'en était jamais plaint ; pourtant, ces jours-ci, il ressentait le besoin d'échanger avec quelqu'un qui soit en dehors de son sérail. Il n'était cependant pas sûr qu'une psy soit la personne la plus indiquée. La dernière chose qu'il souhaitait était d'être lui-même analysé.

Le docteur répondit à la deuxième sonnerie. Si Fabregas l'avait réveillée, elle n'en laissa rien paraître. Il lui raconta brièvement les dernières avancées de l'enquête et l'objet de son appel : confronter sa théorie à son expérience de pédopsychiatre. Pensait-elle que Christophe Mougin pouvait s'être substitué au kidnappeur des jumeaux trente ans après afin de changer le cours de l'histoire ?

— Voilà un raisonnement audacieux ! dit-elle après l'avoir écouté attentivement. J'avoue que je suis étonnée que vous vous soyez aventuré sur ce terrain.

— Pourquoi ça ?

— Vous êtes quelqu'un de rationnel, capitaine, ce qui est un avantage dans votre métier, mais ce que vous venez de faire s'apparente plus au mien. Envisager l'impensable, oublier la logique et le bien-fondé, pour pénétrer un esprit qui répond à ses propres règles. Et je dois dire que je suis assez impressionnée par votre raisonnement. Non seulement il se tient, mais il expliquerait beaucoup de choses. À commencer par le comportement de Nadia !

— Je ne vous suis pas.

— Nadia nous a clairement dit vouloir aider Solène et Raphaël. Si votre Christophe Mougin agit pour les raisons que vous venez d'évoquer, on peut facilement imaginer qu'il a trouvé les mots pour toucher cette enfant. À partir du moment où lui-même se sent investi d'une mission de sauveur, je suis sûre que ses arguments devaient être criants de vérité. Il n'aura pas dupé la petite Nadia, sa sincérité l'aura fait pour lui.

— Je me rends justement chez lui. Un conseil à me donner ?

— Ne l'attaquez surtout pas bille en tête !

— Pour qui vous me prenez ? riposta-t-il, piqué au vif. Il m'arrive d'être subtil, figurez-vous !

— Je ne voulais pas être vexante, s'excusa-t-elle aussitôt. Je sais que vous connaissez votre métier. Ce que j'essayais de dire, c'est que vous avez intérêt à vous adresser à lui comme vous le feriez avec une victime collatérale. Montrez que vous faites preuve d'empathie en venant le voir. Que vous avez appris qu'il continuait à prendre des nouvelles de Victor Lessage et que vous imaginez facilement la douleur qu'il ressent encore aujourd'hui. Demandez-lui de vous parler des jumeaux. Qu'il vous raconte sa version des faits du haut de ses onze ans.

— Je comprends. Tout ce qu'il me dira sera un début de justification à ses yeux, c'est bien ça ?

— C'est tout à fait ça ! Je crois que j'ai du souci à me faire pour mon job ! conclut-elle d'une voix plus légère.

— Rassurez-vous, je vous le laisse avec grand plaisir. Merci, docteur.

— Vous me tiendrez au courant ?

— Bien sûr.

Fabregas raccrocha à contrecœur. Échanger avec cette femme lui faisait décidément un bien fou. Il n'était pas question d'un béguin. Depuis quelques jours, il avait l'impression de s'aventurer dans des sables mouvants et la présence du docteur Florent le rassurait. Elle était là pour l'empêcher de s'enliser.

En arrivant à l'adresse indiquée dans son GPS, Fabregas constata que Christophe Mougin habitait un mas éloigné du centre-ville. La bâtisse était entourée de vignes, sans aucun voisin à l'horizon. Un lieu idéal pour qui voulait ne pas se faire remarquer et œuvrer en toute impunité.

– 38 –

Fabregas avait sonné deux fois à l'interphone du portail. Il s'apprêtait à remonter dans sa voiture quand il aperçut au loin une silhouette courir dans sa direction. Le joggeur ralentit son rythme en s'approchant, tout en retirant les écouteurs de ses oreilles. Le capitaine profita des cinquante mètres qui les séparaient encore pour jauger celui qu'il devinait être Christophe Mougin : un mètre quatre-vingts pour quatre-vingts kilos, l'homme à la mâchoire carrée était clairement dans une forme physique irréprochable. Était-ce lui que les étudiants avaient vu sortir en courant de l'immeuble de Solène Gauthier ? Ils avaient parlé d'un homme de taille moyenne. Fabregas n'aurait pas utilisé cet adjectif pour le décrire, mais que voulait dire « moyen » pour la plupart des gens ? Il nota dans un coin de sa tête qu'il faudrait que ses enquêteurs approfondissent la question.

L'homme s'approcha du capitaine. Il n'avait même pas le souffle court en s'adressant à lui :

— Je peux vous aider ?

— Monsieur Christophe Mougin ?

— C’est moi ! Que puis-je pour vous ?

Fabregas se souvint des conseils du docteur Florent et tenta une approche « délicate » :

— Capitaine Fabregas, de la gendarmerie d’Orange. J’enquête sur l’enlèvement de deux enfants de la région.

— Oh, ça ! répondit Mougin en fronçant les sourcils. Je suis au courant, bien sûr. Mais je ne vois pas en quoi je pourrais vous être utile…

— Certains éléments de l’enquête nous font penser que ces enlèvements ont un rapport avec ceux des jumeaux Lessage.

Christophe Mougin s’arrêta de respirer une fraction de seconde avant de se reprendre, ce qui n’échappa pas à Fabregas.

— Vous dites que les deux affaires sont liées ?

— Nous ne sommes sûrs de rien pour l’instant, mais j’ai cru comprendre que vous étiez très proche des jumeaux et j’aurais souhaité que vous me parliez un peu plus d’eux.

— Pourquoi ne vous adressez-vous pas plutôt à leur père ?

Le ton était plus suspicieux qu’agressif et Fabregas usa cette fois de diplomatie :

— Victor Lessage nous aide autant qu’il le peut, bien évidemment, mais j’aurais aimé avoir un avis extérieur sur ce qui s’est passé à l’époque.

— J’étais minot, vous savez !

— J’en ai bien conscience, monsieur Mougin. Je n’attends pas des miracles de votre part, juste quelques renseignements.

— Bien sûr ! Pardonnez-moi. Je n'aime pas trop parler de tout ça, mais là c'est différent j'imagine. Suivez-moi, nous serons mieux à l'intérieur.

Christophe Mougin habitait un ancien mas, mais suffisamment bien rénové et décoré pour offrir tout le confort de la modernité. L'hôte prépara deux cafés à l'aide d'un percolateur et invita Fabregas à s'installer dans le salon. Le capitaine balaya la pièce du regard et ne trouva aucun cadre ou objet personnel laissant deviner la présence d'une femme. Il attendit que son interlocuteur ait fini son café avant de se lancer :

— Victor Lessage m'a dit que Solène et Raphaël étaient vos amis.

— Amis, c'est un grand mot, quand on y réfléchit, répondit Mougin en s'adossant à son fauteuil. C'est ce que je me disais à l'époque, en tout cas.

— Et ce n'est plus le cas ?

— Avec les années, on relativise, n'est-ce pas ?

Fabregas hocha rapidement la tête en guise de réponse. Il était assez décontenancé par cette première réplique. Si sa théorie était juste, alors, selon le docteur Florent, Mougin était censé se comporter comme une victime et non en adulte détaché comme il était en train de le faire. Fabregas décida donc d'orienter un peu plus ses questions.

— Ça a tout de même dû être dur pour vous, non ? La disparition puis la mort de Solène. Ce n'est pas un drame dont on se remet facilement…

— Tout ça remonte à loin, capitaine.

— Pourtant, Victor m'a dit que vous continuiez à prendre régulièrement de ses nouvelles.

— C'est vrai. En fin de compte, c'est surtout pour lui que j'ai de la peine. D'abord ses deux enfants, puis sa femme qui se suicide. On peut dire que cet homme a eu son lot de malheurs.

— Vous connaissiez Mme Lessage ?

Fabregas ne s'intéressait pas à l'épouse de Lessage, mais comme l'entretien ne se passait pas du tout comme il l'avait imaginé, il décida de se laisser porter par la conversation.

— Je la connaissais même mieux que Victor. Luce était très gentille avec moi quand nous étions petits. J'allais souvent chez les Lessage à la sortie des classes et elle nous préparait des crêpes. Enfin, c'est surtout pour moi qu'elle les faisait car les jumeaux n'en mangeaient presque jamais. De toute façon, ils ne faisaient jamais rien comme les autres enfants. Je crois que c'est pour ça que j'étais autant fasciné par eux !

Fabregas avait senti un vent froid derrière la nuque.

— Que voulez-vous dire par « ils ne faisaient jamais rien comme les autres » ?

Christophe Mougin fronça à nouveau les sourcils et s'arrêta un instant.

— Je ne sais pas, finit-il par répondre, c'était idiot ! Je n'aurais pas dû vous dire ça.

— Permettez-moi d'insister…

— À quoi ça sert ? Ils sont morts de toute façon.

— Solène est morte, rectifia Fabregas. Pour ce qui est de Raphaël, officiellement il est toujours porté disparu.

Mougin afficha un léger rictus.

— Ne me dites pas que vous y croyez ?

— Une fois de plus, je ne crois rien, monsieur Mougin ! Je me contente des faits. Le corps de Raphaël Lessage n'a jamais été retrouvé et il n'y a donc aucune raison de penser qu'il n'est plus de ce monde.

— Si vous le dites !

Christophe Mougin avait répondu d'un ton glacial, comme si le simple fait que Raphaël puisse être encore en vie était un problème en soi. Fabregas n'était plus du tout certain d'obtenir les réponses auxquelles il s'attendait en venant ici, mais son instinct lui criait que cet homme avait tout de même beaucoup de choses à lui apprendre.

— Monsieur Mougin, je suis dans l'obligation d'insister. Parlez-moi des jumeaux. Qu'avaient-ils de si différent par rapport aux autres enfants ?

Christophe Mougin baissa les yeux et se tut. Fabregas respecta un temps ce silence et en profita pour observer plus attentivement la décoration du salon : un grand canapé en cuir blanc, deux fauteuils Richelieu retapissés de tissu bayadère, une cheminée garnie de bûches, prête pour une flambée alors qu'on était presque en juillet, un livre d'art contemporain sur une table basse en verre et une lampe design dans un coin de la pièce. Fabregas se fit la réflexion que cet espace aurait pu se retrouver dans un magazine de décoration d'intérieur, ce qui ne cadrait pas avec l'image qu'il avait de l'homme assis face à lui.

Voyant que Christophe Mougin peinait à sortir de son mutisme, Fabregas finit par perdre patience et le relança de manière plus abrupte :

— Monsieur Mougin, la vie de deux enfants est en en jeu ! Tout ce que je vous demande, c'est de me parler des jumeaux !

L'homme releva alors un visage contrarié mais déterminé.

— Je n'aime pas dire du mal des morts !

– 39 –

Un silence gêné s'était installé entre les deux hommes. Fabregas attendait que Christophe Mougin développe, mais l'homme ne semblait pas pressé.

— Que reprochiez-vous exactement aux jumeaux, monsieur Mougin ?

— Oh, à l'époque, rien ! Je vous l'ai dit : ces deux-là me fascinaient ! Ce n'est que bien plus tard que j'ai compris à quel point ils étaient tordus.

C'était la première fois que Fabregas entendait un reproche à l'égard des enfants Lessage. Jusqu'ici, Solène et Raphaël avaient été décrits comme des anges, figés par le destin. Finalement, que savait-il de ces deux enfants, si ce n'est ce qu'avaient rapporté leur père ou Jean, qui pour sa part ne les avait même pas connus ? Le capitaine savait qu'il était facile d'idolâtrer les absents, surtout lorsqu'ils disparaissaient aussi jeunes. Un point de vue plus objectif, ou du moins différent et contrasté, était le bienvenu.

— Tordus dans quel sens ? relança-t-il.

Mougin cherchait ses mots. Il ouvrait la bouche puis la refermait aussitôt. Il finit par oser une critique du bout des lèvres :

— Je crois que leur relation était plus que fraternelle, si vous voyez ce que je veux dire…

Mais Fabregas ne voyait pas ce qu'il voulait dire ou, du moins, ne voulait pas le voir.

— Je suis désolé, mais je vais vous demander d'être plus précis.

— Je crois qu'ils couchaient ensemble, souffla l'homme.

— Monsieur Mougin, nous sommes en train de parler d'enfants de onze ans ! s'insurgea Fabregas malgré lui.

— Vous avez raison, le terme n'est pas le bon. Je ne sais pas comment le dire autrement.

Le capitaine respira un grand coup avant de lui venir en aide.

— Leur relation vous semblait incestueuse ?

— Voilà, c'est ça ! Incestueuse. Je ne sais pas ce qu'ils faisaient réellement, mais ils agissaient comme s'ils étaient un couple et non frère et sœur.

— J'ai entendu dire que la relation entre des jumeaux pouvait être très fusionnelle, tempéra Fabregas.

— Je sais… Je me suis renseigné sur le sujet depuis, mais je vous assure que ce qu'ils dégageaient allait au-delà de ça. Luce me l'avait d'ailleurs confirmé.

— Mme Lessage ? Qu'est-ce qu'elle vous a dit ?

— Rien à cette époque, bien sûr, mais un soir où elle était seule chez elle et où j'étais passé la voir, elle m'a fait des confidences. Elle était passablement éméchée. Ça n'allait pas fort avec son mari et il s'était absenté pour la semaine.

— Que vous a-t-elle dit exactement ?

— Ce n'était pas forcément très cohérent, mais elle a confirmé ce que je pensais depuis longtemps. Les jumeaux étaient… particuliers. « Malsains » serait plus approprié. Luce les avait surpris, à plusieurs reprises, en train de s'embrasser ou de se caresser. Elle avait essayé de les séparer, de leur imposer des distances, mais les enfants s'étaient à chaque fois vengés d'une manière ou d'une autre. Elle n'avait pas voulu rentrer dans les détails ; Luce tremblait rien qu'à l'évocation de ces souvenirs. Ce jour-là, j'ai compris qu'elle avait toujours eu peur de ses enfants et que c'est pour ça qu'elle m'invitait aussi souvent. J'étais une sorte de bouclier entre elle et les jumeaux.

Fabregas découvrait un pan de l'histoire des Lessage qu'il n'aurait jamais pu imaginer. Luce était morte depuis neuf ans, et pourtant elle avait beaucoup de choses à lui apprendre.

— Quand est-ce qu'elle vous a dit tout ça ?

— Quelques jours avant son suicide, répondit Mougin en baissant les yeux. J'aurais dû deviner ce qui allait arriver.

— Je ne crois pas que vous auriez pu faire quoi que ce soit pour cette femme, répondit Fabregas. En revanche, pourquoi n'êtes-vous pas allé voir la gendarmerie pour raconter tout ça ?

— Raconter quoi ? s'étonna Mougin. Raconter que Luce pensait que ses enfants étaient des monstres et qu'elle avait certainement été soulagée de leur disparition ? Cette femme venait de mourir, capitaine !

Dit de la sorte, Fabregas comprenait que sa question était déplacée.

— Victor Lessage était au courant ?

— Je ne sais pas et je ne lui ai jamais demandé.

— Et avec vous ? continua Fabregas sur un ton d'urgence.

— Quoi, avec moi ?

— Comment se comportaient les enfants ? Ils vous faisaient peur à vous aussi ?

Fabregas se souvenait que Mougin était amoureux de Solène. Cela ne voulait pas dire qu'il ne la craignait pas. Le tableau qui se dessinait désormais sous ses yeux laissait présager d'autres teintes que celles qu'on lui avait décrites jusqu'ici.

Christophe Mougin n'était cependant pas disposé à s'épancher plus qu'il ne l'avait fait. Il commença à prétexter qu'il devait se changer et partir pour un rendez-vous important, s'il voulait être à l'heure. Le capitaine durcit le ton immédiatement :

— Soit vous me racontez tout ce que vous savez, ici et maintenant, soit je vous embarque !

— Sur quel motif ?

— Vous voulez vraiment jouer à ça ?

Mougin abdiqua en se rasseyant, sans voir que Fabregas soufflait discrètement. Et donc sans réaliser qu'il avait vu juste : le capitaine aurait été bien en peine de trouver un motif d'arrestation qui tienne la route. Mais son bluff avait fonctionné.

— Solène était la plus dure des deux, commença Christophe Mougin sans se faire prier. Elle était très directive et savait se montrer blessante quand on ne lui obéissait pas.

— Blessante ?

— Elle était très intelligente ! Enfin, c'est l'effet qu'elle me faisait à l'époque. Je ne crois pas me tromper en disant qu'elle était nettement plus mûre que les autres filles de son âge. Solène savait analyser les personnes qui se trouvaient face à elle, que ce soient des adultes ou des enfants, et elle savait comment leur faire du mal. Un mot glissé ici ou là, une remarque bien trempée devant tout le monde. Tous les gamins la craignaient à La Ròca.

— Pourtant, j'ai cru comprendre que vous aviez un faible pour elle.

Mougin sourit avec tristesse, sans paraître vexé.

— C'est vrai ! Solène savait parfaitement me manipuler. J'étais son jouet. Si j'étais sage, elle me récompensait par un baiser sur la bouche. Quand je ne faisais pas ce qu'elle attendait de moi, elle me donnait des coups de règle ou m'obligeait à me déshabiller dans sa chambre. Son frère arrivait, et tous les deux se mettaient à rire en pointant du doigt mon entre-jambe.

— Je pensais que vous étiez amis, avec Raphaël ?

— Si je voulais passer du temps avec Solène, je devais en passer aussi avec Raphaël. Ce n'était pas un choix. Le plus drôle, c'est qu'au moment de leur disparition je me suis senti totalement abandonné. J'ai fait une dépression, même si à l'époque on n'appelait pas ça comme ça pour un enfant. On me trouvait « éteint », dit Mougin en mimant les guillemets de ses doigts. Ce n'est que bien plus tard que j'ai compris que la mort de Solène avait été pour moi un mal pour un bien.

— Comment ça ?

— J'ai fini par suivre une psychothérapie. Je continue, d'ailleurs. Aussi dingue que ça puisse paraître, Solène a réussi à me détraquer alors que nous n'avions que onze ans. Je souffre encore aujourd'hui de ce qu'on appelle le syndrome de l'homme battu. Pathétique, n'est-ce pas ?

– 40 –

Fabregas avait l'impression d'avoir reçu un coup de poing dans le plexus. Il avait autorisé Christophe Mougin à se préparer pour son rendez-vous, prétextant que lui-même devait passer un appel urgent. L'entretien n'était pas fini, mais le capitaine avait besoin de reprendre ses esprits et de réfléchir à tout ce qu'il venait d'entendre. Au fond de lui, Fabregas espérait repérer une incohérence dans les révélations de Mougin. S'il trouvait une faille, il pourrait remettre en question tout ou partie de ses propos et tâcher d'oublier les visions d'horreur que cet homme venait d'instiller dans ses pensées.

Cinq ans plus tôt, Fabregas avait suivi une formation sur l'aggravation de la violence chez les mineurs, mais il ne se souvenait d'aucune étude basée sur les rapports sexuels des moins de douze ans. Certes, des instituts prestigieux comme l'université Columbia ou l'American Academy of Pediatrics avaient démontré l'impact de la télévision et des jeux vidéo sur le nombre d'agressions physiques et verbales chez les jeunes de neuf à dix-huit ans. Le harcèlement scolaire s'était également démultiplié, poussant de plus en plus d'enfants ou adolescents au suicide. Et bien sûr, le sexe n'était pas en reste. La pornographie en accès libre et les rappeurs en vogue exposaient une vision dégradée de la femme, des rapports de soumission parfois violents que les jeunes reproduisaient, se conformant à ce qu'ils pensaient être une norme. Mais ce constat-là valait pour les adolescents. La moyenne d'âge du premier rapport restait constante, soit dix-sept ans. On était loin des onze ans des jumeaux.

De surcroît, on ne pouvait pas comparer les statistiques de 1989 à celles d'aujourd'hui. Solène et Raphaël avaient disparu trente ans plus tôt et, sans avoir à entreprendre des recherches poussées, Fabregas savait que les enfants de cette époque passaient moins de temps devant la télévision et que les jeux vidéo faisaient nettement moins appel à la violence : au mieux on conduisait un kart avec un moustachu en salopette, au pire on mangeait un fantôme dans un labyrinthe.

Les études expliquaient la violence chez les enfants par d'autres facteurs, comme le cadre familial. La maltraitance, la négligence ou un simple divorce pouvaient entraîner des comportements agressifs, voire nuisibles. Même les tout-petits d'âge préscolaire étaient recensés dans ces statistiques. Cependant, une fois de plus, on observait plutôt du vandalisme, des colères explosives ou de la cruauté envers les animaux. Aux États-Unis, il en allait autrement : il fallait ajouter l'utilisation d'armes à feu. L'encadrement scolaire pouvait également être responsable de ces attitudes. L'échec de l'enfant ou l'autorité abusive d'un professeur pouvaient être à l'origine de dérives. Bref, les pédopsychiatres avaient réussi à apporter des débuts de réponses à ce qui pouvait paraître inimaginable. On attendait d'un enfant qu'il soit pur, qu'il soit doux, qu'il soit innocent. S'il devenait un monstre, il devait forcément y avoir une explication rationnelle. Et Fabregas avait beau chercher, il n'en trouvait aucune qui puisse expliquer le comportement de Solène et Raphaël. Tous s'accordaient à dire que les enfants étaient doués en classe, qu'ils étaient aimés de leurs parents. Tous, sauf Christophe Mougin. Même le témoignage de Luce Lessage n'avait été rapporté que par lui seul. Était-il possible que cet homme ait inventé toute cette histoire pour orienter les recherches dans une mauvaise direction ? Avant d'arriver au mas, Fabregas espérait le confondre, lui faire avouer son implication dans l'enlèvement de Zélie et Gabriel. Maintenant, il ne savait plus quoi penser. Christophe Mougin était-il une victime ou un kidnappeur qui le manipulait avec brio ?

Quand celui-ci réapparut dans la pièce, Fabregas se fit la réflexion qu'il était face à un autre homme. Le jogging troqué contre un costard-cravate et rasé de près, Christophe Mougin n'affichait plus aucune trace d'affliction. L'agent immobilier était prêt à affronter le monde, effaçant au passage l'homme battu qu'il prétendait avoir été. Cette attitude agaça le capitaine. Mougin venait de détruire l'image de deux enfants et semblait s'en moquer. Il était déjà passé à autre chose.

— J'ai encore quelques questions, monsieur Mougin, dit Fabregas d'un ton froid.

Mougin regarda sa montre tout en exprimant son impatience par une forte respiration :

— Ce sera long ?

— Ça dépend de vous. Connaissez-vous Solène Gauthier ?

La question était directe. Le capitaine ne voulait pas laisser le temps à Mougin de réfléchir. Il comptait sur une réaction à chaud : un battement de cils ou un tremblement de la main, n'importe quoi qui puisse le trahir, et il ne fut pas déçu. Christophe Mougin avait serré les mâchoires au point de creuser ses joues.

— Que vient faire Solène là-dedans ?

— C'est moi qui pose les questions, monsieur Mougin ! Asseyez-vous, s'il vous plaît.

Mougin s'exécuta et attendit que Fabregas le relance.

— Oui, je la connais, finit-il par répondre. Nous sommes sortis ensemble.

— Quand ça ?

— L'année dernière.

— Combien de temps a duré votre histoire ?

— Quelques mois, pas plus.

— Savez-vous où elle se trouve en ce moment ?

— Non, pourquoi ?

Fabregas éluda la question par une autre :

— Et Raphaël Dupin, vous le connaissez ?

— Non, ce nom ne me dit rien.

— Michel Dumas ?

— C'est le cousin de Solène. Mais à quoi riment toutes ces questions, à la fin ?

Christophe Mougin avait haussé le ton. Le capitaine continua, imperturbable :

— Comment savez-vous que c'est son cousin ?

— Parce qu'elle me l'a dit.

— Vous l'avez rencontré ?

— À plusieurs reprises, oui. Il passait souvent chez elle.

— Et Arnaud Belli, ça vous dit quelque chose ?

Mougin fit non de la tête, mais Fabregas aurait juré avoir vu une lueur dans ses yeux, une étincelle qu'il n'avait encore jamais perçue.

— Vous êtes sûr ? Prenez votre temps.

— Arnaud Belli, vous dites ? Non, vraiment rien. Désolé.

Fabregas n'en croyait pas un mot, pourtant il n'avait aucune raison objective de douter de Mougin. Jusqu'ici, l'homme avait répondu à toutes ses questions, même celles qui l'avaient mis mal à l'aise. Pourquoi aurait-il avoué connaître Michel Dumas et pas Arnaud Belli ? Après tout, Michel et Arnaud étaient le même homme, et il était tout à fait possible que Mougin n'ait pas été au courant du changement d'identité.

— Saviez-vous que Michel Dumas a été retrouvé mort dans l'appartement de Solène Gauthier ?

Toujours en quête d'une réaction, Fabregas augmentait la cadence des questions.

— Non ! C'est terrible !

Le ton était crédible, mais le visage était resté impassible.

— Vous n'avez pas l'air spécialement affecté.

Christophe Mougin bougea légèrement sur son fauteuil et se racla la gorge :

— Écoutez, capitaine, je ne vais pas vous mentir. Je n'avais pas beaucoup d'atomes crochus avec cet homme.

— Mais encore ?

— Il était très protecteur avec sa cousine et ellc prenait toujours sa défense. Personnellement, il me donnait l'impression d'être une petite frappe. Un voyou qu'elle aurait mieux fait de laisser à distance.

Encore du mal des morts, se dit Fabregas. La technique était finalement aisée. Il était temps de passer à la vitesse supérieure.

– 41 –

— Où étiez-vous vendredi dernier vers dix-huit heures ?

Fabregas savait que la réponse de Christophe Mougin pouvait faire basculer l'entretien. Si son interlocuteur n'avait pas d'alibi solide au moment où l'immeuble de Solène Gauthier commençait à s'embraser, le capitaine était prêt à reprendre l'interrogatoire depuis le début, cette fois avec un tout autre état d'esprit.

En une heure, Mougin avait jeté l'opprobre sur deux gamins de onze ans, une femme qui s'était suicidée pour ne pas avoir su élever ses enfants correctement, et un homme que personne ne connaissait réellement. Si on prêtait foi à son témoignage, il était finalement l'unique victime dans toute cette histoire.

— Vendredi dernier, vous dites ? Il faudrait que je consulte mon agenda, avait répondu Mougin tranquillement.

— J'ai tout mon temps !

Christophe Mougin s'était levé pour récupérer son smartphone et, après y avoir jeté un bref coup d'œil, était revenu s'asseoir un sourire en coin.

— Vous devriez être satisfait ! J'étais en train de faire visiter une maison de Pont-Saint-Esprit à votre patron.

— Mon patron ?

— Le procureur de la République d'Avignon. C'est bien votre patron, non ?

— D'une certaine façon, répondit Fabregas les dents serrées.

Le capitaine ne savait pas ce qui l'agaçait le plus : le fait que Mougin ait un alibi qui serait confirmé par un témoin de poids, ou que le procureur de la République ait trouvé le temps d'aller visiter des maisons dans la région alors que tous ses hommes étaient sur le pied de guerre. Le résultat était de toute façon le même : Christophe Mougin n'était pas l'homme que les étudiants avaient vu s'enfuir de l'immeuble de Solène Gauthier. Était-il possible alors que tout ce qu'il ait dit soit la vérité ?

Solène Lessage, ce petit ange retrouvé mort dans un cimetière trois mois après sa disparition, était-elle un monstre manipulateur ? Et que dire de Raphaël ? Son ancien supérieur aurait-il passé toute sa carrière à sa recherche s'il avait su qui était réellement cet enfant ?

Un air que chantait souvent sa mère lui était revenu en tête quand Mougin avait commencé à dénigrer les jumeaux. Fabregas avait réussi à l'étouffer, mais il lui revenait maintenant de plus belle :

Mais où est-ce qu'on les enterre ceux qui sont méchants,
Qui faisaient pleurer leur mère, battaient leurs enfants,
Les antipathiques, tous les renfrognés
Que personne n'a jamais jamais jamais regrettés[1].

1. Marie-Paule Belle, *Mais où est-ce qu'on les enterre ?*.

Fabregas rongea son frein. Après tout, il n'avait rien de concret à reprocher à Christophe Mougin. Il se contenta de lui poser d'autres questions sur Solène Gauthier et sur leur relation. Une fois de plus, le portrait qu'avait fait Mougin de l'institutrice n'était pas idyllique : réservée à outrance, même dans l'intimité, son ex-amant la soupçonnait de dissimuler quelques traumatismes inavoués. À l'en croire, il avait préféré mettre un terme à leur relation avant qu'elle n'aille trop loin.

— Solène se rapprochait dangereusement de la quarantaine, avait-il dit d'un air de connivence qui avait irrité encore plus Fabregas.

— Je ne suis pas sûr de vous suivre ?

— Vous savez… l'horloge biologique, les enfants, tout ça !

— Non, je ne sais pas, avait rétorqué le capitaine avec froideur. Ce que j'aimerais savoir, en revanche, c'est l'endroit où elle se trouve maintenant.

— Je vous l'ai dit, je n'en ai aucune idée.

Conscient qu'il ne tirerait plus rien de Mougin sans éléments supplémentaires, Fabregas avait mis fin à l'interrogatoire. Ce qu'il souhaitait désormais, c'était s'entretenir avec Jean Wimez. Il voulait confronter son ancien supérieur aux théories de Christophe Mougin. Savoir si Jean avait entendu ne serait-ce qu'une seule fois quelqu'un parler en mal des jumeaux, ou si Victor Lessage avait évoqué ce sujet au cours d'une de leurs nombreuses soirées arrosées. Il voulait également interroger la veuve Bozon. Son mari avait été l'instituteur de Solène et de Raphaël, et donc de Christophe Mougin. Peut-être avait-il fait des confidences à sa femme sur l'un de ces trois enfants avant de mourir ? Cela valait la peine d'essayer.

Sur la route du retour, Fabregas reçut un appel du service des empreintes digitales. En voyant le numéro s'afficher, sa tension était montée d'un cran et il s'était aussitôt rabattu sur le côté. La recherche de correspondance qu'il avait demandée avait forcément abouti à quelque chose pour qu'on le rappelle aussi vite.

— Capitaine Fabregas ! dit-il en décrochant. Qu'est-ce que vous avez trouvé ?

— Je suis désolé, capitaine. Nous avons eu un petit souci.

— Un souci ?

Fabregas pestait déjà intérieurement. Quand un technicien annonçait « un petit souci », cela avait généralement de lourdes conséquences pour ceux qui l'écoutaient.

— Ce n'est pas moi qui me suis occupé des empreintes, j'étais monopolisé sur les analyses demandées par le légiste.

Le capitaine perdait patience et, surtout, il détestait quand un chef de service cherchait à se dédouaner avant même d'avouer sa faute.

— Votre département, votre erreur ! avait coupé Fabregas. Je vous écoute !

— Vous avez raison, j'aurais dû être plus attentif. Les empreintes de Solène Gauthier sont inexploitables, capitaine.

— Comment ça, inexploitables ?

— Nous n'avons que des empreintes partielles, ce qui est très étonnant. Si cette femme a vraiment tenu la lettre entre ses mains, nous aurions dû trouver les marques de ses pouces au recto et au moins celles de ses index au verso.

— Et ce n'est pas le cas… comprit Fabregas sans avoir à poser la question.

— Non. En analysant le papier, j'ai pu constater des rainures de forme courbe. Je pense que votre institutrice a saisi la lettre avec ses ongles. Forcément, on a pu relever quelques empreintes de l'extrémité des pulpes, mais ce n'est pas suffisant pour lancer une comparaison. À moins bien sûr que vous n'ayez remis la main sur Mlle Gauthier.

— Ce n'est pas le cas, admit Fabregas, abattu par cette nouvelle. J'imagine que vous avez tout de même essayé ?

— Ça ne servirait à rien, capitaine, si ce n'est à fausser les résultats ! Je n'ai décelé aucun delta sur les empreintes laissées, mais ça ne veut rien dire. J'ai bien une bifurcation, mais vous comprenez que je ne peux pas lancer les bases de données avec ce seul élément.

— Comprendre, ce serait un grand mot, mais j'imagine que vous savez ce que vous faites !

Ce que Fabregas comprenait, en revanche, c'est qu'il était dans une nouvelle impasse. La seule information qui méritait d'être retenue était que Solène Gauthier avait fait en sorte de ne pas laisser de trace.

Et ce simple fait méritait qu'on redouble d'efforts pour la retrouver.

– 42 –

La terrasse du café où ils s'étaient installés donnait sur une petite place paisible. Fabregas observait Jean qui n'avait pas dit un mot depuis plus de cinq minutes. Le capitaine avait préféré partager les révélations de Christophe Mougin avec son ancien supérieur dans un cadre officieux. Lui-même ne savait pas quoi penser de cet entretien et souhaitait y voir plus clair avant de retranscrire ces informations dans le dossier.

À peine Fabregas avait-il commencé son rapport que Jean Wimez s'était révolté. Comment pouvait-on dire du mal d'une enfant disparue aussi prématurément ? Le capitaine avait cependant réussi à l'apaiser en lui faisant part de ses propres doutes.

— Écoute-moi jusqu'au bout, Jean, après seulement tu me donneras ton avis. Tu veux bien ?

Jean avait accepté et, maintenant que le récit était terminé, il était incapable de s'exprimer.

Fabregas ressentait une gêne croissante. Même s'il n'avait fait que rapporter les propos d'un tiers, il avait l'impression d'avoir sali un peu plus la mémoire d'innocents. Solène et Raphaël, quels qu'aient été leurs agissements, étaient avant tout des victimes. Une petite fille de onze ans avait été assassinée et quoi qu'on puisse dire de Solène aujourd'hui, elle ne méritait pas cette fin tragique. Son frère, quant à lui, n'avait jamais été retrouvé. S'il était toujours en vie, pouvait-on seulement imaginer dans quelles conditions il avait grandi ?

— Luce Lessage t'a-t-elle dit quelque chose qui pouvait laisser entrevoir ça ? demanda-t-il tout de même.

— Non, répondit Jean d'un filet de voix. Ni Luce, ni Victor, ni qui que ce soit d'autre d'ailleurs.

— À ton avis, pourquoi Christophe Mougin irait nous raconter ça si ce n'est pas la vérité ?

— Je n'en sais rien. Si encore il n'avait pas eu d'alibi pour le meurtre d'Arnaud Belli, j'aurais pu te dire qu'il préparait sa défense, mais là j'avoue que je suis dépassé. Tu lui as demandé où il se trouvait au moment de la disparition de Zélie et de Gabriel ?

— Il m'a envoyé son agenda par mail. Je n'ai pas encore pu vérifier ses déplacements, mais quelque chose me dit qu'on ne trouvera rien à redire de ce côté-là.

Jean contemplait sa tasse de café à présent vide, comme s'il cherchait une réponse dans le marc déposé au fond. Sans lever les yeux, il dit d'une voix éteinte :

— Tu te souviens de ce que nous a dit Victor ?

— À quel sujet ?

— La raison de sa dispute avec ses enfants, quelques jours avant qu'ils ne soient kidnappés.

Fabregas fit défiler l'interrogatoire dans sa tête et ressentit une suée froide le long de sa colonne vertébrale malgré la chaleur ambiante.

— Il ne voulait plus que les jumeaux prennent leur bain ensemble !

— C'est ça, répondit Jean calmement.

— Tu crois que Victor avait compris que quelque chose n'allait pas dans leur comportement ?

— Compris, ou vu.

— Et il ne t'en aurait pas parlé ? s'étonna Fabregas.

— Tu n'as pas d'enfant, Julien, mais je suis sûr que tu es capable de te mettre à sa place. Quel père irait dire qu'il soupçonnait ses enfants d'inceste ? Pas moi, en tout cas.

— Même si ça pouvait aider à retrouver ton fils ?

— Parce que tu crois que cette information va nous aider ? s'énerva Jean. Qu'est-ce que ça nous apporte de plus, si ce n'est un sentiment nauséabond, tu peux me le dire ?

Fabregas aurait voulu répondre que connaître sa victime permettait souvent de cerner les motivations de son agresseur, comme Jean le lui avait appris à ses débuts, mais il préféra se taire. Tant que personne ne viendrait corroborer ces accusations, il ne servait à rien d'en rajouter.

— Tu sais que je vais devoir réinterroger Victor, dit-il à la place.

— Je sais…

— À toi de me dire si tu souhaites être présent.

Jean semblait peser le pour et le contre de cette proposition. Souhaitait-il vraiment savoir ? Trente ans qu'il s'était fait une idée des jumeaux, et voilà qu'il avait suffi de quelques mots prononcés par un ancien camarade de classe pour tout remettre en question.

— Si je viens, ce ne sera pas pour t'aider. Ne compte pas sur moi pour accabler cet homme plus qu'il ne l'a déjà été.

— Je ne te le demande pas, Jean.

L'affaire était entendue et ils décidèrent de passer voir Lessage à l'heure du déjeuner, un moment auquel ils étaient sûrs de le trouver chez lui. Fabregas n'imaginait pas une seule seconde le convoquer à la gendarmerie ou s'entretenir avec lui sur son lieu de travail, à proximité de ses employés. Il s'apprêtait à détruire l'image de sa famille, et Victor méritait d'être seul et chez lui, en confiance, pour riposter.

Le serveur tardait à apporter l'addition et Fabregas en profita pour sonder Jean au sujet de Pierre Bozon.

— Tu avais mis l'instituteur sur ta liste, ça veut dire que tu as dû l'interroger longuement, non ?

— Longuement et à plusieurs reprises !

— Et il ne t'a jamais rien dit de mal au sujet des jumeaux ?

— Jamais ! Tu penses bien que ça m'aurait marqué ! Maintenant, de toi à moi, s'il l'avait fait, il aurait paru d'autant plus suspect.

Fabregas essaya de se représenter la situation. Un homme est soupçonné d'avoir fait du mal à deux enfants. Il les connaît bien pour les avoir eus tous les jours dans sa classe. La France pleure Solène et tout le monde la compare à un ange. Si Pierre Bozon avait effectivement décrit les jumeaux comme des êtres pervers et malfaisants, n'importe quel inspecteur aurait accru la pression à son égard, voyant là un début de justification.

— Et sa femme, tu l'avais interrogée ?

— Uniquement pour vérifier l'alibi de son mari. Je n'avais pas d'autre raison de m'entretenir avec elle.

— Jean, ne vois aucun reproche dans mes questions, finit par dire Fabregas avec sincérité. J'essaie juste de savoir quelle piste n'a pas encore été exploitée. Plus les jours passent, plus je suis persuadé que Zélie et Gabriel ne sont que les victimes collatérales d'un événement qui s'est passé trente ans auparavant. Il n'en demeure pas moins que leur vie est en danger et que je dois tout faire pour les retrouver. Pour y arriver, je dois à tout prix comprendre ce qui est arrivé aux jumeaux. Je n'ai pas la prétention de réussir là où tu as échoué. J'ai simplement plus de moyens à ma disposition que tu n'en avais à l'époque, j'ai un homme qui est prêt à témoigner alors qu'il n'était qu'un enfant au moment des faits, et enfin je t'ai toi à mes côtés pour m'empêcher de partir dans toutes les directions.

Jean scruta avec intensité son ancien lieutenant. Fabregas crut déceler dans ses yeux l'expression d'un remerciement ; il préféra se pencher vers l'addition afin d'atténuer l'embarras que pouvait créer une telle déclaration. Les deux hommes avaient toujours été pudiques quant à leur amitié, et le capitaine n'avait pas envie que cela change. Jean devait partager le même sentiment car il était déjà en train de se lever quand il l'apostropha :

— Tu comptes passer la journée ici ? La veuve Bozon doit être dans sa cuisine en train de préparer un gratin de chou-fleur ! Que dirais-tu de faire un crochet par chez elle avant d'en rapporter une part à Victor ?

– 43 –

Jean et Fabregas avaient échangé un sourire complice en découvrant que Suzanne Bozon était en effet aux fourneaux. Elle les avait reçus un tablier autour de la taille, et les avait priés de la suivre dans ce qu'elle appelait « son antre ».

— Je viens de mettre des cookies au four. Il faut que je les surveille de près !

Jean s'assit à la table de la cuisine, les mains à plat sur la toile cirée, comme s'il se préparait à les déguster. Il savait d'expérience que l'uniforme de Fabregas risquait de donner un caractère trop officiel à l'entretien, aussi joua-t-il d'emblée la carte du retraité venu discuter tranquillement.

— Ça sent très bon, madame Bozon.

— Oh, vous n'allez quand même pas me donner du « madame » ! On doit avoir le même âge, vous et moi ! Appelez-moi donc Suzanne.

— Avec plaisir, Suzanne ! répondit l'ex-gendarme tout en se retenant de lui dire que plus d'une décennie devait les séparer. C'est pour Victor, ces cookies ?

— Pensez donc ! Victor, son truc c'est le chou-fleur ! Non, ça c'est pour la petite kermesse qui est organisée demain à La Ròca.

— La kermesse ? s'étonna Fabregas en s'asseyant à son tour.

— Oui, je sais ce que vous pensez ! Avec ces deux petits qui ont disparu, ça paraît bizarre de l'avoir maintenue. Je suis bien d'accord avec vous ! Ce directeur, je l'ai toujours trouvé un peu étrange dans sa façon de faire.

— Et pourtant, vous préparez des cookies... sourit Jean.

— Que voulez-vous ? J'en fais chaque année depuis quarante ans. Déjà que les petits ne viennent plus à la maison...

Fabregas jeta un coup d'œil à Jean, qui se contenta de hausser les épaules, perplexe : lui non plus ne comprenait pas l'allusion de la veuve Bozon.

— Les enfants... vous parlez des vôtres ? demanda alors le capitaine.

— Eh non ! Pierre disait qu'on en avait assez comme ça autour de nous ! N'empêche, aujourd'hui il n'est plus là et moi je me retrouve toute seule !

— Alors de quels enfants parlez-vous ? insista Fabregas.

— Des petits de Pierre, pardi ! Ses élèves. Ils étaient nombreux à venir faire leurs devoirs ici après l'école.

Suzanne leur expliqua alors comment son mari et elle s'étaient toujours impliqués dans la vie des écoliers de La Ròca. Pierre Bozon ne se contentait pas d'être leur instituteur. Il s'occupait également d'eux après la classe, tâchait de parfaire leur éducation en dehors de l'établissement et, les devoirs finis, il jouait avec eux en attendant que les parents viennent les récupérer. Suzanne avait donc préparé des goûters pour une dizaine de marmots affamés tous les jours de la semaine pendant une trentaine d'années. Quand son mari avait fini par prendre sa retraite, elle avait continué à faire des gâteaux, qu'elle apportait au directeur pour qu'il les distribue à la récréation.

— Je ne suis même pas sûre qu'il le fasse ! Ça ne m'étonnerait pas qu'il les garde pour lui. Cet homme, il n'aime pas les enfants, si vous voulez mon avis !

Fabregas n'était pas loin de partager l'avis de cette femme, mais il n'était pas venu pour faire le procès du directeur de La Ròca. Un seul sujet l'intéressait.

— J'imagine que vous aviez souvent les enfants Lessage chez vous, alors ?

— Les jumeaux ? Pas souvent, non. Leur mère ne travaillait pas et la plupart du temps elle les récupérait à la sortie.

Mme Bozon s'était retournée vers la gazinière pour surveiller sa fournée ; pourtant, Fabregas avait réussi à déceler un changement dans le ton de sa voix.

— Mais vous les connaissiez bien ? insista-t-il.

— Comme ci, comme ça !

La femme persistait à leur tourner le dos. Jean, ne souhaitant pas que son ancien lieutenant perde patience, reprit la conversation à son compte.

— Je sais que les jumeaux n'étaient pas toujours faciles, tenta-t-il au bluff, mais l'annonce de leur disparition a dû être dure à encaisser pour votre mari, non ? Sans parler de la mort de la petite Solène.

La manœuvre fonctionna. Mme Bozon se retourna et s'assit avec lenteur entre les deux hommes.

— Pour sûr, ça nous a fait un choc ! Comme vous dites, ces deux-là donnaient du fil à retordre à mon pauvre mari, mais de là à leur souhaiter ce qui leur est arrivé…

La femme s'était signée d'un geste rapide, comme si ce simple rituel pouvait à lui seul exprimer le fond de sa pensée.

— Votre mari vous parlait souvent d'eux ? continua Jean d'une voix douce.

— Il n'en parlait jamais, au contraire ! C'est pour ça que je savais qu'ils lui posaient problème. Ils sont venus plusieurs fois ici et je voyais bien que mon Pierre avait du mal à les contrôler. Surtout la petite. J'ai vu la façon dont elle le regardait, et je peux vous dire que ça faisait froid dans le dos.

— Comment le regardait-elle ? demanda Fabregas en alerte.

— Vous me promettez que ça ne reviendra pas aux oreilles de Victor ? Pauvre homme, il a déjà bien assez souffert comme ça !

— Je vous le promets, répondit Jean à la place de Fabregas, lui évitant ainsi un éventuel mensonge.

— Vous avez vu ce film, *Lolita* ? Un vieux film des années soixante.

— Bien sûr, répondit Jean, sauf que Lolita était une jeune fille prépubère ; Solène était encore une enfant.

— Eh bien moi, je vous dis que cette enfant avait un comportement qui n'avait rien à voir avec celui d'une petite fille de son âge. Je n'aime pas dire du mal des morts, mais cette gamine, c'était le diable. Une petite allumeuse, voilà ce qu'elle était ! J'ai été bien soulagée quand mon mari m'a dit qu'elle ne viendrait plus chez nous !

— Excusez-moi d'insister, Suzanne, reprit Jean, mais quand est-ce que votre mari vous a dit ça ?

— Quelques semaines avant la fin des classes, l'année de leur disparition.

— Vous voulez dire que les jumeaux venaient parfois et que, tout à coup, votre mari est rentré à la maison en vous disant que vous ne les reverriez plus ?

— Il ne l'a pas vraiment dit comme ça mais ça y ressemblait, oui. Pourquoi, c'est important ?

Fabregas et Jean se regardèrent. Quelque chose avait dû se passer ; quelque chose d'assez grave pour incommoder Pierre Bozon au point de mettre fin à toute relation extrascolaire avec les jumeaux. Ne restait plus qu'à trouver ce qui était arrivé quelques semaines avant ce fameux été 1989.

En sortant de chez la veuve Bozon, Jean était toujours perdu dans ses pensées. Fabregas, qui avait pris le volant pour se rendre chez Victor Lessage, lui demanda ce qui le tracassait.

— Tu l'as vu, *Lolita* ?

— C'est l'histoire d'une gamine qui couche avec un mec qui pourrait être son père, c'est ça ?

— C'est un peu abrupt comme résumé mais c'est l'idée, oui. Le héros, Humbert Humbert, épouse la mère de Lolita pour se rapprocher de cette dernière car il est tombé fou amoureux d'elle. L'épouse découvre le pot aux roses et se tue dans un accident de voiture. Résultat, la petite garde son beau-père pour elle toute seule.

— Et alors ?

— Alors rien. Je réfléchis, voilà tout.

– 44 –

Les derniers mots de Jean résonnaient toujours dans la tête de Fabregas lorsqu'ils arrivèrent chez Victor Lessage. Le capitaine avait demandé à son ancien supérieur de développer sa pensée. Jean en avait été incapable.

— Je ne sais pas, avait-il admis. Comme toi, je découvre que Solène n'était pas la petite fille que j'imaginais et qu'un nombre infini de possibilités s'ouvrent à nous. Autant de pistes que je n'aurais jamais osé explorer de peur de me pervertir au passage. Crois-tu vraiment qu'une enfant de onze ans puisse avoir un tel comportement ?

Fabregas comprenait son désarroi. Au cours de sa carrière, il avait malheureusement été confronté à des cas de pédophilie, mais ce qu'avait laissé sous-entendre la veuve Bozon était tout autre chose. Solène cherchait à séduire du haut de ses onze ans. Avait-elle fini par réussir au point d'en mourir ? Le problème, c'est qu'il n'arrivait pas à dresser un portrait objectif de la petite fille. Toujours installé au volant du véhicule, Fabregas proposa d'appeler le docteur Florent pour lui relater les derniers éléments.

— Si je dois sonder Victor au sujet du comportement de sa fille, je préfère avoir quelques cartes en main.

— Tu ne vas tout de même pas lui rapporter ce que nous avons appris ? s'étrangla Jean.

— Crois-moi, si je peux l'éviter, je le ferai ! Je n'ai pas du tout envie d'apprendre à un père éploré que sa petite princesse était une allumeuse manipulatrice !

Jean devint pâle et ouvrit la fenêtre, annulant aussi vite les bienfaits de la climatisation. Il respira un grand coup, les yeux braqués sur la maison de Victor. Ils s'apprêtaient à ouvrir la boîte de Pandore et Jean le regrettait déjà amèrement.

Le docteur Florent décrocha instantanément et n'attendit même pas que Fabregas s'annonce :

— Deux appels dans la matinée ! Je vais finir par croire que je vous manque, capitaine !

Fabregas se racla la gorge et espéra que son ancien supérieur n'y verrait pas là le signe d'une complicité déplacée :

— Rebonjour, docteur ! Je suis avec Jean Wimez, nous avions quelques questions pour vous. Vous êtes sur haut-parleur.

Le message était clair. Si clair que Jean s'autorisa un clin d'œil à son ancien lieutenant.

— Que puis-je pour vous, messieurs ?

Fabregas enchaîna sur un ton qu'il espérait détaché. Il relata tout d'abord son entrevue avec Christophe Mougin. Le capitaine tenta de décrire au mieux l'attitude qu'avait adoptée l'ancien camarade de classe des jumeaux durant l'interrogatoire. Il répéta, quasiment mot pour mot, les confessions de Mougin : son syndrome d'homme battu, le fait qu'il suivait une thérapie encore aujourd'hui. La pédopsychiatre l'avait relancé de quelques questions sans émettre de commentaire.

Fabregas lui rapporta ensuite les propos de la veuve Bozon. Le docteur Florent l'interrompit une seule fois, pour lui demander davantage de précisions sur la réaction de l'ancien instituteur.

— Il a simplement annoncé à sa femme qu'elle ne reverrait plus les jumeaux chez eux, précisa Fabregas.

— Ce qui m'intéresse, c'est de savoir quelle a été sa réaction quand il s'est aperçu que la petite Solène le draguait.

— Sa veuve ne nous l'a pas dit.

— Lui avez-vous seulement demandé ?

Fabregas admit que non. Suzanne Bozon avait évoqué son ressenti face aux manigances de Solène, mais à aucun moment elle n'avait parlé de l'attitude de son mari. Or en juin 1989, Pierre Bozon avait soudainement coupé les ponts avec les jumeaux. Il était forcément arrivé quelque chose de grave.

— Je retournerai la voir, finit par dire Fabregas, conscient qu'il était passé à côté de quelque chose.

— Si sa femme ne vous en a pas parlé d'elle-même, le rassura la pédopsychiatre, c'est qu'elle ne doit pas le savoir. Ce qui signifierait dans ce cas que votre instituteur avait quelque chose à cacher.

— Ça vaut le coup de vérifier, insista le capitaine qui n'aimait pas être pris en défaut.

— Pensez-vous que Pierre Bozon ait pu être pédophile ? demanda Jean. Il ramenait des enfants chez lui après la classe. Sa femme nous a même dit qu'il jouait avec eux.

— Je ne crois pas, dit le docteur Florent après plusieurs secondes de réflexion. Je pense que votre homme était sincère et qu'il cherchait réellement à offrir un cadre chaleureux à ces enfants. En revanche, il est possible que Solène lui ait fait voir les choses sous un autre angle.

— Comment ça ?

— L'analogie qu'a faite Mme Bozon avec *Lolita* est assez intéressante. Je ne vous parlerai pas du film, mais de l'œuvre littéraire. Nabokov, dans son livre, utilise un terme pour décrire son héros qui, même s'il a été détourné de sa définition première, pourrait tout à fait correspondre à votre homme. Selon lui, Humbert Humbert est un « nympholepte ». Pour faire simple, un homme attiré par des nymphettes. Avec ce concept, on s'éloigne de la notion de pédophilie. La nymphette est une préadolescente consciente de son pouvoir d'attraction sexuelle.

— Sauf que Solène n'était pas une préadolescente !

Fabregas avait l'impression de se répéter depuis le début de la matinée, mais il n'arrivait pas à s'affranchir de cette image. Si Solène avait eu treize ou quatorze ans, il aurait accepté toutes les théories sans broncher. Mais elle avait onze ans et avait été enlevée trente plus tôt, à une époque où un carré blanc au bas d'un écran signifiait encore quelque chose.

Le docteur Florent contesta avec tact ses certitudes :

— Les pédiatres et les psychiatres s'accordent à dire que la préadolescence concerne les enfants de huit à douze ans. Chez certaines d'entre eux, la puberté intervient avant même leurs dix ans. Les mutations de l'alimentation lors des trente dernières années ont bien évidemment accentué ce phénomène, mais il y a toujours eu des cas de filles menstruées à cet âge, quelles que soient les générations. Ce serait intéressant de savoir ce qu'il en était.

— Ne comptez pas sur moi pour poser cette question à Victor ! s'était emporté Jean, qui était resté muet jusqu'ici.

— De toute façon, je serais bien étonnée qu'il soit capable de vous répondre, rétorqua le docteur Florent d'une voix légèrement amusée. Comme vous venez de le prouver, les règles ne seront jamais le sujet des hommes ! Je disais ça d'une manière générale. La mère de Solène n'étant plus là, il faudrait se mettre à la recherche d'une femme qui aurait pu être mise dans la confidence. Une ancienne camarade de classe, peut-être.

Fabregas nota cette recommandation dans son carnet, en dessous des autres indications qu'il avait prises tout au long de la conversation.

— Docteur, pensez-vous que Bozon ait pu enlever Solène et son frère ?

— Je n'en sais rien, capitaine. Quand bien même, ça ne résoudrait qu'une partie de votre problème ! Bozon est mort avant que Zélie et Gabriel ne disparaissent.

– 45 –

Victor Lessage n'avait pas dit un mot. Il avait encaissé toutes les informations que Fabregas lui avait transmises sans rien laisser paraître. Impassible, comme figé. Le capitaine avait d'abord fait preuve de tact, pesant chaque mot, puis, voyant que son interlocuteur ne réagissait pas, il avait rapporté chaque allusion, chaque rumeur récoltée depuis le début de la journée. Jean était intervenu à plusieurs reprises pour tempérer les propos de son ancien lieutenant, mais Fabregas n'avait plus envie de ménager qui que ce soit. Le docteur Florent lui avait rappelé le but premier de son enquête : retrouver deux enfants dont la vie était en danger. S'il devait pour cela brusquer Victor Lessage, lui cracher au visage que sa fille n'était pas l'ange qu'il se figurait, alors le capitaine était disposé à le faire sans sourciller.

Une ambiance délétère s'était installée entre les trois hommes. Maintenant que Fabregas avait abattu toutes ses cartes, on pouvait entendre l'horloge murale de la cuisine égrener les minutes. Jean semblait être le plus affecté par la situation. Les épaules voûtées, il jouait avec des miettes de pain collées sur la toile cirée. Victor, lui, soutenait le regard de Fabregas les mâchoires serrées. La sonnerie du téléphone retentit dans le salon. Victor aurait pu profiter de cet intermède pour mettre fin à la joute muette, mais il n'en fit rien.

Fabregas fut finalement le premier à briser le silence :

— Victor, je ferai tout pour connaître la vérité ! Je me battrai jusqu'au bout pour savoir ce qui est arrivé à vos enfants, mais pour le moment, je dois retrouver Zélie et Gabriel. Deux familles sont en train de vivre un cauchemar. Un cauchemar que vous-même subissez depuis trente ans ! Je ne peux pas croire que vous leur souhaitiez de vivre la même chose.

Fabregas comprit immédiatement que quelque chose s'était brisé chez le père des jumeaux. Sans prononcer un seul mot, Lessage expira bruyamment tout l'air contenu dans ses poumons, se leva et quitta la pièce en traînant des pieds.

Le capitaine jeta un œil interrogateur vers Jean qui haussa les épaules en guise de réponse, le regard chargé de reproches. Le capitaine avait franchi une limite que son ancien supérieur n'était pas près de lui pardonner.

Le père des jumeaux revint dans la cuisine moins d'une minute plus tard. Il tenait dans sa main un carnet de couleur pourpre qu'il tendit à Fabregas. Sa couverture patinée ne portait aucune indication.

En l'ouvrant à la première page, le capitaine comprit instantanément de quoi il retournait. Il tenait dans ses mains le journal intime de Luce Lessage. Quand il releva la tête, il croisa le regard de Victor. Il n'y avait plus aucune trace de colère ou de défi. Victor Lessage était prêt à livrer tous ses secrets.

Luce avait commencé à rédiger son journal le 29 mai 1985. Ce jour-là, la famille Lessage venait de fêter les sept ans des jumeaux. Ce jour-là, Luce avait compris qu'elle n'avait pas donné naissance à deux enfants comme les autres.

En entamant sa lecture, Fabregas espérait trouver dès les premières lignes toutes les réponses à ses questions, mais Luce Lessage avait commencé l'écriture de son journal pour épancher ses sentiments. Elle y avait versé ses doutes et interrogations sans évoquer de faits. Le ton n'en était pas pour autant moins violent.

« Le fruit de mes entrailles est pourri ! » Ainsi Luce avait-elle achevé le récit de cette journée.

Le capitaine hésitait à poursuivre devant Victor. Le journal devait contenir quelque deux cents pages et il mettrait plusieurs heures à le lire. Le père des jumeaux sembla deviner ses pensées et l'aida à trancher :

— Vous pouvez le garder ! Je le connais par cœur.

— Quand est-ce que vous en avez pris connaissance ?

— À la mort de Luce. Je l'ai trouvé en faisant le tri dans ses affaires.

— Et vous n'en avez parlé à personne ?

Fabregas avait intentionnellement posé cette question devant Jean Wimez. Son ancien supérieur méritait de savoir pourquoi Victor lui avait caché l'existence de ce carnet.

— Vous n'y trouverez rien ! avait répondu le père des jumeaux en guise de justification.

— Permettez-moi d'en douter !

— Rien qui puisse vous permettre de comprendre ce qui s'est passé, précisa Victor, et encore moins de quoi retrouver Zélie et Gabriel. Dites-vous bien que, dans le cas contraire, il serait depuis longtemps entre vos mains !

— Ce n'était pas à vous d'en décider ! s'emporta Fabregas.

— Vraiment ? On en reparlera quand vous l'aurez lu ! Ma femme a déversé toute sa bile dans ce journal. Plus vous tournerez les pages, plus vous serez convaincu que mes enfants ont mérité leur sort. Solène et Raphaël étaient apparemment des monstres. Ma fille, en particulier. Elle se jouait de tous, manipulait aussi bien les hommes que les femmes. Raphaël, lui, exécutait tous les ordres de sa sœur. Plus ils étaient tordus ou vicieux, plus il y prenait du plaisir.

— Et vous n'aviez rien vu ? demanda Fabregas, cette fois sans agressivité.

— Un jour, ma femme est revenue de chez le pédiatre toute chamboulée. Le docteur nous conseillait de faire passer une batterie de tests à nos enfants. Selon lui, les jumeaux avaient un QI nettement supérieur à la moyenne et il fallait peut-être adapter leur éducation en fonction de leurs possibilités. Vous savez quelle a été ma réaction ? J'étais fier comme jamais !

— Et qu'ont dit ces tests ?

— Ils étaient payants ! À cette époque, on ne roulait pas sur l'or et j'ai estimé qu'on pouvait s'en passer. Mes enfants étaient plus intelligents que les autres, il n'y avait pas de quoi en faire toute une histoire !

Vous pourrez lire là-dedans que Luce ne me l'a jamais pardonné.

— Pourquoi tu ne m'as rien dit ? demanda Jean d'une voix cassée.

L'ex-capitaine de la gendarmerie continuait à fixer la toile cirée comme s'il redoutait d'affronter le regard de Lessage. Le visage hagard, il paraissait totalement désemparé.

— C'est à moi que tu en veux ? s'énerva Victor. Luce a gardé tout ça pour elle pendant vingt ans et c'est à moi que tu viens faire des reproches ? Tu l'as interrogée des jours entiers au début de l'enquête, tu es venu dîner à la maison une centaine de fois par la suite, et tu n'as rien vu ! Elle t'a roulé tout comme moi ! Qu'est-ce que ça aurait changé que je te dise ça après toutes ces années ? Quand Luce s'est suicidée, tu venais juste de prendre ta retraite.

— Mais je n'ai jamais arrêté de chercher la vérité ! rétorqua Jean sèchement.

— C'est vrai ! Et tu es le seul à l'avoir fait ! Maintenant, regarde-moi dans les yeux et dis-moi que tu aurais continué avec le même acharnement si tu avais su qui étaient réellement mes enfants ? Même Luce admet dans ce torchon que c'était la meilleure chose qui pouvait nous arriver. Selon elle, Dieu nous avait fait une faveur ! Alors dis-moi, tu aurais continué à m'aider après avoir lu ça ?

Jean soutint le regard de Victor quelques secondes avant de baisser les yeux.

– 46 –

Fabregas avait déposé Jean devant chez lui. L'ancien gendarme avait encaissé assez de révélations pour la journée et avait besoin de faire une pause. Le capitaine n'avait pas cherché à lui remonter le moral avec des paroles qui auraient forcément été vides de sens. Il le respectait trop pour ça. Il savait que Jean Wimez avait besoin de s'enfermer un jour ou deux pour faire le point. Seul, il ferait certainement défiler ces trente dernières années à la recherche d'un indice ou d'un comportement qu'il aurait pu relever, même si cela ne servait plus à rien.

De son côté, Fabregas devait se concentrer sur sa stratégie des prochaines heures. Si les jumeaux étaient des monstres, peut-être que leur kidnappeur s'était persuadé qu'il rendait service à la société. En était-il de même pour Zélie et pour Gabriel ? Les deux enfants étaient-ils hantés par les mêmes démons ? Il avait fallu trente ans pour que les langues se délient, pour que des proches osent dire du mal de Solène et de Raphaël. Qui serait prêt à en faire de même avec ces enfants alors que la France entière attendait leur retour ? Qu'un village entier scrutait la moindre avancée de l'enquête ? Même lui avait peur de l'image qu'il donnerait en posant des questions déplacées. Serait-il capable de regarder la mère de Zélie dans les yeux pour lui demander si elle était sûre de vouloir retrouver sa fille ?

En arrivant dans son bureau, Fabregas effaça avec énergie tout ce qu'il avait noté jusque-là sur son tableau blanc. Il avait besoin d'organiser ses pensées et le fait de les mettre noir sur blanc l'aiderait. En chemin, il avait rappelé une nouvelle fois le docteur Florent, pour lui demander de le retrouver à la gendarmerie dès qu'elle le pourrait. La pédopsychiatre avait accepté sans hésiter et avait promis d'être là avant dix-huit heures. Cela laissait deux bonnes heures au capitaine pour rassembler ses idées.

Fabregas attrapa un marqueur rouge et écrivit « Motivations » avant de tracer trois colonnes. Depuis le début de l'enquête, plusieurs théories avaient été envisagées et aucune ne pouvait être mise de côté pour l'instant.

Dans la première, il inscrivit le mot « Famille ». Le ravisseur avait enlevé trente ans plus tôt un petit garçon et une petite fille. Cette dernière était morte, peut-être à la suite d'un accident, et un autre enfant avait été enlevé un mois plus tard, à quelques kilomètres de Piolenc. Aujourd'hui, c'étaient à nouveau deux enfants qui disparaissaient, alors que Raphaël Lessage et Arnaud Belli étaient devenus des adultes. Le kidnappeur avait-il voulu recréer la famille qu'il s'était constituée en 1989 ? Deux enfants de dix ou onze ans qui seraient dépendants de lui et dont il pourrait s'occuper. Sans vraiment y réfléchir, le capitaine ajouta le mot « Femme » suivi d'un point d'interrogation.

Il intitula la deuxième colonne « Lolita ». Cette théorie le mettait mal à l'aise. Sous le prénom de Solène, il se força à inscrire des adjectifs qu'il ne pensait pas associer un jour à une fillette de onze ans : « allumeuse », « manipulatrice ». Il eut en revanche plus de mal à qualifier son frère. Écrire qu'il était son sbire ne correspondait pas vraiment à ce qu'il avait entendu. Son bras armé ? Solène était-elle la tête et lui les jambes ? Le pédiatre des enfants avait estimé que les jumeaux étaient tous les deux doués d'une intelligence supérieure ; alors quelle place s'était attribuée Raphaël dans ce couple machiavélique ? Fabregas espérait que le docteur Florent pourrait l'éclairer. Deux autres éléments le perturbaient. Pour qu'on puisse parler de schéma, il fallait une répétition dans l'enchaînement des événements. Zélie était-elle également une petite fille qui usait de ses charmes ? Avait-elle attisé le désir du ravisseur ? Dans ce cas, que venait faire Gabriel dans cette histoire ? Selon leur institutrice, les deux enfants se fréquentaient à peine en dehors de la classe. Solène Gauthier avait-elle menti à ce sujet ? Cherchait-elle à sauvegarder leur réputation comme d'autres avant elle l'avaient fait pour les jumeaux ? Fabregas devait absolument s'entretenir avec les parents pour en savoir plus. L'autre question qui se posait était l'identité du ravisseur. Il ne pouvait s'agir de Pierre Bozon. L'ancien instituteur était mort deux mois avant la disparition de Zélie et de Gabriel. Statistiquement, il était quasiment impensable que les enquêteurs aient affaire à deux kidnappeurs habités par les mêmes motivations. Cependant, il était encore plus inconcevable que Zélie ait eu envie d'attirer un homme qui avait trente ans de plus qu'en 1989. Le vice devait forcément avoir des limites.

Il passa à la troisième colonne avec un goût d'inachevé, espérant une fois de plus que la pédopsychiatre pourrait répondre à ses interrogations. Sans l'avoir jamais formulé auparavant, Fabregas inscrivit le mot « Vengeance ». D'une flèche, il indiqua que la description de Solène était toujours la même et ajouta le mot « Cruelle ». Luce Lessage pensait que Dieu lui avait rendu service en faisant disparaître ses enfants. Quelqu'un d'autre avait-il partagé cet avis ? Trente ans après, Christophe Mougin se disait encore affecté par le comportement des jumeaux. Il n'était peut-être pas le seul dans ce cas. Une autre victime avait-elle décidé de se venger ? Avec cette théorie, la mort de Solène pouvait trouver son explication. Elle était la meneuse, elle l'avait payé de sa vie. Raphaël avait peut-être connu le même sort, à moins que son kidnappeur, au contraire, ne l'ait gardé en vie pour lui faire subir l'absence de sa sœur. Le profil du ravisseur devenait dans ce cas plus flou. Il pouvait être nettement plus jeune et s'être laissé emporter par la colère. Fabregas se souvint alors d'Olivier Vasse, que Jean avait inscrit sur sa liste et qui était venu dans les locaux de la gendarmerie, quelques jours plus tôt. À l'époque, Olivier avait vingt ans et était considéré par tous comme un adolescent rebelle. Il avait gardé à plusieurs reprises les enfants Lessage. Ça pouvait correspondre. Mais dans ce cas, pourquoi s'en prendre aujourd'hui à Zélie ou à Gabriel ? En relisant ses notes, Fabregas pesta. Olivier Vasse ne pouvait être suspecté : il avait fourni des alibis pour les jours où les enfants avaient été enlevés. En revanche, il aurait peut-être des informations à fournir sur Solène et Raphaël. S'il avait été leur babysitter, il devait être au courant de leur face cachée.

En s'éloignant du tableau pour prendre un peu de recul, Fabregas se heurta à Vicart qui se tenait derrière lui.

— Désolé, mon capitaine, je ne voulais pas vous surprendre !

— Dans ce cas, le meilleur moyen est de se présenter avant d'entrer dans mon bureau !

— J'allais justement le faire, s'excusa Vicart. Je voulais savoir si vous aviez reçu le mail que je vous ai envoyé ?

— Non, mais maintenant que vous êtes là, racontez-moi !

— C'est une vidéo, mon capitaine. Et je crois qu'elle devrait vous intéresser !

– 47 –

Fabregas regardait la vidéo pour la troisième fois d'affilée. Maintenant qu'il avait assimilé son contenu, il cherchait à s'imprégner du moindre détail, à scruter la plus petite parcelle d'information.

Au cours de l'enquête de voisinage menée autour de l'immeuble où habitait Solène Gauthier, les gendarmes avaient repéré la caméra de surveillance d'une pharmacie. Elle n'était pas braquée vers l'entrée de la boutique, comme on aurait pu s'y attendre, mais vers le trottoir opposé. Le propriétaire avait expliqué que des jeunes s'amusaient régulièrement à dérégler son matériel. Il avait porté plainte à plusieurs reprises, mais la pharmacie n'ayant pas été vandalisée, personne ne s'était déplacé. Or, ce trottoir était précisément celui qu'avait emprunté le fuyard aperçu par les étudiants. Ceux-ci s'étaient montrés catégoriques : l'homme qui s'était enfui en courant de l'immeuble avait tourné à droite à la première intersection, dans la rue de la pharmacie.

La vidéo n'était pas de très bonne qualité, cependant certains détails avaient attiré l'attention des enquêteurs et ils avaient demandé au laboratoire d'affiner le grain de l'image. Vicart tenait dans sa main des agrandissements qu'il avait fait tirer. Fabregas ne cessait de comparer son écran aux photos comme s'il ressentait le besoin de vérifier que la source était la même. Quand plus aucun doute ne fut possible, il s'affaissa sur le dossier de son fauteuil en soufflant.

— Comment ont-ils pu passer à côté de ça ? demanda-t-il aussi bien à Vicart qu'à lui-même.

— Les collègues ?

— Non, ces crétins d'étudiants !

— Ils n'étaient pas tout près, commença à justifier Vicart. Et puis, le patron du bar m'a dit qu'ils étaient là depuis quelques heures, si vous voyez ce que je veux dire.

— Pas la peine de prendre leur défense, lieutenant. Je ne comptais pas les arrêter pour faux témoignage !

Pourtant, si Fabregas avait eu l'information plus tôt, l'enquête aurait tout de suite pris une autre direction.

L'homme que l'on voyait courir sur la bande vidéo portait effectivement une casquette enfoncée jusqu'aux oreilles et il était compliqué de déterminer la couleur de ses cheveux ou même d'apercevoir son visage. Mais il avait tout de même une particularité qui n'avait pas échappé aux enquêteurs : c'était une femme ! Accoutrée comme un homme, certes, mais sa silhouette et sa foulée trahissaient sa féminité.

Un détail, en particulier, avait attiré l'œil de Vicart. À chaque mouvement de bras, des petites taches foncées pixellisaient l'image. Les agrandissements avaient mis fin à toute tergiversation quant au sexe du fuyard : ses ongles étaient vernis d'une teinte carmin.

— Vous pensez que c'est Solène Gauthier, mon capitaine ?

— Ce n'est pas ma mère, en tout cas !

Fabregas s'en voulut aussitôt. Le lieutenant avait fait un job remarquable et s'énerver contre lui était aussi injuste qu'improductif.

— Je pense que c'est elle, en effet.

Ça ne valait pas des excuses, mais au moins le ton s'était radouci.

— Solène Gauthier était censée être chez elle à cette heure-là, continua-t-il. Elle devait s'entretenir avec le docteur Florent. Arnaud Belli a dû lui rendre visite. Reste à savoir pourquoi Gauthier a assassiné cet homme qu'elle disait être son cousin, et pourquoi elle a préféré s'enfuir dans la foulée.

— C'était peut-être un accident ?

— Belli est mort de plusieurs coups à la tête, lieutenant !

— Alors peut-être qu'il l'a agressée et qu'elle s'est défendue. Affolée, elle perd son sang-froid et déguerpit…

— Peut-être, répondit Fabregas sans conviction. Ou peut-être au contraire qu'elle souhaitait le tuer et qu'on découvre son cadavre. Et que c'est pour ça qu'elle a donné rendez-vous au docteur Florent.

— Vous croyez ? Ce serait bien tordu, quand même.

— Comme toute cette histoire, Vicart.

La seule bonne nouvelle était que la liste des individus à appréhender diminuait, puisque Solène Gauthier et le fuyard étaient une seule et même personne. La priorité restait bien évidemment de retrouver Zélie et Gabriel. Solène Gauthier venait juste après. L'institutrice serait désormais recherchée pour meurtre et Fabregas se demandait s'il ne fallait pas ajouter « enlèvement » à sa fiche signalétique.

Cette possibilité, Fabregas y avait pensé à plusieurs reprises. Mais à chaque fois, un nouvel élément était venu l'en détourner ou l'orienter vers une autre piste. Si Solène Gauthier était responsable des enlèvements de Zélie et de Gabriel, alors elle avait forcément opéré avec un complice. Le capitaine se souvenait parfaitement du jour de la disparition de Zélie. Cinq minutes plus tôt, il se trouvait avec l'institutrice qui l'accompagnait dans une salle de classe pour y interroger Nadia. Si elle avait agi durant ce laps de temps, il fallait qu'il y ait quelqu'un à l'extérieur de La Ròca pour récupérer l'enfant, car Zélie ne se trouvait plus dans l'établissement une fois l'alerte donnée. Les accès avaient été verrouillés et chaque recoin de l'école avait été fouillé.

Fabregas avait la sensation que son crâne allait exploser. Tous les indices qu'il avait récoltés depuis deux semaines, toutes les informations ou hypothèses soulevées lui revenaient en tête comme des lances enflammées. Il en écartait certaines et retenait celles qui se révélaient tout à coup plus pertinentes que la veille.

La lettre prétendument écrite par Solène et Raphaël, et que l'institutrice avait transmise. Le fait qu'on n'ait pas pu prélever ses empreintes sur la feuille l'accusait un peu plus.

Ce prénom, Solène, qu'elle n'avait jamais prononcé en se présentant et qui entêtait n'importe quel enquêteur de la région depuis trente ans.

Ce cousin aux trois alias, qui n'avait cessé de rôder aux alentours de La Ròca pour finir calciné dans son appartement. Arnaud Belli, l'enfant disparu juste après la mort de Solène Lessage, qui avait changé de nom avant de se faire embaucher par le directeur de l'école et qui en avait pris un autre une fois renvoyé. Si cet homme avait réellement un lien de parenté avec Solène Gauthier, alors l'institutrice le connaissait aussi bien sous le nom de Belli que sous ceux de Dumas ou Dupin. Michel et Raphaël. Était-ce elle qui avait choisi ces prénoms de substitution ?

Les événements s'étaient enchaînés et avaient retardé les recherches sur le passé de cette femme. Fabregas se reprocha d'avoir, une fois de plus, paré au plus pressé.

– 48 –

Le docteur Florent était arrivée dans une gendarmerie en pleine effervescence. Fabregas lui avait rapidement exposé les derniers rebondissements de l'enquête, tout en lui faisant comprendre le plus diplomatiquement possible que l'heure n'était plus à l'analyse.

— Je ne partage pas votre avis, capitaine. En imaginant que Solène Gauthier soit responsable de ces enlèvements, il me semble que la priorité est de comprendre ses motivations.

— Elle aura tout le loisir de nous les expliquer quand nous l'aurons retrouvée. Je vous rappelle que la vie de deux enfants est en jeu !

— Sauf que cela fait plusieurs jours que vous la cherchez et, arrêtez-moi si je me trompe, vous n'avez pour l'instant pas le début d'une piste.

— Je vous remercie pour ces encouragements !

— Je suis là pour vous aider, capitaine, ne vous trompez pas de colère. Il me semble que vous êtes prêt à foncer tête baissée alors que vous n'avez pour l'instant aucune preuve de sa culpabilité.

— Solène Gauthier nous mène en bateau depuis le début de cette histoire ! Cette lettre qu'elle vous a donnée, on aurait dû y retrouver ses empreintes un peu partout. Résultat ? Rien ! Elles sont inexploitables. Elle vous donne ensuite rendez-vous pour vous faire des révélations. Comme par hasard, elle disparaît le soir même en laissant derrière elle un cadavre. Parlons-en d'ailleurs de ce cadavre ! Le soi-disant cousin aux multiples visages, Arnaud Belli. Je vous rappelle que c'est elle qui l'a présenté au directeur de La Ròca ! Je n'ai peut-être pas de preuves, comme vous dites, mais voilà ma théorie : Solène Gauthier a gagné la confiance de ses élèves, Nadia, Zélie et Gabriel. Elle leur a bousillé le cerveau avec l'histoire des jumeaux, en leur faisant croire qu'ils pouvaient l'aider à réparer une injustice, qu'ils avaient la capacité de les réunir à nouveau. Ensuite, elle les a enlevés, ou du moins a organisé leur disparition, avec l'aide de son cousin. Pour une raison qui m'échappe encore, Gauthier a finalement décidé de se débarrasser de lui. Peut-être qu'il ne voulait plus la suivre dans son délire ou qu'il la menaçait de tout avouer, je n'en sais rien. Le fait est que tout s'imbrique parfaitement !

— Vraiment ? Et le fait de ne pas avoir la moindre idée de ses motivations ne vous pose pas de problème ? Quel est son lien avec les jumeaux ? Pourquoi cette histoire l'obsède-t-elle ? Et pourquoi s'en prendre à des enfants trente ans après ?

— Je vous l'ai dit, l'analyse viendra après ! Pour l'heure, je dois mobiliser mes troupes pour la retrouver. J'ai déjà deux hommes qui enquêtent sur son passé. Peut-être que ça nous apportera des éléments de réponse.

Tous deux avaient continué à débattre quelques minutes avant de se mettre d'accord. Tandis que Fabregas se concentrerait sur l'enquête de terrain, la pédopsychiatre étudierait les dernières pièces apportées au dossier.

Le docteur Florent s'installa dans un bureau après avoir recopié méthodiquement les hypothèses que Fabregas avait avancées quant aux motivations du ravisseur. D'un coup d'œil, elle avait déjà classé les trois schémas par ordre de pertinence. Pour elle, la reconstitution d'une famille restait la théorie la plus cohérente. Elle expliquait parfaitement l'enlèvement d'Arnaud Belli. La pédopsychiatre ressentait de l'empathie pour cet homme et voulait comprendre son histoire. Il avait disparu à l'âge de onze ans et personne ne s'était vraiment intéressé à lui. Aucun adulte ne s'était soucié de son sort, que ce soit ses parents adoptifs ou les enquêteurs. Nul ne savait comment il avait vécu ces trente dernières années. Avait-il été séquestré ? À quel moment Arnaud Belli avait-il cessé d'exister pour devenir Michel Dumas, son premier alias ? Aussi longtemps qu'aucun élément ne serait récolté sur cet homme, ces questions resteraient en suspens, au grand dam du docteur Florent.

Elle ouvrit ensuite le journal de la mère des jumeaux. La pédopsychiatre se fit rapidement une idée plus précise des personnalités de Solène et de Raphaël. Les premières pages passées, Luce Lessage ne s'était plus cachée derrière des impressions floues, des sentiments inexpliqués. Elle avait exposé des faits qui à eux seuls démontraient la cruauté et la perversité de ses enfants.

La mère de Solène avait parfaitement conscience du comportement aguicheur de sa fille. Elle expliquait dans son journal qu'elle n'osait plus l'emmener faire le marché avec elle. Au début, Luce avait cru que sa fille jouait la comédie. Qu'elle s'amusait à mimer « les grandes ». Puis, elle avait remarqué son regard. Il soutenait celui des hommes avec une flamme terriblement expressive dans les yeux. Luce n'avait pas osé écrire « sexualité ». La pédopsychiatre n'y voyait pas là de la pudeur, juste une imperméabilité. Comment le corps d'une enfant de onze ans pouvait-il dégager de la sensualité ? Solène s'était apparemment exercée sur le boulanger ainsi que sur le maraîcher. Le premier semblait s'amuser de la situation et répondait à ses œillades en badinant. Il n'avait cependant pas échappé à Luce que les manœuvres de sa fille fonctionnaient sur le second. L'homme bombait le torse tel un coq et s'essuyait les mains sur son tablier dès que la petite s'approchait de son étal. Luce avait décrit ses nausées avec une telle précision que le docteur Florent avait instinctivement mis sa main devant la bouche.

Solène ne jouait pas seulement de son physique. Ce n'était pour elle que la première étape du processus de manipulation à l'issue duquel elle contrôlerait sa proie. Elle jouait de la faiblesse de ses interlocuteurs pour les dominer. Elle les flattait pour mieux les rabaisser par la suite.

Solène savait toucher là où ça faisait mal et les femmes n'étaient pas épargnées. Plus d'une fois, Luce Lessage s'était fait humilier par sa fille en public. Sous couvert d'un compliment ou d'une fausse gentillesse, Solène dévoilait les secrets intimes de sa mère. Des petits riens. Des petits détails qui faisaient sourire les commerçants. Qui confirmaient l'adage que la vérité sort toujours de la bouche des enfants. Luce, elle, n'était pas dupe. Elle savait que sa fille maîtrisait tout ce qu'elle disait. Que les villageois apprennent que son ventre plat n'était dû qu'à une gaine qu'elle peinait à enfiler tous les matins n'était pas un souci en soi. Elle n'était certainement pas la seule à user de cette technique. Qu'ils sachent, en revanche, qu'elle prenait des antidépresseurs tout en buvant trois verres de vin tous les soirs, elle s'en serait bien passée. Le sourire qu'elle recevait alors était chargé d'un mélange de reproche et de pitié.

Raphaël présentait des caractéristiques que sa mère avait déjà plus de facilité à identifier. Il ne faisait aucun doute pour Luce que son fils était amoureux de sa sœur jumelle et qu'il était prêt à tout pour la satisfaire. Étrangement, cela ne semblait pas la choquer. Qu'un frère et une sœur soient amoureux l'un de l'autre lui paraissait pouvoir être toléré, à défaut de pouvoir être avoué. En revanche, la cruauté de son fils lui était insupportable. Un matin, Luce avait retrouvé leur chat mort, caché sous une bâche dans leur local à outils. La pauvre bête avait été pelée par endroits et ses coussinets tailladés. La tête du félin, retournée à cent quatre-vingts degrés, présentait deux trous noirs à la place des yeux. Luce avait vomi toutes ses tripes en découvrant le cadavre de ce compagnon qu'elle avait adopté pour les jumeaux cinq ans plus tôt. Plutôt que d'en parler à son mari, Luce avait prétendu que le chat avait disparu, et elle s'était chargée de l'enterrer en pleine forêt. Un sentiment de honte s'était emparé d'elle. Luce se reprochait de n'avoir rien vu, d'avoir échoué dans l'éducation de ses enfants. À partir de ce jour, les jumeaux, plutôt que de la remercier d'avoir passé sous silence leurs méfaits, affichèrent sans vergogne le plus total mépris à son égard.

Plus elle tournait les pages, plus la pédopsychiatre devinait la profondeur du gouffre dans lequel Luce Lessage s'était laissée sombrer. La disparition de ses enfants n'avait pas suffi à l'apaiser. Cette femme était persuadée qu'elle avait failli à sa tâche de mère, et son suicide était la conséquence logique d'une longue dépression.

Mais le docteur Florent avait aussi compris autre chose. Une nouvelle hypothèse s'était formée dans son esprit. Une théorie que le capitaine Fabregas ne manquerait pas de trouver farfelue, mais qu'elle était prête à défendre.

Le tohu-bohu qui régnait dans les couloirs lui fit comprendre que son analyse ne serait pas la priorité. La pédopsychiatre n'arrivait pas à capter les échanges qui fusaient entre les gendarmes, mais elle pressentait que quelque chose de grave était survenu.

Fabregas n'était pas à son bureau, aussi se mit-elle à sa recherche avant de tomber sur le lieutenant Vicart. Le docteur se planta au milieu du couloir afin de freiner sa course.

— Que se passe-t-il, lieutenant ? Pourquoi toute cette agitation ?

— Je ne suis pas autorisé à vous parler, docteur. Voyez avec le capitaine.

— Et où puis-je le trouver ?

— À l'hôpital !

— À l'hôpital ? Qu'est-ce qui s'est passé ? Il va bien ?

Le lieutenant comprit la méprise et chercha à s'expliquer sans trop en dire :

— Ce n'est pas lui, docteur. C'est Gabriel.

– 49 –

Fabregas faisait les cent pas dans un couloir du centre hospitalier Louis-Giorgi d'Orange. Gabriel venait d'être pris en charge et un médecin devait l'ausculter avant de donner son feu vert pour que le capitaine puisse l'interroger.

L'enfant avait été retrouvé le long de la nationale 7, pieds nus et titubant. Une voiture avait dû faire un écart pour ne pas le percuter. Le chauffeur, furieux, s'était arrêté sur le bas-côté pour le réprimander. Avant même qu'il n'arrive jusqu'à lui, Gabriel s'était écroulé.

Fabregas avait pu s'entretenir avec le conducteur ainsi qu'avec les secouristes qui étaient intervenus sur place.

Gabriel souffrait de déshydratation. Ses voûtes plantaires étaient salement abîmées, ce qui laissait supposer qu'il avait dû marcher déchaussé un bon bout de temps sous un soleil de plomb. Selon les premières constations des urgentistes, le pronostic vital de l'enfant n'était pas engagé.

— Que vous a-t-il dit ? s'était empressé de demander Fabregas aux secouristes.

— Absolument rien ! Il n'a pas décroché un mot. Ce p'tit bonhomme avait l'air d'être à bout de forces. Ça devrait aller mieux après une bonne nuit de sommeil, si vous voulez mon avis.

Le chauffeur qui avait failli percuter Gabriel avait tenu plus ou moins le même discours. Fabregas était donc obligé d'attendre l'autorisation du médecin pour pouvoir s'entretenir avec lui.

Les parents avaient été prévenus et n'allaient pas tarder à arriver. Gabriel était le seul pour l'instant à pouvoir leur dire où se trouvait Zélie, et Fabregas savait qu'il serait compliqué de demander à ses parents de patienter quelques minutes de plus avant de pouvoir étreindre leur enfant.

Une infirmière était venue lui remettre les vêtements que portait le garçon. Ils étaient rassemblés dans un sac en plastique et la procédure voulait que Fabregas les fasse livrer sans tarder au laboratoire pour analyse. Les experts prélèveraient certainement tout un tas d'indices qui leur permettraient de refaire le parcours de Gabriel en sens inverse, mais cela prendrait du temps et le capitaine pressentait que son retour annonçait un danger imminent.

Si Gabriel avait réussi à s'échapper, il fallait craindre la réaction de son ravisseur. Il pouvait tout à fait s'en prendre à Zélie en guise de représailles ou enlever un autre enfant pour compenser la fuite du garçon.

Fabregas demanda qu'on lui mette à disposition un espace où il pourrait faire lui-même les premières constatations. Il ne souhaitait en aucun cas altérer les éléments en sa possession et il fut satisfait qu'on l'installât dans le laboratoire de l'hôpital. Une infirmière lui fournit également de quoi s'équiper. Armé d'un masque et d'une charlotte en papier non tissé, Fabregas enfila une paire de gants avant d'ouvrir le sac et de disperser les vêtements de l'enfant sur un plan de travail.

Le capitaine se souvenait parfaitement de la déclaration faite par la mère de Gabriel le jour de l'enlèvement de son fils : le garçon était parti pour La Ròca avec un T-shirt à l'effigie d'Iron Man, un bermuda vert anis et des baskets de la fameuse marque à trois bandes qui se fermaient à l'aide de scratchs.

Bien sûr, les chaussures ne se trouvaient pas dans le sac en plastique.

Mais ce ne fut pas cela qui glaça le sang du capitaine.

Au moment où on l'avait retrouvé, Gabriel portait un polo bleu à la couleur passée et au col élimé ainsi qu'un jean délavé façon « neige ».

Des vêtements dont Fabregas avait déjà lu la description.

Dans une déclaration faite trente ans plus tôt.

Par Luce Lessage.

Le sac contenait les vêtements que portait Raphaël le jour de sa disparition.

Fabregas dut s'asseoir pour reprendre ses esprits. Le cauchemar s'intensifiait. Qui d'autre que le ravisseur des jumeaux avait pu fournir à Gabriel ces vêtements ? Et en imaginant qu'ils ne datent pas de cette époque, qui était au courant de ce que portait Raphaël ce jour-là pour décider d'en acheter la copie conforme ?

Mis à part Luce et Victor Lessage, Jean Wimez devait être la seule personne à se souvenir de ce détail trente ans après.

Le capitaine se leva et jeta avec violence le tabouret sur lequel il était assis quelques secondes plus tôt. Il ne pouvait pas partir dans cette direction et devait absolument chasser cette idée de sa tête. Son ancien supérieur ne pouvait pas être impliqué dans toute cette histoire et Fabregas s'en voulait d'avoir pu y penser.

« Réfléchis, bon sang ! » s'était-il invectivé. « Qui d'autre pouvait savoir ? »

Seulement, une fois la colère passée, force était de constater qu'il ne pouvait écarter cette théorie d'un simple revers de la main. Celui ou celle qui avait fourni ces vêtements à Gabriel avait forcément un lien avec l'affaire des jumeaux. Jean en faisait partie comme toutes les personnes qu'il avait interrogées jusqu'ici. Le capitaine avait une liste de suspects qui s'allongeait chaque jour un peu plus.

Fabregas continua son inspection, espérant trouver l'indice qui lui permettrait de réduire cette liste à un seul nom.

Le polo était défraîchi, mais ne portait aucune tache visible à l'œil nu. Le jean, en revanche, était sali aux genoux par de la terre. Fabregas glissa une feuille sous le tissu avant de le tapoter. La terre était rouge. C'était loin d'être un élément exceptionnel dans la région. Le capitaine espérait que les experts pourraient analyser sa provenance exacte. Il glissa ensuite une de ses mains gantées dans les poches du pantalon.

En sortant la feuille pliée en deux, Fabregas savait d'instinct que cette découverte lui était destinée. Le papier à grands carreaux, l'écriture enfantine, tout y était.

En lisant ce qu'il y était écrit, il comprit surtout qu'il s'était fourvoyé.

Gabriel ne s'était pas échappé.

– 50 –

En peu de lignes, le ravisseur avait exposé l'horreur de la situation. Fabregas avait beau les relire depuis cinq minutes, son esprit se refusait à les intégrer.

« *Raphaël n'est pas à la hauteur.*
Il le sait et s'en repent.
Il le sait et comprend son exclusion.
Il le sait comme il sait que je mourrai s'il vous dit quoi que ce soit.

Solène »

Cette énigme était celle de trop. Même si Fabregas comprenait que Gabriel incarnait Raphaël et que Zélie tenait le rôle de Solène, tout le reste lui semblait surréaliste. Comment avait-on pu convaincre une petite fille d'écrire ce mot ? Il avait été rédigé sans trembler, et le capitaine était persuadé qu'il s'agissait de la même écriture que celle du premier message transmis par Solène Gauthier. Les experts en graphologie avaient affirmé qu'il s'agissait bien de l'écriture d'un enfant, Zélie était donc censée être l'auteure de cette lettre. Mais quel enfant était capable d'évoquer la menace de sa propre mort sans ciller ? Fabregas commençait à préférer l'idée d'un kidnappeur schizophrène à celle d'une gamine endoctrinée. Et quelle attitude devait-il adopter vis-à-vis de Gabriel ? Les questions qu'il s'apprêtait à lui poser auraient-elles réellement des conséquences sur la vie de Zélie ?

Seul dans le laboratoire de l'hôpital, le capitaine se retenait de détruire tout ce qui se trouvait à portée de main. Il avait envie de hurler, de tout plaquer, de partir loin sans rien dire à personne. Jamais il ne s'était senti aussi impuissant.

Il s'obligea à inspirer plusieurs fois avant d'appeler la seule personne qui, selon lui, était apte à analyser ces lignes.

La messagerie de la pédopsychiatre se déclencha au bout de la cinquième sonnerie. Fabregas l'invita à le rappeler sans s'expliquer et composa dans la foulée le numéro de Vicart :

— Lieutenant, j'ai besoin de parler de toute urgence au docteur Florent ! Elle ne répond pas sur son portable. Pourriez-vous aller me la chercher ?

— La chercher où, mon capitaine ?

— Dans le bureau des archives, Vicart ! s'énerva Fabregas. C'est là qu'on l'a installée.

— C'est qu'elle n'y est plus, mon capitaine ! Elle est partie il y a de ça vingt minutes.

— Comment ça, « partie » ? Elle vous a dit où elle allait ?

— Je croyais qu'elle était venue vous rejoindre à l'hôpital. Elle m'a dit qu'elle avait absolument besoin de vous parler !

— Il y a vingt minutes, vous dites ?

— Environ, oui.

Fabregas raccrocha abruptement, laissant Vicart seul au bout du fil. Il allait recomposer le numéro de la psy quand il vit le point rouge accolé à son icône de texto. Le message émanait du docteur et avait été envoyé quelques minutes plus tôt. Concentré sur la lettre à ce moment-là, Fabregas n'avait pas dû sentir son téléphone vibrer. Le docteur Florent lui disait à peu près la même chose que ce que venait de lui transmettre Vicart, si ce n'est qu'elle précisait avoir besoin de vérifier deux ou trois points avant de lui exposer sa théorie. Fabregas tapa en retour qu'il attendait son appel, mais l'absence d'accusé de réception lui fit comprendre que la psy n'avait plus de réseau ou venait d'éteindre son portable. Il allait devoir patienter avant de pouvoir comprendre le contenu de la lettre.

Fabregas avait à peine reposé son téléphone que le chef de service vint le prévenir que les parents de Gabriel étaient arrivés et qu'ils se trouvaient en ce moment même au chevet de leur fils.

— Comment va-t-il ?

— Les premiers examens sont rassurants. Nous attendons encore quelques résultats, mais le bilan physiologique de Gabriel ne m'inquiète pas.

— Dans ce cas, vous ne voyez pas d'objection à ce que je lui pose quelques questions ?

— Ce n'est pas si simple, capitaine. Gabriel n'a pas dit un mot depuis qu'il est entre nos mains et je ne suis pas sûr qu'un uniforme l'aide à passer outre son traumatisme.

— Si ce n'est que ça, je suis prêt à enfiler une de vos blouses, docteur !

— Je pense que Gabriel a besoin de se retrouver seul avec sa famille.

— Et si je vous dis que la vie d'une petite fille dépend de lui ?

Fabregas n'était pas fier d'utiliser cet argument, d'autant que la lettre indiquait l'exact opposé, et il fut presque soulagé quand son interlocuteur proposa un sursis.

— Je préférerais que vous attendiez que notre pédopsychiatre se soit entretenu avec lui. Il sera là demain matin à la première heure.

Par réflexe, le capitaine regarda sa montre. Vingt et une heures. Cela laissait encore presque douze heures d'avance au ravisseur.

— Ça peut en être un autre ? proposa Fabregas.

— Je ne comprends pas.

— Nous travaillons depuis le début de l'affaire avec une pédopsychiatre qui exerce sur Avignon. Si je peux la faire venir ce soir, est-ce que vous êtes d'accord pour qu'elle s'entretienne avec Gabriel ?

— Je ne vois aucun problème à ça ! répondit le chef de service. Vous donnerez son nom à l'infirmière pour qu'elle l'inscrive au dossier.

— Je vous remercie.

Gabriel avait été installé dans une chambre individuelle. Fabregas patientait devant la porte tout en cherchant à joindre pour la troisième fois le docteur Florent. Mais le capitaine dut se résoudre à expliquer en quelques mots la situation sur sa messagerie. Sans tomber dans la supplication, il exhortait la psy à le rejoindre au plus vite.

Alors qu'il raccrochait, une infirmière passa devant lui et ouvrit la porte de la chambre. Vu l'heure tardive, elle venait certainement vérifier les constantes du garçon et inciter les parents à le laisser dormir. Fabregas observa discrètement la scène par l'entrebâillement. La mère de Gabriel tenait les deux mains de son fils et les portait convulsivement à ses lèvres. Le père, en revanche, se tenait à un mètre de lui, les mâchoires serrées. Pour l'avoir observée plusieurs fois, le capitaine savait parfaitement à quoi était due cette attitude : M. Pénicaud découvrait une toute autre angoisse que celle qu'il avait connue le temps de l'absence. Il avait désormais peur que son fils ne soit plus celui qu'il avait aimé. Le père de Gabriel attendait qu'on le rassure. Qu'on lui dise que rien d'irréversible n'avait été fait à son fils. Le chef de service avait déjà dû lui rapporter que Gabriel n'avait subi aucune violence sexuelle. C'était généralement la première inquiétude d'un père. Les femmes y semblaient davantage préparées. Cependant, tant que Gabriel se taisait, M. Pénicaud ne pouvait pas juger de l'état mental de son fils, et cette frustration l'empêchait de profiter des retrouvailles.

L'infirmière réglait le compte-gouttes de la perfusion et Fabregas en profita pour faire un pas en avant. Malgré les recommandations du médecin, il ressentait le besoin d'établir un contact avec Gabriel. Il voulait le regarder dans les yeux, lui demander s'il connaissait le contenu de la lettre qui se trouvait dans la poche arrière de son jean.

Quand Gabriel se mit à hurler, Fabregas comprit qu'il ne serait pas celui qui le ferait parler.

– 51 –

Le pédopsychiatre de l'hôpital Louis-Giorgi était enfermé depuis plus d'une heure avec Gabriel. Fabregas avait demandé à pouvoir assister à l'entretien, mais le docteur Blanc s'était montré inflexible. L'enfant venait de subir un traumatisme sans précédent et sa santé mentale était prioritaire. Le capitaine s'était tout d'abord emporté, arguant que cette décision pouvait avoir de graves conséquences sur la vie de Zélie ; il avait néanmoins dû se plier aux exigences des blouses blanches.

Fabregas s'inquiétait aussi du silence prolongé du docteur Florent. Il était sans nouvelles d'elle depuis la veille et les textos qu'il lui avait envoyés ce matin n'avaient pas été lus. Il était déjà dix heures et la psy n'était pas du genre à faire la grasse matinée. Elle avait expliqué à Vicart qu'elle avait besoin de vérifier un détail avant de lui parler. Peut-être avait-elle dû s'éloigner de la région pour ses recherches et était-elle à court de batterie ? Non, cela ne lui ressemblait pas. Fabregas sortit du bâtiment pour appeler Vicart.

— Je veux que vous borniez le téléphone du docteur Florent.

— Un problème, capitaine ?

— Je ne sais pas encore. Elle est sur messagerie depuis qu'elle a quitté la gendarmerie.

— Dans ce cas, on va avoir du mal à la pister !

— Son téléphone était encore sous tension jusqu'à vingt heures environ. Elle m'a envoyé un texto. Essayez de localiser l'endroit où elle était à ce moment-là.

— Très bien. Je vous rappelle dès que c'est fait.

Fabregas allait raccrocher quand une autre idée lui vint en tête.

— Vicart, allez voir dans le bureau qu'on lui avait attribué si elle n'a pas laissé quelque chose qui pourrait nous intéresser.

— Comme quoi ?

— Je ne sais pas, Vicart ! s'énerva le capitaine. Des notes, ou quoi que ce soit qui pourrait nous aider à la retrouver !

— Ce sera fait, capitaine !

— Non, faites-le tout de suite ! Je patiente.

Fabregas errait sur le parking de l'hôpital, le téléphone collé à l'oreille. Les températures étaient déjà élevées. Pour la première fois, le capitaine se figura le calvaire que Gabriel avait vécu la veille en marchant des heures sur la nationale 7. La canicule sévissait depuis plusieurs jours, ce qui n'avait pas empêché le ravisseur d'abandonner l'enfant au bord de la route. Était-ce sa punition pour ne pas avoir été « à la hauteur » ? À la hauteur de quoi, d'ailleurs ? Fabregas avait relu des dizaines de fois le message laissé dans la poche de Gabriel. Seule la dernière phrase avait un sens à ses yeux : « Il le sait, comme il sait que je mourrai s'il vous dit quoi que ce soit. » Le reste lui paraissait tellement abscons qu'il considérait que cela relevait du domaine psychiatrique.

Quand Vicart se fit entendre au bout de la ligne, Fabregas avait déjà une auréole dans le dos de sa chemise. Il s'installa à l'ombre d'un platane pour l'écouter.

— Je crois que j'ai trouvé ce que vous cherchiez, mon capitaine ! annonça fièrement le lieutenant.

— Je vous écoute.

— Le docteur Florent a glissé une feuille volante aux deux tiers du journal de Luce Lessage. J'ai eu du mal à déchiffrer son écriture, c'est pour ça que ça a pris du temps.

— Au fait, Vicart !

— Elle a fait une sorte de schéma. À gauche, elle a inscrit le prénom de Solène et à droite celui de Raphaël. En dessous, elle a écrit « animus » pour la fille et « anima » pour le garçon, et elle a dessiné une flèche entre les deux.

— Une flèche ? Décrivez-la-moi !

— Elle est à double sens. Moi je comprends que les deux sont interchangeables.

Fabregas prit son calepin et recopia ce que venait de lui transmettre le lieutenant.

— Autre chose ?

— Oui. Elle a laissé un espace, puis a écrit plusieurs noms liés à l'enquête avec un point d'interrogation pour chacun.

— Donnez-moi la liste !

— En premier, elle a noté le nom de Raphaël.

— Ensuite ?

— Christophe Mougin.

— Les deux noms sont sur la même ligne ?

— Non, l'un en dessous de l'autre. Pourquoi, c'est important ?

— Je n'en sais rien, Vicart. J'essaie de comprendre. D'autres noms sur la liste ?

— Oui, Pierre Bozon, l'instituteur. Elle a ajouté un symbole juste avant. Le signe « égal barré ».

— Différent ! déduisit Fabregas à haute voix.

— Exactement ! Vous y comprenez quelque chose ?

Les mâchoires du capitaine se serraient compulsivement. Lui qui espérait trouver un début d'explication se retrouvait avec encore plus de questions. À quoi avait bien pu penser le docteur Florent ? Qu'est-ce qui l'avait motivée à quitter la gendarmerie aussi précipitamment ?

— Prenez les notes du docteur en photo et envoyez-les moi. Et dépêchez-vous de localiser son portable ! dit-il avant de raccrocher.

De retour dans la salle d'attente, Fabregas fut soulagé de voir que le pédopsychiatre qui venait de s'entretenir avec Gabriel l'attendait. Il déchanta aussi vite. Le médecin n'avait rien à lui apprendre : Gabriel n'avait pas ouvert la bouche. L'enfant était resté muet durant toute la séance. Il n'avait pas pleuré, il n'avait pas non plus hurlé comme il l'avait fait la veille. Il était resté silencieux, sans afficher la moindre émotion.

— Je ne peux pas vous dire combien de temps cela durera, avait anticipé le psy. Gabriel a subi un traumatisme, c'est certain, cependant il n'est pas disposé à nous en parler pour l'instant et nous ne pouvons pas l'y forcer.

— Je m'y attendais, avoua Fabregas.

— La lettre que vous m'avez montrée explique en grande partie son comportement.

— Gabriel se sent responsable de ce qui pourrait arriver à Zélie.

— Pas seulement, si vous voulez mon avis !

— Je vous écoute ?

— Il est fort possible que Gabriel souffre avant tout du syndrome de Stockholm. Le ravisseur l'a en quelque sorte banni de son plan, et Gabriel doit maintenant essayer de se racheter vis-à-vis de lui en gardant le silence.

Fabregas comprenait le raisonnement du médecin, même s'il estimait que tout ça n'était que spéculation tant que Gabriel continuerait à se taire. Sa présence à l'hôpital n'étant plus utile, il salua le médecin avant que sa discussion avec Vicart ne lui revienne en mémoire.

— Docteur, si je vous dis « anima, animus », est-ce que cela évoque quelque chose pour vous ?

— Bien sûr ! répondit le docteur Blanc, sarcastique. Je serais un piètre psychiatre si je ne connaissais pas les théories de Carl Jung !

— Eh bien figurez-vous que je ne suis pas psychiatre, s'agaça Fabregas, et que pour ma part je ne les connais pas ! Pourriez-vous avoir l'obligeance d'éclairer le néophyte que je suis ?

— Bien entendu, répondit le psy avec plus de diplomatie. J'espère que vous avez un peu de temps car vous n'avez pas choisi le concept analytique le plus simple à expliquer.

« Alors c'est qu'il est à la hauteur de mon enquête ! » maugréa Fabregas *in petto*.

– 52 –

Fabregas écoutait depuis plus de vingt minutes le docteur Blanc. Le pédopsychiatre de l'hôpital avait beau être le plus didactique possible, même vulgarisé, le concept restait complexe à intégrer.

Le capitaine avait essayé de prendre des notes, persuadé que quelques mots clés lui permettraient de se faire une idée globale de la théorie de Jung. Malheureusement, plus le docteur Blanc cherchait à clarifier la pensée du psychanalyste suisse, plus Fabregas s'égarait.

Le principe lui avait pourtant paru assez simple au départ : l'animus était la part masculine de la femme et, inversement, l'anima la part féminine de l'homme. Le capitaine avait noté le terme utilisé par le docteur Blanc et qui résumait assez bien ce concept : « bisexualité psychique ». Fabregas imaginait aisément que cette idée avait pu faire débat la première fois qu'elle avait été évoquée ; elle lui semblait aujourd'hui assez facile à accepter. Les mentalités avaient évolué et tous les magazines féminins mettaient à l'honneur les hommes qui acceptaient leur part de féminité.

Le capitaine avait exposé sa pensée à haute voix. Le docteur Blanc l'avait stoppé net dans son élan.

— L'anima est un concept qui a effectivement séduit les femmes, capitaine, même si elles n'y ont vu que ce qui les intéressait. Carl Jung a développé sa théorie à partir d'un dicton qui date du Moyen Âge : « Chaque homme porte en lui une femme. » Cependant, la féminité évoquée ne fait pas référence à des qualités telles que la délicatesse, la sensibilité ou l'empathie. L'anima est synonyme d'humeurs et de caprices. Jung ne cite pas l'hystérie, mais vous comprenez sans mal qu'on s'en rapproche. L'anima est affect, là où l'animus est intellectuel. Et croyez-moi, la prise de conscience de l'un ou l'autre pose généralement problème.

— Vous êtes en train de me dire qu'une femme n'aime pas découvrir qu'elle a une part de masculin en elle alors que cette part serait intellectuelle ?

Le ton ironique de Fabregas n'avait pas échappé au pédopsychiatre qui ne put réprimer un sourire avant de développer :

— Une fois de plus, il ne faut pas s'arrêter à un simple terme. L'animus est plutôt le résultat d'une acceptation de principes et de préjugés émis par des hommes ou autres figures d'autorité. La petite fille encaisse les paroles du père, elle les sélectionne, les digère, pour les transformer plus tard en code de vie. Une fois devenue femme, elle assène les jugements qu'elle a elle-même préfabriqués de manière péremptoire. Ils deviennent ses propres vérités, des valeurs infaillibles qui ne laissent pas de place au doute. La femme vous explique ce qu'il faut faire, et comment il faut le faire.

— Si je résume, la femme est à la fois hystérique et trop bête pour réfléchir par elle-même !

Cette fois, le docteur Blanc rit de bon cœur.

— Je suis marié, capitaine, et jamais je ne prendrais le risque de vous suivre sur ce terrain-là. Non, plus sérieusement, ce que Jung a souhaité mettre en avant, c'est cette dualité interne. La découverte d'une individualité que nous n'osons révéler que dans nos rêves. Une femme rêvera d'être un homme puissant et autoritaire, un homme au contraire fantasmera une relation érotique en incarnant une femme. Selon lui, la confrontation à l'autre dans le réel est une étape essentielle à l'individuation.

Fabregas, qui notait à nouveau quelques mots clés sur son carnet, releva la tête pour exprimer son incompréhension.

— L'individuation est la prise de conscience des éléments contradictoires et conflictuels qui forment notre ensemble psychique, expliqua alors le médecin. L'accomplissement du Soi, si vous préférez.

Fabregas aurait surtout préféré comprendre pourquoi le docteur Florent avait noté ce concept sous les prénoms des jumeaux.

— Cet animus et cette anima, c'est ancré dès la petite enfance, j'imagine ?

— Il faut comprendre que c'est un archétype, donc une formation de l'inconscient collectif. Il nous accompagne tout au long de notre vie. En revanche, le processus d'individuation s'opère généralement à l'âge adulte.

— Alors qu'a bien pu vouloir dire le docteur Florent ? demanda le capitaine en montrant la photo du schéma. Pourquoi cette flèche à double sens entre l'animus et l'anima ? Pourquoi a-t-elle tenu à associer ce concept aux deux enfants ?

— Là, vous me posez une colle ! admit le médecin. Peut-être que ma consœur s'est appuyée sur cet archétype pour expliquer leur comportement. Je ne dispose d'aucune information sur ces deux enfants, je ne peux donc pas vous aider. Tout ce que je peux vous dire, c'est qu'il nous arrive d'extrapoler, à partir d'analyses psychiques déjà établies, des aspects de la personnalité qui n'ont pas forcément été encore recensés.

Fabregas comprenait surtout que le docteur Florent était la seule à pouvoir expliquer sa pensée. À vouloir suivre le cours de celle-ci, s'était-elle mise dans une situation compromettante, voire dangereuse ? Elle avait dit vouloir vérifier un point et n'avait plus donné de nouvelles depuis.

— Permettez-moi d'insister, continua tout de même Fabregas. Cette flèche peut-elle signifier que Solène et Raphaël avaient échangé leurs animus et anima ?

— Ne le prenez pas mal, capitaine, mais ce que vous dites est à proprement parler un contresens. L'anima et l'animus représentent justement le genre opposé de chaque individualité.

— Alors le docteur Florent voulait peut-être parler de Solène et Raphaël ? Je ne sais pas, moi. Elle a peut-être voulu dire qu'ils étaient interchangeables ? Je sais que beaucoup d'études ont été conduites sur les jumeaux. N'y a-t-il rien qui pourrait ressembler à ça dans vos archétypes ?

Le docteur Blanc fronça les sourcils tout en se pinçant les lèvres. Le capitaine savait que ce qu'il lui demandait relevait plus de la divination que de l'analyse. Le pédopsychiatre n'avait pas eu le dossier des jumeaux entre les mains, encore moins le journal intime de leur mère, et tout ce qu'il connaissait de l'affaire était ce que les médias en avaient fait : la triste histoire de deux enfants innocents dont le destin avait été brisé. Cependant, Fabregas ne voulait pas l'influencer en lui faisant part des rumeurs qu'il avait récoltées depuis vingt-quatre heures. Il n'était d'ailleurs pas sûr de pouvoir les transmettre de manière objective et compréhensible.

Le docteur Blanc accepta tout de même d'avancer en terrain inconnu :

— Éventuellement, la flèche pourrait symboliser un autre archétype de Jung : l'ombre. Pour faire simple, c'est notre face cachée. Une part de nous-même que nous préférons occulter. Carl Jung disait qu'elle symbolisait en quelque sorte notre jumeau opposé, enfoui dans les profondeurs de notre inconscient. Ma fille qui vient de fêter ses douze ans accuse souvent, en rigolant, sa jumelle maléfique lorsqu'elle n'assume pas un de ses actes. Je la laisse s'en amuser pour l'instant, mais elle est dans le vrai.

— Sauf que Solène et Raphaël étaient de vrais jumeaux !

— Oui, mais l'un d'eux n'est plus. Solène disparue, peut-être que Raphaël a remplacé cette ombre par sa propre sœur. Qu'une sorte d'amalgame s'est créé en lui, mélangeant l'anima et l'animus des deux sexes opposés. Ce n'est qu'une théorie, bien sûr.

— En imaginant que ce soit le cas, quelles seraient les conséquences ?

— Les étapes menant à l'individuation, telle que la confrontation avec l'autre, peuvent susciter des angoisses, voire pousser certains sujets aux limites de la folie. Si Raphaël s'est approprié la personnalité de sa sœur pour la transposer à son ombre, il s'est créé inconsciemment de nombreux conflits psychiques. Ajoutez à cela la prise de conscience progressive de son anima et vous obtenez un cocktail explosif. Si Raphaël est toujours en vie, il doit avoir aujourd'hui une quarantaine d'années, c'est bien cela ?

— Absolument !

— Alors sa détresse serait terrible ! Les différentes facettes de son Soi seraient impossibles à concilier.

Fabregas savait pertinemment que tout ceci n'était que spéculation, pourtant l'idée d'un Raphaël flirtant avec la schizophrénie ne lui paraissait pas inconcevable et pouvait apporter des explications à un grand nombre d'interrogations. Encore fallait-il qu'il puisse prouver que le frère de Solène était bel et bien en vie.

Le capitaine profita d'un appel sur son portable pour remercier le docteur Blanc. Il attendit d'être dans le couloir pour décrocher.

— On a une adresse, mon capitaine !

— Je vous écoute, Vicart.

— La dernière fois que son portable a émis un signal, le docteur Florent se trouvait à moins de cinq kilomètres de Bollène. On a vérifié, ça correspond à l'adresse de…

— Christophe Mougin, le coupa Fabregas.

– 53 –

Que pouvait bien chercher le docteur Florent en se rendant chez Christophe Mougin ? Elle avait inscrit le nom de l'ancien camarade des jumeaux sur la feuille laissée dans le journal intime de Luce Lessage, sans autre indication. La liste comportait également les noms de Bozon et de Raphaël, sauf que Mougin était le seul des trois à qui elle pouvait s'adresser. Fabregas ne voyait cependant pas quelles nouvelles réponses la pédopsychiatre cherchait à obtenir.

En arrivant devant le mas de Christophe Mougin, Fabregas espérait repérer dans l'allée la voiture du docteur Florent. Ce n'était pas le cas. D'un autre côté, si sa voiture était restée là, cela aurait impliqué qu'elle avait passé la nuit ici, ce qui aurait soulevé encore plus de questions.

L'ancien camarade des jumeaux ne sembla pas surpris de la visite du gendarme. Comme la première fois, il lui proposa un café et les deux hommes s'installèrent dans le salon. Fabregas attaqua bille en tête, transformant les indices qu'il avait en vérités :

— Nous savons que le docteur Florent est passée vous voir hier, en début de soirée.

— C'est exact.

Le ton détaché de Mougin déstabilisa le capitaine. Fabregas s'aperçut qu'il s'attendait en réalité à un démenti. En son for intérieur, il aurait préféré devoir le bousculer, le pousser dans ses retranchements. Le capitaine ressentait le besoin d'extérioriser la colère qui le rongeait un peu plus chaque jour. Mougin n'était pourtant pas le suspect qu'il recherchait. Fabregas en arrivait presque à le regretter. C'était la deuxième fois qu'il se trouvait face à cet homme et la gêne qu'il avait ressentie dès leur première rencontre était toujours présente. Quelque chose chez Mougin le dérangeait. Était-ce parce qu'il avait été le premier à ébrécher l'image des jumeaux ? À moins que ce ne soit le manque de pudeur dont il avait fait preuve en avouant trop rapidement ses symptômes d'homme battu ? Fabregas était incapable de répondre. Mougin lui était antipathique, même si rien ne permettait de mettre son honnêteté en cause, ce que Fabregas se força à garder en tête.

— Nous sommes sans nouvelles du docteur depuis hier soir, dit-il calmement. Vous a-t-elle dit où elle comptait se rendre après votre entrevue ?

— Du tout ! répondit Mougin en se redressant. Elle n'est pas restée longtemps, vous savez. Je dirais un quart d'heure, tout au plus. J'étais même étonné qu'elle ait fait le trajet plutôt que de m'appeler.

Mougin avait adopté une mine grave, les sourcils froncés. De circonstance, mais un peu exagéré, ne put s'empêcher de penser Fabregas.

— Quel était le but de sa visite ?

— Elle voulait me poser quelques questions au sujet des jumeaux. Vous pensez qu'il lui est arrivé quelque chose de grave ?

— Nous n'en savons rien. D'ailleurs, peut-être qu'elle est en consultation à l'heure où nous parlons et qu'elle a simplement oublié de rallumer son portable.

— Mais vous êtes tout de même venu jusqu'ici pour vérifier, dit Mougin en se renfonçant dans son fauteuil.

Ce n'était pas une question, et Fabregas eut même l'impression que Mougin s'amusait de la situation.

— Je suis venu en premier lieu pour les besoins de l'enquête. Nous menons une course contre la montre et le docteur Florent nous aide à y voir plus clair. Étant donné que nous n'arrivons pas à la joindre depuis hier, j'ai décidé de gagner du temps et de venir à la source. Quelles questions vous a-t-elle posées au sujet des jumeaux ?

Fabregas avait durci le ton. Mougin, lui, ne semblait pas croire à la version du gendarme. Une sorte de jeu de dupes s'était installé entre les deux hommes, sans savoir lequel des deux trompait l'autre.

— Votre docteur m'a posé tout un tas de questions sur la relation qu'entretenaient les jumeaux, finit par dire Mougin. Certaines étaient d'ailleurs assez malsaines.

— Malsaines ? Dois-je vous rappeler que c'est vous qui nous avez orientés sur cette voie ?

— Je n'ai fait que vous rapporter ce que j'ai vécu, capitaine.

— Et moi je dis juste que vous sembliez moins prude la dernière fois que je vous ai vu !

Christophe Mougin jeta un regard glacial au capitaine. Fabregas était satisfait d'avoir su provoquer une réaction chez son adversaire. Jusqu'ici, Mougin était toujours resté maître de lui.

— Quelles sont ces questions qui vous ont mis mal à l'aise, monsieur Mougin ?

— Elle m'a demandé si Solène maltraitait également son frère.

— Et c'est ça qui vous a choqué ?

— Premièrement, je n'ai jamais dit que j'avais été choqué. J'ai dit que j'avais trouvé certaines de ses questions malsaines. Deuxièmement, elle ne s'est pas arrêtée là. Votre psychiatre voulait savoir si j'avais eu des rapports sexuels avec Solène. Je lui ai dit, comme à vous, que non. Alors elle m'a demandé si j'en avais eu avec Raphaël.

Fabregas attendait la suite, mais Mougin n'était visiblement pas disposé à en dire plus.

— Et ? relança le capitaine.

— Et quoi ?

— Que lui avez-vous répondu ?

— Qu'elle n'était pas bien dans sa tête et que j'avais mieux à faire que de répondre à ses questions.

— C'est tout ?

— C'est tout ! Si vous voulez mon avis, votre psy prend ses désirs pour des réalités ! J'étais amoureux de Solène, je ne m'en cache pas. De là à penser que j'aie pu avoir des relations sexuelles avec son frère pour me rapprocher d'elle… C'est totalement absurde. Je trouve ça même insultant, et je le lui ai dit. Fin de l'histoire ! D'ailleurs, je pense que nous en avons terminé nous aussi, n'est-ce pas ?

Christophe Mougin s'était levé brusquement, faisant claquer ses semelles sur le carrelage. Fabregas n'arrivait pas à savoir si Mougin feignait son indignation ; à sa place, sans doute aurait-il lui aussi pris la mouche face à de telles insinuations.

Le capitaine aurait aimé poursuivre l'interrogatoire, et comprendre pourquoi le docteur Florent était venue jusqu'ici pour poser ces questions. En quoi les réponses de Mougin méritaient-elles qu'elle fasse le trajet plutôt que de venir le retrouver à l'hôpital comme il était prévu ? Sans plus d'éléments, Fabregas n'avait aucune raison de s'attarder. Une fois de plus, Mougin avait pu fournir des alibis le jour des enlèvements de Zélie et de Gabriel, et pour le jour de l'incendie. Fabregas ne pouvait pas se permettre de perdre davantage de temps. Il joua sa dernière carte.

— Encore une question et je m'en vais, monsieur Mougin. Depuis notre dernier entretien, Solène Gauthier vous a-t-elle contacté ?

— Non.

La réponse abrupte de Christophe Mougin le laissait clairement entendre : il ne fallait plus compter sur sa coopération. Le capitaine devinait que la prochaine fois qu'il souhaiterait lui parler, il se retrouverait face à un avocat.

Avant de partir, Fabregas usa d'un subterfuge éprouvé et s'excusa de devoir passer par la salle de bains avant de reprendre la route. Mougin, qui n'était pas assez stupide pour ne pas avoir compris la manœuvre, lui indiqua tout de même le chemin d'un regard mauvais. Sachant pertinemment qu'une commission rogatoire ne lui serait jamais délivrée pour inspecter la maison, Fabregas croisa les doigts pour que les quelques mètres qui le séparaient de la salle d'eau lui donnent plus d'informations sur son hôte.

Les murs du couloir étaient d'un blanc immaculé. Pas un tableau accroché, pas même un miroir ou un cadre photo. Fabregas approchait de la porte que lui avait désignée Mougin et rien n'avait retenu son attention, si ce n'est une autre porte, tout au fond du couloir. Elle était fermée et, en tant que capitaine de la gendarmerie, Fabregas n'avait aucune raison valable de l'ouvrir. Frustré d'avoir fait tout ce chemin pour rien, il décida de forcer sa chance. Si Mougin le surprenait, il plaiderait l'erreur d'orientation. Il actionna la poignée et le battant s'ouvrit sans un bruit.

Un rai de lumière éclairait faiblement la pièce au travers des persiennes logiquement rabattues en cette saison. En distinguant l'ordinateur portable sur la table, Fabregas devina qu'il se trouvait dans le bureau de Mougin. Il dut en revanche attendre que ses yeux se soient accoutumés à la pénombre pour identifier l'objet qui se trouvait à côté, exposé tel un trophée.

Un bilboquet en bois.

– 54 –

En ne respectant aucune règle de procédure, Fabregas s'était mis dans une situation délicate. Il était venu à la rencontre de Mougin seul, sans témoin pour l'assister. Il était entré dans une pièce où il n'avait pas été invité. Ses options étaient limitées. Signifier à Christophe Mougin sa garde à vue n'en était pas une. N'importe quel avocat s'en serait régalé et Fabregas n'aurait plus qu'à oublier le bilboquet. Il devait trouver un moyen de confondre son hôte.

Mais Mougin le devança. L'homme se tenait dans l'encadrement de la porte. Fabregas ignorait depuis combien de temps il l'observait.

— Désolé, tenta le capitaine, je crois que je me suis trompé de porte.

— En effet, répondit Mougin calmement.

— C'est votre bureau, j'imagine ?

— Si vous me disiez plutôt ce que vous cherchez, capitaine. Je suis pressé et je suis sûr que vous-même avez mieux à faire que de fouiller mes affaires dans le noir, je me trompe ?

Fabregas comprit immédiatement qu'il serait inutile de jouer la comédie. Mougin avait allumé le plafonnier et son regard était glacé. Les deux hommes se toisèrent avant que Fabregas n'inspecte d'un coup d'œil le reste de la pièce. Son esprit mit quelques secondes à assimiler ce qu'il avait sous les yeux. Le souffle coupé, Fabregas observait un autel dédié à Solène. La fille Lessage était omniprésente. Des photos de classe aux coupures de presse, un mur entier exposait le visage de l'enfant. Une robe blanche de première communiante recouvrait un buste en bois dans le coin de la pièce, tandis qu'une couronne de fleurs était posée sur une étagère.

Christophe Mougin fut le premier à rompre le silence.

— Ce ne sont que des répliques. J'espère récupérer sa robe et sa couronne quand l'enquête sera définitivement close.

Fabregas encaissait les mots de l'agent immobilier sans réagir. Il avait tellement de questions qu'il ne savait même pas par où commencer.

— Je ne suis pas sûr que mon psy apprécierait la démarche, reprit Mougin naturellement. Selon lui, je dois faire le deuil de Solène si je veux avoir une chance de reprendre le contrôle de ma vie.

— Je doute que ce soit la bonne méthode, en effet, répondit Fabregas dans un souffle.

— Je comprends que ça puisse vous choquer, capitaine, mais que je sache, ce n'est pas un crime.

Mougin avait raison sur ce point. Son obsession pour une enfant décédée trente ans plus tôt était indubitablement malsaine, mais elle relevait de la pathologie et non du droit pénal. Restait tout de même la présence du bilboquet sur le bureau. Le légiste ne pourrait pas le confirmer sans effectuer de comparaisons, mais le jouet pouvait tout à fait correspondre aux marques laissées sur le crâne d'Arnaud Belli. Fabregas l'observait encore lorsque, une fois de plus, Christophe Mougin devança sa question.

— C'était leur emblème.

— Pardon ?

— Le bilboquet. C'était une sorte d'emblème pour les jumeaux. À chaque fois que nous nous faisions une promesse, nous devions poser la main dessus pour l'entériner. Et avant de décider quoi que ce soit, l'un des jumeaux tentait sa chance. Une seule fois. La décision dépendait du résultat.

— Une sorte de « pile ou face » ?

— C'est ça. Celui-ci, c'est Raphaël qui me l'a donné. Il m'a dit que, si j'y arrivais du premier coup, il accepterait que je continue à voir sa sœur.

— Et vous y êtes arrivé ?

Mougin tourna son regard vers le mur de photos et serra les mâchoires plusieurs fois avant de répondre.

— Raphaël me l'a offert le dernier jour de l'année scolaire. Il m'a dit que j'avais deux mois pour m'entraîner, et qu'il me testerait à la rentrée. Il savait que je partais le lendemain avec mes parents dans le Jura. Au bout de trois semaines, j'avais des bleus partout sur les bras à force d'essayer. En revenant de vacances, j'étais persuadé d'y arriver.

— Et ?

— Nous sommes revenus le 27 août. Le lendemain de leur disparition.

Fabregas observait Mougin et ne pouvait s'empêcher de ressentir de la peine pour cet homme qui était resté figé dans ses souvenirs d'enfant. Il fallait néanmoins qu'il aille au bout de sa démarche :

— Accepteriez-vous que j'emporte ce bilboquet avec moi ?

— Pour quoi faire ?

— Je voudrais le faire analyser.

— Analyser ? Dans quel but ?

Fabregas n'avait aucune réponse cohérente à donner. Mougin se trouvait en présence du procureur quand Arnaud Belli avait été tué, il ne pouvait donc être suspecté pour ce meurtre.

— L'enquête sur les jumeaux est toujours ouverte et si, comme vous le dites, c'est Raphaël qui vous a donné cet objet, il est possible qu'on y trouve un indice.

— Un indice ? s'étonna Mougin. Si ce sont ses empreintes que vous cherchez, vous ne risquez pas de les trouver. Ma femme de ménage nettoie ce bilboquet toutes les semaines.

— On ne sait jamais ! Raphaël a peut-être caché quelque chose à l'intérieur.

Le mensonge était gros et Mougin n'était certainement pas dupe. Il accepta pourtant la requête à la condition que le bilboquet lui soit restitué.

En récupérant le jouet sur la table, Fabregas aperçut le coin d'une carte de visite glissée sous l'ordinateur portable. Les premières lettres inscrites en haut à gauche attirèrent immédiatement son attention. Fabregas se tourna légèrement face au mur afin de dissimuler son geste aux yeux de Mougin, puis fit doucement glisser le carton jusqu'à lui. La carte de visite était celle du docteur Florent. L'avait-elle donnée à Christophe Mougin avant de partir ?

Il la retourna discrètement. La carte était tachée. Par ce que Fabregas reconnut immédiatement être du sang.

Le capitaine n'eut pas le temps de réfléchir à la suite des événements. Tout s'enchaîna très vite. Il sentit d'abord un mouvement d'air dans son dos et se retourna à temps pour parer le coup que s'apprêtait à lui assener Mougin. Ratant sa cible, l'homme fut déstabilisé au point de perdre l'équilibre. Fabregas en profita pour lui donner un coup de bilboquet dans les côtes. Mougin se plia en deux. Il n'eut pas le temps de reprendre son souffle que le capitaine le frappait du tranchant de la main sur les cervicales. L'assaillant mit un genou à terre. Il n'en fallait pas plus à Fabregas pour l'immobiliser définitivement, avant de lui passer les menottes aux poignets. Mougin, qui s'était montré combatif l'instant d'avant, pleurait maintenant comme un enfant.

Vingt minutes. C'était le temps estimé avant l'arrivée des renforts. Fabregas avait également réclamé la présence des premiers secours. Il se refusait à croire qu'il était trop tard pour le docteur Florent.

– 55 –

Les enquêteurs attendaient le légiste pour établir les premières constatations et déterminer la cause de la mort, même si le sang coagulé dans les cheveux de la pédopsychiatre laissait supposer qu'elle était vraisemblablement morte d'un coup porté à la tête. Son sac à main ainsi que son portable avaient été retrouvés à côté du corps, la vitre du smartphone brisée et la carte SIM retirée.

Avant que les renforts n'arrivent, Fabregas avait inspecté chaque pièce de la maison. Une seule porte était verrouillée, celle qui menait au grenier. Mougin refusait de lui remettre la clé. Le capitaine avait crié plusieurs fois le nom du docteur Florent, prêt à enfoncer la porte au moindre bruit, mais il n'entendait que l'écho de ses propres pulsations. Il avait continué l'inspection de la bâtisse le cœur de plus en plus serré.

C'est au cellier qu'il avait fait la macabre découverte, tandis que les sirènes de la gendarmerie retentissaient au loin. Fabregas fixait encore le corps de la pédopsychiatre quand ses hommes avaient débarqué dans la pièce.

Le capitaine observait les techniciens s'affairer, sans parvenir à bouger. L'odeur de renfermé mêlée à celle du sang l'entêtait, mais il n'arrivait pas à quitter des yeux la scène qui s'offrait à lui. La jupe du docteur Florent était remontée à mi-cuisses et on pouvait distinguer des écorchures sur ses genoux. Mougin l'avait-il traînée jusque dans ce sous-sol humide après l'avoir assassinée ? La réponse à cette question était sans importance et Fabregas le savait. Il ne pouvait pourtant pas s'empêcher d'y penser. Sans son intervention, le docteur Florent ne se serait jamais retrouvée mêlée à cette enquête. La mission de la pédopsychiatre s'était officiellement achevée avec la mort de Nadia. Si Fabregas ne l'avait pas sollicitée de nouveau, elle serait certainement en ce moment même en train d'écouter patiemment un autre enfant.

Avait-elle souffert avant de mourir ?

Fabregas s'obligea à se concentrer sur l'essentiel. Comprendre pourquoi Mougin avait préféré la tuer plutôt que de la laisser partir, comme il s'apprêtait à le faire avec lui. Qu'avait-elle compris en entrant dans cette pièce transformée en véritable chapelle ardente ? Qu'est-ce qui lui échappait et qui faisait que Christophe Mougin ne l'avait pas considéré, lui, comme une menace ? Était-ce cette histoire d'anima-animus qui avait fait la différence ? Son incapacité à comprendre lui donnait envie de hurler.

Un appel sur son talkie-walkie le fit sursauter. Il pouvait désormais accéder au grenier. Après le mausolée du rez-de-chaussée, Fabregas ne savait pas à quoi il devait s'attendre.

Les combles avaient été aménagés en studette, avec un coin cuisine permettant à leur hôte d'y vivre en toute indépendance. Un lit à deux places occupait les deux tiers de l'espace, flanqué d'une armoire à glace que les enquêteurs n'avaient pas encore ouverte. Fabregas fut le premier à l'inspecter. La penderie ne contenait que des vêtements de femme. Au sol, des chaussures à talon de taille 41, et dans les tiroirs, de la lingerie en dentelle. Les tenues étaient discrètes, féminines sans être tape-à-l'œil. La garde-robe d'une femme qui fait attention à elle sans ostentation. Le capitaine décrocha les cintres un à un sans trop savoir ce qu'il cherchait. Il étala les tenues sur le lit défait et les observa longuement. À qui appartenaient-elles ? Un de ses lieutenants s'approcha et ne put s'empêcher de ricaner :

— Je comprends mieux pourquoi ils ne mettent que des petites tailles en vitrine !

— De quoi parlez-vous ?

— Des chaussures, mon capitaine ! Avouez qu'on dirait des trucs de travelo !

Fabregas lui jeta un regard noir. Il n'aimait pas la vulgarité et ses hommes le savaient. Et pourtant le lieutenant n'avait pas tort : le 41 était une pointure inhabituelle pour une femme. Inhabituelle, mais pas non plus exceptionnelle : il se souvenait d'une camarade de classe que tout le monde avait surnommée Berthe à cause de la taille de ses pieds. Elle chaussait du 42 alors qu'elle n'avait pas fini sa croissance.

Il s'arrêta ensuite sur la taille des vêtements. Les chemisiers et vestes étaient du 40, tandis que les jupes portaient une étiquette 38. La femme qui vivait ici était plutôt un petit gabarit. Cela confirmait un point : la garde-robe n'appartenait pas à Christophe Mougin. Restait à savoir qui il hébergeait dans son grenier.

Il fallut moins de cinq minutes à Fabregas pour trouver la réponse à cette question, glissée dans un livre posé sur la table de nuit. Une photo servait de marque-page, et l'on y voyait, joue contre joue, Christophe Mougin et Solène Gauthier. L'institutrice posait un regard triste sur l'objectif, tandis que Christophe souriait béatement. C'était donc ici qu'elle s'était cachée depuis qu'elle s'était enfuie de son appartement, laissant derrière elle le corps d'Arnaud Belli. Mougin s'était bien moqué de lui.

Solène était-elle présente la veille au soir quand le docteur Florent avait débarqué sans prévenir ? Était-ce la raison pour laquelle la pédopsychiatre avait perdu la vie ? Fabregas ne supportait plus de naviguer à vue. Mougin détenait les clés de toutes ces énigmes et il avait bien l'intention de le faire parler.

Il quitta le grenier et descendit les marches quatre à quatre, mû par une haine qu'il ne cherchait même plus à contenir. En s'approchant du planton en charge de la surveillance du suspect, Fabregas ressemblait à un pitbull assoiffé de sang. Le légiste, qui venait d'arriver, intercepta le capitaine juste avant que la situation ne dégénère.

— Capitaine, vous tombez bien, je vous cherchais.

— Pas maintenant, Leroy !

Depuis quinze ans qu'ils se connaissaient, c'était la première fois que Fabregas omettait d'appeler le docteur par son titre. Le légiste, plutôt que de s'en offusquer, comprit qu'il avait vu juste et se plaça devant le gendarme pour arrêter sa course. Fabregas amorça un mouvement pour le contourner et Leroy posa une main ferme sur son avant-bras. Il s'exprima en revanche à voix basse, pour ne pas être entendu des autres :

— Ne déconne pas, Julien ! Si tu touches à un seul de ses cheveux, c'en est fini de ta carrière.

Fabregas gardait le silence, pourtant Leroy sentait que la tension accumulée dans ses muscles faiblissait. Il referma un peu plus sa prise.

— Laisse un autre de tes hommes l'interroger.

— Hors de question !

— Alors attends d'être de retour à la gendarmerie. Et demande à Wimez de te seconder.

— Pourquoi Wimez ? demanda Fabregas en regardant cette fois Leroy droit dans les yeux.

— Parce que, comme toi, il a failli se perdre plus d'une fois avec cette maudite enquête. À deux, vous serez peut-être plus forts !

Les mots n'avaient pas réellement touché le capitaine. C'étaient le ton employé et le tutoiement qui avaient fait mouche. Fabregas regarda le légiste et le remercia en silence d'être intervenu à temps.

– 56 –

Cela faisait six heures que Christophe Mougin était en garde à vue et il n'avait toujours pas prononcé un seul mot. Fabregas avait écouté les conseils du légiste et demandé à Jean Wimez de l'assister. Les deux hommes venaient de quitter la salle d'interrogatoire et s'étaient installés dans le bureau du capitaine, où Jean observait le tableau blanc qui récapitulait tous les indices récoltés et les théories associées.

— Tu penses que le docteur Florent avait compris ?

— Je ne crois pas, répondit Fabregas d'un air las. À mon avis, elle voulait simplement vérifier quelque chose. Quoi, je ne sais pas. Si elle avait eu toutes les réponses, elle ne se serait jamais jetée toute seule dans la gueule du loup.

— Tu en es sûr ?

— Pas toi ?

— Après tout, on ne la connaissait pas vraiment. Peut-être qu'elle a voulu jouer les héros.

Jean marquait un point. La pédopsychiatre les avait accompagnés sur cette enquête sans qu'aucun d'eux ne se préoccupe des répercussions que cela pourrait entraîner sur sa vie. Le docteur Florent n'était pas une enquêtrice. Son métier ne consistait pas à appréhender des criminels et elle ignorait les règles à respecter. Fabregas, qui avait réussi à contenir jusqu'ici la culpabilité qui le taraudait, chassa d'un violent revers de la main tout ce qui se trouvait sur son bureau.

Jean ne chercha pas à le calmer. Il savait que cette saute d'humeur était nécessaire. Fabregas devait évacuer sa colère, et mieux valait qu'il s'en prenne à ses dossiers et à son courrier qu'au seul suspect qu'ils avaient sous la main. Wimez poursuivit l'échange comme si de rien n'était.

— Tes hommes ont pu récolter des infos sur Solène Gauthier ?

Fabregas accepta la diversion sans rien dire et récupéra un dossier qu'il venait de mettre à terre. La chemise en carton ne contenait qu'une seule feuille.

— Solène Gauthier est arrivée à La Ròca en 2010. On nous a transmis son dossier. Aucune plainte à son encontre. L'institutrice était visiblement appréciée. Sauf que mes gars ont vérifié ses références.

— Et ?

— Contrairement à ce qui est indiqué ici, Solène Gauthier n'a jamais exercé ce métier avant de débarquer à La Ròca.

— Elle a peut-être voulu forcer la chance.

— Jean, on n'intègre pas un établissement scolaire comme ça ! On n'est pas en train de parler d'un CV bidonné pour intégrer une entreprise lambda.

— Bien sûr !

— Mes hommes ont essayé de remonter sa trace. Ils n'ont rien trouvé. Rien, *nada*, que dalle ! Avant 2010,

Solène Gauthier n'existait pas. Pas de déclaration d'impôts, pas de numéro de sécurité sociale, rien.

— Un changement de nom, conclut Jean à voix haute.

— Exactement ! Sauf qu'il faudrait m'expliquer comment un directeur d'école a pu se laisser berner aussi facilement.

— C'est Darras qui l'a recrutée ?

— Non. Il est arrivé deux ans après. Le directeur de l'époque était Pierre Bozon.

Jean eut la sensation de recevoir un uppercut en plein plexus. Pierre Bozon ! L'ancien instituteur des jumeaux qui avait été promu quelque temps plus tard à la tête de La Ròca. L'homme qu'il avait interrogé durant des heures après leur disparition. L'homme qui recevait des enfants à son domicile après les cours. Son nom ne cessait de revenir dans cette enquête alors qu'il était mort depuis deux mois.

— Tu crois qu'il était au courant ? balbutia-t-il. Tu crois qu'il savait que Solène Gauthier n'était pas celle qu'elle prétendait être ?

— Difficile à vérifier aujourd'hui, répondit Fabregas d'un ton résigné. À moins que Bozon en ait parlé à sa femme avant de mourir, mais je ne parierais pas grand-chose là-dessus.

— Ça vaut le coup qu'on lui pose la question, insista Jean.

— Tu as raison. De toute façon, j'ai besoin de prendre l'air avant de retourner voir Mougin.

En arrivant chez la veuve Bozon, les deux hommes crurent d'abord avoir fait le chemin pour rien. Fabregas avait sonné deux fois et frappé le heurtoir sans que personne ne vienne leur ouvrir. Par acquit de conscience, Jean s'approcha d'une fenêtre dont les volets étaient entrouverts. Il posa ses mains contre la vitre pour se protéger des reflets du soleil et mit quelques secondes avant de comprendre ce qu'il avait sous les yeux.

Suzanne Bozon était allongée à même le sol. Le salon semblait avoir été mis sens dessus dessous.

— Appelle les secours ! cria-t-il en cassant le carreau.

Suzanne Bozon revint à elle assez rapidement. Jean l'avait redressée et installée le dos contre le canapé, tandis que Fabregas lui apportait un verre d'eau. La veuve avait fait un simple malaise, que les deux hommes mirent tout d'abord sur le compte de la chaleur qui régnait dans la pièce. En l'observant de plus près, ils remarquèrent ses yeux rougis et encore humides.

— Vous nous avez fait une belle frayeur, Suzanne ! lui dit Jean avec tendresse. Qu'est-ce qui s'est passé ?

La femme les regarda l'un après l'autre et se remit à pleurer. Les deux hommes respectèrent son chagrin sans rien dire, attendant qu'elle soit prête à s'expliquer. Lorsque Suzanne n'eut plus une larme à verser, elle baissa les yeux et dit d'une voix faible :

— J'avais décidé de faire un peu de classement dans les affaires de mon Pierre. Son bureau, il n'y avait que lui qui y allait.

— C'est une étape difficile, compatit Jean. Vous n'avez pas quelqu'un qui pourrait vous aider à finir ?

— Vous n'y êtes pas ! répondit la veuve dans un hoquet. Je ne suis pas du genre nostalgique, vous savez ! Des papiers, ça reste des papiers.

Jean cherchait les mots qui atténueraient sa peine, mais Suzanne ne lui en laissa pas le temps :

— Comment je vais pouvoir regarder Victor maintenant ?

Les deux hommes échangèrent un bref regard. Fabregas prit le relais :

— Que vient faire Victor là-dedans, madame Bozon ?

Suzanne posa ses yeux sur lui et le capitaine y lut une telle détresse que son cœur se serra.

— Je ne comprends pas ! continua la veuve en pleurs. Je ne comprends pas ce qui lui a pris. S'il m'en avait parlé, peut-être que tout aurait été différent !

Fabregas déglutit, comprenant que les révélations de Suzanne Bozon seraient lourdes de conséquences. Il fit néanmoins un effort surhumain pour ne pas la brusquer.

— Dites-nous simplement ce que vous avez trouvé, madame.

— Tout est là ! dit-elle en balayant le sol d'un geste large. Pierre a tout mis par écrit. Il a tout noté dans ces cahiers.

Jean écarta quelques feuilles volantes et attrapa un carnet. La couverture était noire et rigide. Il regarda autour de lui et en compta une quinzaine identiques, répartis un peu partout. Fabregas l'imita et attrapa celui qui se trouvait le plus près de lui. Les pages étaient noircies d'une écriture fine et appliquée. Elles étaient également datées. Suzanne était tombée sur le journal intime de son mari. Celui que Fabregas tenait entre ses mains avait été rédigé en 1991. Un prénom revenait à chaque page : Raphaël.

— Vous les avez tous lus ? demanda le capitaine à Suzanne sans aucune agressivité.

— Je n'ai pas pu ! C'est trop horrible.

— Vous permettez qu'on les emporte avec nous ?

— Prenez-les, brûlez-les, faites-en ce que vous voulez !

Fabregas commençait à rassembler les carnets quand Suzanne lui attrapa fermement le poignet.

— Dites à Victor que je suis désolée ! Dites-lui bien que je n'étais pas au courant ! Vous pourrez faire ça pour moi ?

La gorge de Fabregas se noua et il se contenta d'un signe de tête en guise d'approbation.

– 57 –

« 4 septembre 1989

À celui qui lira ces mots : je tiens à ce qu'il sache que je ne cherche pas l'absolution.

Cela fait aujourd'hui neuf jours que les jumeaux ne sont pas rentrés chez eux.

J'aurais pu dire aux gendarmes où ils se trouvent, comme j'aurais pu soulager l'angoisse qui consume leurs parents.

Si je ne l'ai pas fait, c'est parce que j'ai été faible. J'ai commis une grave erreur. Je les ai crus, l'espace d'un instant.

Si je continue à me taire, c'est parce qu'aujourd'hui j'ai peur. Peur de ce qu'ils pourraient dire, peur de ce qu'ils pourraient faire.

Cette rentrée se fera sans eux. Ces enfants n'iront jamais au collège.

Le prix à payer sera élevé. Il me faudra mentir. À ma femme. À Victor et Luce Lessage. À ce capitaine de la gendarmerie. Je finirai peut-être en prison. Je dois m'y préparer en tout cas.

Cette histoire aurait pu s'arrêter aussi vite qu'elle a commencé.

J'aurais dû ramener Solène et Raphaël chez eux au moment même où je les ai trouvés installés dans mon abri de chasse.

Ils étaient collés l'un à l'autre, le visage sali d'avoir dormi deux nuits, là, à même le sol.

Je leur avais montré cet endroit un jour que j'emmenais les enfants faire une sortie de classe dans les bois. Je leur avais dit que c'était ma cachette, mon jardin secret dans lequel je venais passer quelques heures le week-end, surtout quand arrivaient les grandes chaleurs.

J'avais décrit cette cabane comme mon havre de paix. Aujourd'hui je sais que cette paix, je ne la ressentirai plus jamais.

Raphaël a été le premier à mentir. Il m'a dit que nous devions protéger sa sœur. Solène s'est mise à pleurer. Cette enfant, généralement si dure, a su pour la première fois toucher mon cœur.

Ils m'ont raconté des horreurs. Je les écoutais et me disais que Victor Lessage méritait la peine de mort. Il abusait tous les soirs de sa propre fille en obligeant son fils à les regarder.

Ils m'ont supplié de garder ça pour moi. Ce n'était bien évidemment pas mon intention. Ils m'ont demandé d'attendre vingt-quatre heures. De leur laisser encore une journée de liberté. Une journée au calme dans cette forêt, loin de leur mère qui allait souffrir de leurs révélations. Juste une journée.

Ils ont dû bien se moquer une fois que je suis parti leur chercher des vivres. Je les ai crus comme on croit des enfants sur des sujets aussi graves. Quelle petite fille serait capable de dire de telles atrocités si ce n'était pas la vérité ?

J'aurais pourtant dû me méfier. Solène n'a jamais été une petite fille comme les autres. J'en savais quelque chose.

Son regard, son attitude, ses tentatives de séduction. Mon esprit a toujours repoussé cette idée mais mon corps m'a trahi plus d'une fois. Cette enfant m'a fait ressentir à plusieurs reprises de la honte. Elle a su éveiller en moi des démons que je n'aurais jamais pu soupçonner d'exister.

C'est peut-être pour ça que j'ai pu croire aussi facilement à son histoire. Si j'avais pu – j'ose à peine l'écrire – ressentir du désir pour cette enfant, un autre homme que moi n'avait peut-être pas su résister.

Ce n'est que quelques heures après que j'ai compris ma faute. Je m'étais fait piéger. Il était déjà trop tard.

Je ne cherche pas d'excuse. J'ai été naïf. J'ai cru qu'ils m'avaient choisi pour partager leur secret parce qu'ils avaient confiance en moi. Ils ont su me flatter. Flatter la vanité d'un homme qui a toujours pensé réussir là où les autres échouaient. Pensé que j'étais plus apte à l'éducation des enfants que leurs propres parents. "L'orgueil et la vanité sont les échasses du sot, mais elles ne le grandissent que pour le faire tomber de plus haut[1]. "

Je suis retourné les voir les bras chargés de cadeaux. Des vêtements propres, des victuailles et des couvertures pour leur dernière nuit. J'ai joué mon rôle d'instituteur en leur apportant des livres et une lampe de poche. J'ai même emprunté à Suzanne un tapis de sol qu'elle n'utilisait plus depuis des années. Je voulais qu'ils se sentent bien dans cette cabane isolée.

Eux n'avaient pensé qu'à une seule chose en préparant leur fugue. S'assurer que personne ne les obligerait à rentrer, que rien ne viendrait les séparer.

En entrant dans le cabanon, j'avais le cœur léger. Je me sentais enfin utile. Chaque été était un supplice. J'aime Suzanne profondément mais je crois que je lui préfère mon métier.

Le premier flash m'a ébloui. Avant que je ne retrouve la vue, Raphaël avait eu le temps de déclencher une deuxième fois son Polaroïd.

Je n'avais pas besoin d'attendre que les clichés se développent pour comprendre ce qu'ils suggéreraient. Solène était à genoux devant moi. Entièrement nue. »

Fabregas fit une pause dans sa lecture pour ouvrir la fenêtre. La soirée était bien entamée, et il savait que la sensation d'étouffement qui l'oppressait n'avait rien à voir avec la température de la pièce.

En revenant de chez Suzanne Bozon, Jean et lui avaient tout d'abord trié les carnets par ordre

1. John Petit-Senn, *Bluettes et boutades* (1846).

chronologique. Il y en avait quinze. Ils allaient de 1989 à aujourd'hui. Chaque journal couvrait deux années.

Fabregas avait hésité à les lire en présence de son ancien supérieur. Le procureur aurait pu le lui reprocher. Le juge d'instruction aurait pu mettre en cause sa façon de procéder. Jean Wimez l'aurait d'ailleurs tout à fait compris, s'ils avaient échangé sur le sujet. Le capitaine avait finalement décidé, en son âme et conscience, que l'homme assis face à lui avait assez attendu et qu'il méritait de savoir, après toutes ces années, ce qu'il s'était réellement passé.

Fabregas avait lu la première page à voix haute. Jean avait gardé les yeux fermés comme s'il cherchait à s'imprégner des mots de l'instituteur.

La pause proposée par Fabregas ne sembla pas lui déplaire. L'ex-gendarme respira un grand coup avant de se lever et de se mettre à tourner en rond. Il passait une main d'avant en arrière dans ses cheveux coupés ras, les maxillaires contractés. Fabregas aurait aimé connaître ses pensées à cet instant précis. Il l'imaginait essayer de se souvenir de tous les entretiens qu'il avait eus avec Bozon, toutes les réponses que ce dernier lui avait apportées, tous les mensonges qu'il lui avait servis des mois durant.

Les deux hommes n'en étaient cependant qu'à la première page d'un journal de bord qui s'étalait sur trente ans.

Fabregas reprit sa lecture à contrecœur.

« *Raphaël est sorti de la cabane en me bousculant, les clichés à la main. J'aurais pu lui courir après, récupérer les photos compromettantes et mettre un terme à toute cette histoire.*

Oui, j'aurais pu, j'aurais même dû, pourtant je n'ai rien fait.

Je n'ai pas bougé d'un centimètre. Je n'ai pas amorcé l'esquisse d'un mouvement.

Je suis resté là, debout, face à Solène. Paralysé.

Je n'étais plus capable de penser. Je crois même que j'ai cessé de respirer.

J'étais là, face à elle, face à son corps si menu. Je ne pouvais plus quitter des yeux cette enfant qui n'avait pas pris la peine de se rhabiller. J'observais malgré moi ses seins inexistants. Je cherchais en vain le duvet qui recouvrirait bientôt ce sexe d'enfant.

Tout au long de l'année, je lui avais résisté. Deux mois plus tôt, je m'étais même imposé une certaine distance.

Chaque jour, j'évitais le regard de Solène. Chaque nuit, je rêvais de la posséder.

La honte m'avait presque consumé. Je m'étais accroché à l'idée qu'après l'été les jumeaux entreraient au collège et que je pourrais à nouveau vivre normalement.

Maintenant que j'étais face à elle, l'idée de ne plus la voir m'était insupportable.

Je l'aimais, il était temps de me l'avouer, et si Solène souhaitait faire de moi son pantin, j'étais prêt à l'accepter. »

– 58 –

Un esclave. C'est ainsi que Pierre Bozon s'était lui-même décrit tout au long des pages suivantes. Il avait exécuté tous les caprices de Solène en espérant que son attitude s'adoucirait, qu'elle lui offrirait un peu d'amour en échange de sa dévotion. Mais Solène ne désirait rien ni personne d'autre que son frère jumeau. Chaque jour qui passait éloignait Bozon des rives de la raison. Solène ne serait jamais à lui. Il savait également qu'il n'était plus question d'aller voir les gendarmes. Son inaction avait duré trop longtemps. Dénoncer les jumeaux revenait à faire une croix sur sa vie telle qu'il l'aimait. Il perdrait son métier, sa femme et peut-être même sa liberté.

Sa cabane ne lui appartenait plus. Elle était désormais la propriété des jumeaux. Solène l'avait aménagée à sa guise et se comportait en maîtresse de maison quand Bozon venait les ravitailler. Les deux enfants singeaient ce qu'ils imaginaient être une vie de couple.

Dans son journal, Pierre Bozon décrivait son malaise à chaque fois que le frère et la sœur s'embrassaient devant lui. Maladroits au début, il constatait que leurs gestes étaient de plus en plus assurés. Solène aimait exhiber leur rclation. Elle fixait son instituteur tout en caressant les cuisses de son frère.

Fabregas continuait de partager sa lecture avec Jean. Il s'arrêtait régulièrement pour reprendre contenance, s'obligeant à poser les yeux sur le portrait des jumeaux scotché au tableau. Des enfants de onze ans, aux visages d'anges. Cette dualité dépassait l'entendement de l'homme de raison qu'il était.

Les enfants étaient portés disparus depuis un mois, et l'instituteur savait que plus jamais il ne pourrait revenir en arrière. Les jours passant, Pierre Bozon avait progressivement quitté son habit d'esclave pour enfiler celui de tuteur. Tel un précepteur, il venait chaque jour faire la classe aux enfants, adaptait son programme en fonction de leurs attentes. Et des attentes, les jumeaux en avaient à revendre. Pierre Bozon répondait à toutes leurs questions, même celles auxquelles il aurait préféré se soustraire. Les relations sexuelles faisaient partie des thèmes abordés au même titre que l'histoire ou la géographie.

Blessé dans son orgueil, l'amoureux transi éconduit avait repris le contrôle de sa vie en accomplissant ce qu'il savait faire de mieux : éduquer des enfants. Son objectif était désormais de faire naître de cette situation scabreuse quelque chose de grandiose. Il serait l'alchimiste qui transformerait le plomb en or. Il saurait façonner l'esprit des jumeaux pour qu'ils deviennent sa fierté, son apothéose.

Fabregas comprenait que Bozon avait su instiller son autorité jusqu'à incarner rapidement une figure paternelle auprès des enfants. Des deux, Raphaël apparaissait comme le plus en demande. Il réclamait une structure, des repères. Contrairement à sa sœur, cette vie clandestine lui pesait. Pierre Bozon s'en était rapidement aperçu et avait redoublé d'attention vis-à-vis du garçon. L'instituteur savait que sa situation était précaire, que Solène pouvait à tout moment se lasser de lui. Il espérait qu'avoir son frère jumeau pour allié serait la garantie de sa survie.

Le 1er novembre 1989, alors que les jumeaux avaient quitté leur domicile depuis dix semaines, Pierre Bozon retranscrivit une liste que lui avait transmise Solène. Elle souhaitait qu'il lui trouve une robe blanche ainsi qu'une couronne de fleurs pour ses cheveux. Elle exigeait aussi que l'instituteur achète à Raphaël un costume noir, ou du moins une veste noire et une chemise blanche. Bozon avait retracé l'échange tel qu'il s'était déroulé.

Lorsque Solène lui avait donné ces instructions, l'instituteur s'était tout d'abord inquiété. Faire de tels achats serait compliqué. Il risquait de se faire remarquer. Solène, comme à son habitude, avait anticipé sa résistance et s'en était moqué. Elle avait repéré ce qu'elle voulait dans un catalogue de vente par correspondance. Il n'avait plus qu'à passer commande et se faire livrer les articles à La Ròca. Pierre Bozon craignait qu'on puisse remonter sa trace, mais le sourire que la jumelle lui avait adressé était une menace bien plus effrayante encore. Avant de partir, l'instituteur avait tout de même voulu satisfaire sa curiosité.

Solène l'avait fixé droit dans les yeux avant de lui dire que son frère et elle allaient se marier.

— C'est du délire !

Fabregas n'avait pas trouvé d'autres mots pour décrire sa pensée.

— Quoi donc ? rétorqua Jean. Qu'une petite fille puisse être amoureuse de son frère jumeau au point de vouloir l'épouser, ou qu'un homme mûr ait pu se laisser entraîner dans toute cette histoire ?

— Les deux ! s'agaça Fabregas.

— Pierre Bozon est le seul responsable, si tu veux mon avis ! Il aurait dû les arrêter. Il aurait dû venir nous voir plutôt que de les conforter comme il l'a fait. Qu'une enfant ait des rêves de princesse en robe blanche ne me choque pas.

— Et qu'elle ait pu se jouer de Bozon comme elle l'a fait ne te gêne pas non plus ?

— Je ne dis pas que Solène était un ange, mais c'était une enfant, bordel ! Bozon s'est comporté comme une ordure ! Il a vu chaque jour Luce et Victor s'enfoncer un peu plus dans le malheur, il a laissé deux enfants s'ancrer dans un fantasme qui ne pouvait que mal finir. Tout ça pour quoi ? Pour une pulsion sexuelle ? Pour s'épargner un scandale ? Il était l'adulte. Il aurait dû agir. Voilà ce que je pense !

Le capitaine n'avait jamais vu Jean perdre son sang-froid de la sorte. L'ex-gendarme, qui avait su garder le silence depuis que Fabregas avait entamé la lecture des carnets, avait enfin expulsé la colère noire qui l'empêchait de respirer.

Les jours suivants, Pierre Bozon n'évoqua plus que les préparatifs du mariage. Il se préparait à être le maître de cérémonie et le témoin de cette union. Si l'instituteur était gêné, il n'en laissait rien paraître. Bozon décrivait de manière clinique la minutie avec laquelle Solène organisait les choses. Elle avait demandé à son frère de leur trouver un espace fleuri près d'un ruisseau, car elle trouvait le bruit de l'eau romantique. Elle avait ordonné à Bozon de lui acheter des bagues qu'on trouvait dans les distributeurs de boules en plastique, à l'entrée des supermarchés. Plus tard, ils s'achèteraient de vrais anneaux. Pierre Bozon n'avait réagi qu'une seule fois, quand Solène avait réclamé la présence de leur copain Christophe Mougin. La petite fille était persuadée que le garçon saurait garder le silence. Il était amoureux d'elle et se pliait à ses quatre volontés. L'instituteur avait été intraitable. Personne ne devait savoir où ils se trouvaient. Jamais !

Le jour du mariage arriva enfin. Mais dès la première ligne, Fabregas arrêta net sa lecture. Jean exprima son impatience :

— Au risque de passer pour un voyeur, j'aimerais bien connaître la suite !

Le capitaine hésita un instant avant de lui tendre le carnet. La page était datée du 11 novembre 1989. Ce jour-là, le monde entier avait les yeux tournés vers le mur de Berlin. Le monde entier, à l'exception des Piolençois.

Le 11 novembre 1989, le corps de Solène Lessage était retrouvé dans un cimetière. L'enfant était vêtue d'une robe blanche et d'une couronne de fleurs dans les cheveux.

– 59 –

La cérémonie s'était déroulée au petit matin. Solène était surexcitée. Les jumeaux s'étaient mariés avant le lever du jour, entourés de torches flamboyantes. Bozon trouvait que la mise en scène se rapprochait d'un rituel satanique, mais la petite fille l'avait voulue ainsi. L'instituteur avait bredouillé quelques mots sur un ton solennel avant que les enfants ne s'échangent un baiser et se passent au doigt leur bague de pacotille.

Solène avait eu raison sur un point. Le clapotis du ruisseau avait apporté une touche de vie à ce sinistre office.

Comprenant que la suite du récit apporterait enfin les réponses que Jean attendait depuis trente ans, Fabregas se racla la gorge avant de continuer :

« *C'était un accident. Un stupide accident. Tout ce que je voulais, c'était qu'elle se taise un instant. J'étais persuadé d'avoir entendu quelqu'un marcher dans la forêt. Je ne lui demandais qu'une minute de silence. Pas plus. Juste une minute.*

Mais Solène n'arrêtait pas de parler. Un vrai moulin à paroles. Elle divaguait sur la lune de miel qu'ils feraient, les enfants qu'ils auraient. Non seulement c'était stupide, mais ce n'était pas le bon moment.

Raphaël avait compris, lui. Il lui a fait signe de se taire mais Solène, comme d'habitude, n'en a fait qu'à sa tête.

J'ai entendu à nouveau une branche craquer. L'inconnu devait se trouver derrière des fourrés, à une quinzaine de mètres tout au plus. J'ai voulu attraper Solène par le bras, mais elle s'est dégagée pour se réfugier dans les bras de son frère. Raphaël a dû lire la panique dans mes yeux car il a fait ce que je m'apprêtais à faire juste avant. Il a tenu fermement sa sœur et lui a plaqué une main devant la bouche. Solène, qui n'avait confiance qu'en son frère, n'a pas cherché à résister.

Je leur ai fait signe de s'allonger pour ne pas être vus. Nous sommes restés à terre en attendant que le danger soit écarté. L'herbe était mouillée et j'ai cru que c'était la raison pour laquelle Solène n'arrêtait pas de gesticuler. Raphaël tentait de la calmer. Tout en continuant d'obstruer la bouche de sa sœur, il plaqua son buste sur son visage pour étouffer ses gémissements.

Quand le sanglier a surgi des broussailles, j'ai réalisé ma méprise. Il a traversé la prairie sans se soucier de nous et nous avons attendu qu'il disparaisse dans le sous-bois avant de nous relever. Raphaël et moi avons d'abord cru que Solène nous jouait un mauvais tour en restant à terre, immobile. »

Un lourd silence s'imposa dans le bureau. Après des années d'enquête, Jean Wimez découvrait la triste vérité. Raphaël était l'assassin qu'il avait si longtemps cherché. Le garçon de onze ans avait accidentellement étouffé sa sœur jumelle. Il avait tué à la fois son double et sa moitié. Il lui avait donné la mort juste après lui avoir dit oui, pour la vie. Bien sûr, ce mariage n'était qu'une mascarade aux yeux d'un adulte, mais la sincérité de leur acte ne pouvait être remise en question. Ces deux enfants s'aimaient d'un amour interdit et avaient été prêts à tout pour qu'on ne les sépare jamais.

Fabregas n'avait pas besoin de consulter un pédopsychiatre pour imaginer la détresse de Raphaël. Il se représenta ce petit garçon à genoux devant le corps inerte de sa sœur. Sa gorge se noua.

En se taisant, Pierre Bozon était devenu complice de meurtre, en plus du reste, et il en avait parfaitement conscience. Le doigt dans l'engrenage, il fit ce qui lui parut être la meilleure solution en déposant le petit corps dans le cimetière de la chapelle de Saint-Michel Castellas, près d'Uchaux. Le village était distant d'une dizaine de kilomètres de Piolenc. Il espérait que les enquêteurs se concentreraient sur cette zone géographique et lui laisseraient assez de répit pour réfléchir à la suite des événements.

— La suite des événements ! s'énerva Jean. Comme si la mort d'une petite fille n'était pas suffisante !

Fabregas ne dit rien. Pierre Bozon s'était enferré dans une situation dont il ne pouvait plus s'extraire, et Jean le savait comme lui. Combien de petits délinquants avaient-ils croisés avant que ceux-ci, un jour, ne passent à la vitesse supérieure ? Il suffisait d'un seul mauvais choix pour modifier une trajectoire toute tracée.

La suite, Fabregas la lut en diagonale. L'instituteur expliquait comment il avait continué à s'occuper de Raphaël. En semaine, il profitait de l'heure du déjeuner pour venir lui faire la classe, mais ne passait plus après les cours comme il avait l'habitude de le faire avant l'accident. Il détaillait dans son journal ses entrevues régulières avec les gendarmes, notamment avec le capitaine en charge de l'enquête, un certain Jean Wimez. Bozon décrivait la peur qui le cisaillait chaque jour, sans pour autant évoquer le moindre regret. Il redoublait de vigilance pour se rendre dans la forêt, trouvait des subterfuges de plus en plus élaborés pour justifier ses absences du week-end auprès de sa femme. Le moral de Raphaël l'inquiétait et il ne pouvait se permettre de le laisser seul deux jours d'affilée.

Si Bozon ne lui rendait pas visite, le garçon oubliait de s'alimenter. L'instituteur l'obligeait à sortir prendre l'air. Raphaël s'éteignait. Il perdait du poids, et son énergie. Il n'était plus curieux de rien, pouvait se taire durant des heures. Il contemplait ses mains et les deux bagues qu'il portait. Une à chaque annulaire.

Fabregas dut interrompre sa lecture pour répondre à un appel. Le légiste avait diligenté l'autopsie du docteur Florent et tenait à lui transmettre les premiers résultats de vive voix.

— Le coup porté à la tête n'est pas la cause de la mort, commença le docteur Leroy. Ça a dû la sonner, j'en conviens, mais elle aurait pu s'en remettre.

— Quelle est la cause, alors ?

— Asphyxie ! Votre psychiatre a été étranglée. Nous avons une belle trace de strangulation sur le haut du cou qui était masquée par les taches de sang. Si vous venez jusqu'ici, vous pourrez constater par vous-même.

— Cette trace, vous pouvez en tirer quelque chose ?

— J'ai cru comprendre que vous aviez récupéré un autre bilboquet chez Mougin. Ça m'intéresserait de le voir.

— Le bilboquet ? s'étonna Fabregas.

— C'est surtout la cordelette que j'aimerais faire analyser. Vous savez, ce bout de ficelle qui retient la boule au socle. Ça ferait un magnifique garrot, si vous voulez mon avis. Et si c'est de la corde, on a une grande chance de retrouver des traces épithéliales dessus.

— Je vous le fais parvenir immédiatement !

Les résultats prendraient du temps, mais Fabregas venait d'en gagner. Cette présomption lui permettrait sans aucun doute de prolonger la garde à vue de Mougin.

Connaître les causes de la mort du docteur Florent lui offrait également l'opportunité de reprendre l'interrogatoire avec de nouvelles cartes. Fabregas savait qu'il ne trouverait pas Zélie et Gabriel grâce aux carnets de Bozon. Les deux enfants avaient disparu après sa mort. Maintenant que le meurtre de Solène avait été élucidé, il devait laisser le passé derrière lui pour se concentrer sur le suspect qu'il avait sous la main.

Il en allait autrement pour Jean. L'ex-gendarme souhaitait connaître le fin mot de l'histoire. Il en avait besoin. Fabregas l'autorisa à continuer la lecture sans lui.

– 60 –

— Ça vous a fait quel effet d'étrangler une femme sans défense ? attaqua Fabregas en entrant dans la salle d'interrogatoire. Dites-moi ! J'aimerais savoir. Vous, l'homme battu, vous vous êtes enfin senti tout-puissant ?

— Capitaine !

L'avocat de Mougin avait joué les offusqués de manière bien trop théâtrale ; son rappel à l'ordre n'en était pas moins justifié. Fabregas n'avait pas pour habitude de mener ses interrogatoires de la sorte et, en d'autres circonstances, il se serait peut-être excusé. Sauf que le bilan commençait à être lourd : une enfant suicidée, un autre à l'hôpital dans un état traumatique, une femme qui venait d'être assassinée et Zélie qui manquait toujours à l'appel. Si Mougin détenait des informations qui permettaient de retrouver cette petite fille avant qu'il ne soit trop tard, Fabregas était prêt à se salir un peu.

— Répondez à ma question, Mougin ! Dites-moi comment ça s'est passé ? Elle s'est débattue ? Elle vous a supplié de l'épargner ?

Fabregas avait craché ses mots avec hargne. Il était lancé et le manque de réaction de Mougin ne faisait qu'envenimer les choses.

— Pourquoi l'avez-vous tuée ? Elle vous a percé à jour et vous vous êtes senti humilié ? C'est quoi votre histoire ? Si vous avez quelque chose à dire, c'est maintenant ! Après, ce sera trop tard.

Mougin gesticula sur sa chaise. Il chercha son avocat du regard, espérant que celui-ci lui vienne en aide. L'homme de loi détourna les yeux pour lui signifier son impuissance. La garde à vue avait été prolongée dans les règles. On venait de lui transmettre le rapport préliminaire de l'autopsie. L'avocat n'avait aucun vice de procédure à objecter et le silence de son client ne l'aidait pas à plaider sa cause. Christophe Mougin sembla prendre conscience de la situation et expira longuement avant de jeter les gants.

— Je ne l'ai pas tuée.

Fabregas attendait une suite. Comprenant qu'elle ne viendrait pas, il ne put retenir son agacement.

— Ah, OK, au temps pour moi ! Dans ce cas, j'imagine que vous êtes libre de partir. Désolé pour le dérangement !

Mougin ne réagissant pas, Fabregas abattit ses deux mains sur la table avec violence.

— Maître, pourriez-vous expliquer à votre client que ma patience a des limites et qu'il va me falloir un peu plus qu'un « je ne l'ai pas tuée » ?

L'avocat ne prit pas la peine de répondre. Il posa simplement une main sur l'avant-bras de son client. Mougin s'exécuta :

— Ce n'est pas moi. C'est Solène.

— Continuez !

— Le docteur Florent n'était pas censée tomber sur elle. Votre copine a débarqué sans prévenir. Nous étions au salon et elle nous a vus à travers la fenêtre.

— Qu'est-ce qui s'est passé ?

— Solène savait qu'elle était recherchée par toutes les polices. Elle a paniqué ! Votre copine est entrée, Solène lui a sauté au cou et l'a étranglée. J'ai essayé de lui faire lâcher prise, mais je n'y suis pas arrivé.

— Alors, pour commencer, cessez d'appeler le docteur Florent « ma copine » ! Ensuite, et je tiens à vous préciser que c'est le plus important, je vous conseille vivement d'arrêter de me prendre pour un con ! Le docteur Florent a eu le temps d'aller jusqu'à votre bureau. Elle y a laissé sa carte de visite. M'est avis que c'est d'ailleurs dans cette pièce que vous ou Solène l'avez étranglée. Et pas avec vos mains. Avec une corde qui pourrait bien être celle de votre bilboquet. Alors, pour la dernière fois, dites-moi comment c'est arrivé !

Mougin afficha un regard que Fabregas connaissait bicn. Cclui des perdants qui cherchent encore une échappatoire alors qu'ils n'ont plus de cartes en main.

— Je ne sais pas ce qui lui a pris. Je vous le jure !

Le capitaine le fixa sans dire un mot. Il savait que son silence serait maintenant plus utile que des menaces. Mougin finit par capituler.

— Le docteur Florent a tout de suite reconnu Solène. Elle n'avait même pas l'air surprise. Comme si elle s'y attendait. Elle nous a dit qu'elle était venue nous parler et qu'on pouvait avoir confiance en elle.

On s'est installés au salon et Solène lui a expliqué pourquoi elle était venue se cacher chez moi.

— Je vous avouerais que ça m'intéresse aussi !

— Solène avait peur pour sa vie depuis l'incendie. Elle aurait dû se trouver dans son appartement quand la bonbonne de gaz a explosé. Elle était avec son cousin, ils attendaient justement le docteur Florent. Elle s'est absentée seulement cinq minutes pour faire une course. En revenant, elle a vu l'immeuble en flammes. Elle est d'abord restée sur le trottoir d'en face, tétanisée. Puis il y a eu l'explosion. Solène a paniqué. Elle est arrivée ici en larmes, complètement déboussolée.

Fabregas savait d'expérience que les réactions en état de choc pouvaient défier toute logique. L'histoire était bancale sans être totalement inconcevable. Le débit de Mougin, en revanche, le perturbait. Cet homme qui avait gardé le silence durant des heures semblait maintenant réciter un texte écrit à l'avance. Le capitaine décida d'orienter différemment ses questions.

— Je croyais que Solène était votre ex-petite amie et que vous n'aviez plus de relations ?

— Je vous ai menti, répondit Mougin d'un air contrit. Enfin, à moitié. Solène n'est pas vraiment ma petite amie. Notre relation est un peu… compliquée.

— Compliquée comment ?

— Nous ne couchons pas ensemble, si vous voulez tout savoir. Mais nous nous aimons.

— Soit ! trancha Fabregas qui préférait revenir au sujet qui l'intéressait. Solène est donc venue chez vous ce soir-là plutôt que de se rendre à la gendarmerie.

— Elle était bouleversée ! Je lui ai dit de vous appeler mais elle ne tenait plus debout. On s'est dit que ça pouvait attendre le lendemain matin.

— Sauf qu'elle n'a jamais donné de nouvelles !

— Quand elle a entendu à la radio que son cousin était mort et qu'une enquête était ouverte, elle a eu peur. La veille au matin, quelqu'un dépose une lettre dans son casier, un message pour vous, et le soir son appartement part en flammes alors qu'elle aurait dû s'y trouver. Tout à coup, elle a eu peur. Elle s'est dit que vous penseriez qu'elle avait joué un rôle dans l'enlèvement des enfants et dans la mort de son cousin.

— Tout à l'heure vous disiez qu'elle avait peur pour sa vie !

— Aussi ! Et je la comprends. Vous ne deviendriez pas parano, vous, si on vous choisissait pour remettre un message et qu'après on cherchait à vous faire disparaître ?

L'explication était plausible. Fabregas avait du mal à accepter l'idée que Solène ne soit qu'une victime dans cette histoire, mais il était prêt à croire que Christophe était sincère dans ses propos. Pour l'instant, tout au moins.

— Ça n'explique pas la mort du docteur Florent ! reprit-il après quelques secondes.

Mougin pinça les lèvres comme si la suite était déjà moins facile à avouer.

— Je ne sais pas ce qui s'est passé dans sa tête !

— La tête de qui ?

— De Solène ! continua Mougin. Je ne sais pas ce qui lui a pris. On discutait tranquillement tous les trois.

Le docteur Florent compatissait au sort de Solène. Tout se passait sans heurts.

— Et ?

— Le docteur m'a dit qu'elle n'avait plus de batterie et m'a demandé si elle pouvait recharger son téléphone. Je lui ai proposé de se brancher dans mon bureau. Je ne sais pas pourquoi je l'ai amenée dans cette pièce. Je crois que j'avais besoin de partager avec elle mon secret. De lui montrer ma souffrance. Le docteur Florent n'a pas eu l'air choquée. Elle a observé toutes les photos, les coupures de presse, la robe sur le mannequin. Solène nous avait suivis et guettait sa réaction, mais le docteur Florent ne faisait aucune remarque.

Fabregas se figurait facilement la scène. Il revoyait cet autel dressé à la mémoire de Solène Lessage.

— Si elle ne disait rien, pourquoi l'avoir tuée ?

— Le docteur s'est penchée pour étudier un cliché en particulier. C'est là que Solène lui est tombée dessus. Elle l'a d'abord frappée avec le bilboquet avant de lui passer la corde autour du cou. Tout est allé très vite. J'ai essayé de l'arrêter, vous devez me croire ! Mais Solène était comme en transe. Elle tirait de toutes ses forces.

Mougin souffla un grand coup et baissa la tête. Il avait tout dit.

Fabregas, pour sa part, était loin d'en avoir terminé. Il s'efforçait de procéder dans l'ordre, de découvrir ce qui avait pu entraîner la mort du docteur Florent. C'était, selon lui, le meilleur moyen de dénouer tous les fils de cette histoire. S'il comprenait pourquoi la pédopsychiatre s'était rendue chez Christophe Mougin et pourquoi elle y avait perdu la vie, alors peut-être serait-il en mesure d'identifier le ravisseur de Zélie.

La version de Mougin tenait la route, il restait cependant trop de zones d'ombre pour pouvoir l'entériner. Le capitaine avait encore en mémoire le bureau de l'agent immobilier. Il se souvenait de chaque photo et aucune d'elles n'avait retenu son attention en particulier. Qu'avait donc vu le docteur Florent qui lui avait échappé ? Pourquoi Solène Gauthier avait-elle soudain perdu pied ?

– 61 –

Jean était absorbé par le journal de Pierre Bozon. Il revivait ses premières semaines d'enquête du point de vue de l'instituteur. La crainte des premiers jours passée, l'homme se moquait des forces de l'ordre et de leur impuissance à trouver le moindre indice. Sa vanité gonflait, il devenait arrogant, se félicitait de berner tous ceux qu'il côtoyait. Suzanne, sa femme, n'était pas épargnée. Plus Jean le lisait, plus il sentait la haine le submerger.

L'ex-gendarme arrivait à la fin du premier carnet.

« ***22 décembre 1989***

Enfin les vacances scolaires. Je vais pouvoir m'occuper de Raphaël. Je vois bien qu'il se laisse dépérir. Il ne parle quasiment plus. Refuse de faire ses devoirs. Il a encore maigri. J'ai quinze jours devant moi pour rattraper tout ça. J'ai dit à Suzanne que j'avais accepté de donner des cours particuliers à un de mes élèves pendant les vacances. Elle m'a cru. Elle me croit toujours, de toute façon.

23 décembre 1989

Je ne crois pas en Dieu, je ne parlerai donc pas de miracle. J'appellerai ça un signe du destin.

Ce matin, j'ai décidé de changer d'adresse pour faire le plein de denrées. Le capitaine Wimez est toujours aux aguets. Même si je ne pense pas être suivi, je préfère être prudent. Si on me voit chaque semaine faire des courses au même endroit et qu'on observe mon panier, on risque de comprendre que ces achats ne sont pas pour Suzanne et moi.

Je suis allé jusqu'en Avignon pour profiter de l'anonymat qu'offrent les grandes villes. Je me suis garé dans un parking souterrain. Je m'attendais à devoir batailler pour trouver une place, et à me retrouver submergé par une vague de chalands venus remplir leur Caddie la veille du réveillon. Ce fut tout le contraire. Le parking était désert. À croire que les citadins n'étaient pas matinaux ou qu'ils avaient décidé de s'offrir une grasse matinée en ce premier jour de trêve hivernale. En descendant de ma voiture, j'ai vu une masse au sol, près d'une soufflerie. Mû par je ne sais quelle curiosité, je me suis approché et c'est là que j'ai découvert un enfant, emmitouflé dans sa parka, les yeux fermés.

J'ai réveillé le garçon et lui ai demandé ce qu'il faisait là. Il a préféré se taire. Je lui ai alors proposé de venir avec moi et lui ai tendu la main. Il l'a repoussée violemment. J'ai compris qu'il ne voulait pas qu'on lui vienne en aide. J'aurais pu partir, le laisser là. Sauf qu'il n'y a pas de hasard. Ce garçon avait été mis sur mon chemin et je ne pouvais pas l'ignorer.

Je lui ai promis un toit, de quoi se nourrir et un feu pour se réchauffer. Je lui ai ensuite dit que je n'appellerais pas la police. Que je ne lui poserais aucune question et qu'il serait libre de partir quand bon lui semblerait.

Ces promesses ont suffi à le convaincre. Il a pris ma main et nous avons quitté ce souterrain ensemble.

Durant le trajet, je fus le seul à parler. Le garçon n'étant pas disposé à me raconter sa vie, je lui ai proposé d'en inventer une. L'idée a semblé lui plaire.

Nous l'avons baptisé Michel Dumas. C'est moi qui ai choisi ce nom d'emprunt. Michel, car il m'évoquait un archange à l'instar de Raphaël, Dumas car mon projet était aussi rocambolesque qu'une aventure de ce cher Alexandre.

Bien sûr, j'aurais préféré tomber sur une petite fille. Cela nous aurait permis d'y croire, à Raphaël et à moi, mais le destin a choisi ce garçon. Peut-être est-ce mieux ainsi.

Raphaël n'a pas réagi tout de suite. Je crois qu'il n'a pas compris ce que je lui disais. Il a dû croire que Michel était un de mes élèves et que nous étions venus lui rendre visite. C'est quand je leur ai dit que je devais partir que son regard s'est animé. Il s'est levé et m'a accompagné jusqu'à la voiture. Il avait plein de questions. Combien de temps Michel allait rester avec nous ? Est-ce que lui aussi avait fugué ? Est-ce qu'il était au courant pour Solène ? À part pour la dernière, je n'avais aucune réponse à lui apporter. Je lui ai dit que Michel était le bienvenu et qu'il resterait autant qu'il le souhaiterait. Quant à son histoire, c'était à lui de décider s'il voulait nous en parler.

24 décembre 1989

Je crois que ça va marcher. Raphaël était plus gai aujourd'hui. Il a participé à la conversation. Il a donné des conseils à Michel pour ne pas avoir froid dans la cabane, pour éviter les sangliers en forêt. Les deux garçons ont l'air de bien s'entendre. Je leur ai apporté des livres pour Noël. Le Petit Prince *pour Michel, et* Le Comte de Monte-Cristo *pour Raphaël. La veille, j'avais acheté du foie gras que Raphaël nous a servi en bon maître de maison. Je crois vraiment que ça va marcher.*

25 décembre 1989

Aujourd'hui, je n'ai pas pu rendre visite aux garçons. Suzanne a invité les Lessage à déjeuner. Si elle m'en avait parlé, je lui aurais dit d'annuler. Luce n'a pas arrêté de pleurer. C'était extrêmement pénible. Victor, lui, a descendu un millésimé, que j'avais sorti pour l'occasion, comme s'il buvait un vin de table. J'ai cru que le repas n'en finirait jamais. Victor nous a dit que le capitaine Wimez le soupçonnait d'avoir enlevé ses propres enfants. Ça me conforte dans l'idée que ce gendarme n'a pas le début d'une piste.

J'ai profité de cette journée à la maison pour lire les faits divers de la semaine. Je n'avais pas encore pris le temps de le faire. J'ai fini par trouver ce que je cherchais. Un entrefilet qui ne devait pas dépasser dix lignes : un garçon de douze ans, du nom d'Arnaud Belli et originaire de Milhaud, avait disparu le 22 décembre. Les gendarmes avançaient la théorie d'une fugue. Je ne sais pas comment ce garçon s'est retrouvé le lendemain à cinquante kilomètres de chez lui. J'imagine qu'il a dû faire du stop et passer la nuit dans ce parking pour s'abriter du froid. En tout cas, s'il a fugué, c'est qu'il ne devait pas être heureux chez lui, et je n'ai donc aucune raison de l'y renvoyer. Par mesure de sécurité, nous continuerons à l'appeler Michel et il demeurera avec nous tant qu'il le souhaitera.

26 décembre 1989

Incroyable ! En à peine trois jours, Raphaël est métamorphosé. Comme si ces dernières semaines n'étaient qu'un mauvais souvenir. Bien que ce soit le cadet, Raphaël agit en grand frère avec Michel, et ce dernier a l'air d'y trouver son compte. Malgré le froid, les deux enfants ont décidé d'aller jouer près du ruisseau. Je les ai accompagnés. Je ne pensais pas revenir un jour dans cette clairière et je craignais que cela ne ravive les blessures de Raphaël. Étrangement, cela lui fit l'effet inverse. Cela faisait longtemps que je n'avais pas entendu le jumeau rire comme ça. Nous avons passé un très beau moment. Je crois qu'il n'aurait pas été aussi magique si Solène avait été là. »

Si Jean n'avait pas connu toute l'histoire, il aurait pu s'attendrir devant ce conte de fées. Pierre Bozon s'était déconnecté de la réalité. À le lire, chacun de ses actes était justifié. Il était le guide spirituel, le sauveur de ces enfants. Jean aurait donné cher pour que l'instituteur soit encore en vie. Pour pouvoir lui dire ce qu'il était vraiment.

« ***31 décembre 1989***

Suzanne et moi étions invités chez les Martineau pour le réveillon. Chaque année, c'est la même chose. Le notaire et sa femme reçoivent tous ceux qu'ils considèrent dignes d'intérêt. En tant qu'instituteur de leurs enfants, et bientôt directeur de La Ròca, j'ai quasiment mon rond de serviette. Nous étions au moins une trentaine de personnes. J'ai profité du monde pour m'absenter une petite heure. J'ai dit à Suzanne que j'avais oublié mes lunettes à la maison. Je connais ma femme. Passé trois coupes de champagne, elle perd toute notion du temps. Je savais qu'elle ne s'inquiéterait pas si je tardais.

Je tenais absolument à embrasser les garçons en cette fin d'année.

En quittant la villa des Martineau, je suis passé devant la mairie. J'ai assisté à une scène assez étrange. Victor Lessage était suspendu en l'air, tel un alpiniste ; il dessinait des grandes lettres avec une bombe de peinture. Je n'ai pas pris le temps d'attendre qu'il ait fini pour lire son message. Je me doutais que ce serait dans le journal du lendemain.

Je ne sais pas ce qui me faisait me hâter. Peut-être ai-je eu ce qu'on appelle un mauvais pressentiment. Je n'ai jamais trop cru en ces choses-là. Pourtant, je sentais que je devais me rendre sans tarder à la cabane.

J'ai mis du temps à comprendre. J'ai d'abord pensé que mon esprit me jouait des tours.

Solène était là. Au centre de la pièce. Elle portait une robe rouge. Celle qu'elle avait retirée le premier jour où je les ai surpris dans cette cabane, son frère et elle.

Ses cheveux étaient ramassés en arrière et formaient une minuscule queue de cheval. Ses lèvres étaient maquillées de rouge.

Solène était là, aguicheuse, sensuelle malgré ses onze ans. Michel la tenait par la taille, totalement envoûté. Raphaël, lui, avait disparu. Il avait laissé la place à sa sœur jumelle. »

– 62 –

Jean s'était précipité dans la salle d'interrogatoire pour prévenir Fabregas, mais le capitaine était déjà au courant. Le lieutenant Vicart lui avait transmis deux minutes plus tôt le rapport des techniciens qui avaient examiné le grenier de Christophe Mougin. Ils avaient trouvé deux jeux d'empreintes. Le premier correspondait en toute logique au propriétaire des lieux, mais le second avait fait remonter une fiche à laquelle personne ne s'attendait.

Solène Gauthier, l'institutrice au passé mystérieux, n'était autre que Raphaël Lessage, le jumeau toujours recherché.

Mougin fut aussitôt confronté à cette révélation et ne tenta pas de prétendre qu'il n'était pas au courant. Il se mit à tout raconter et personne ne chercha à l'arrêter.

Solène, alias Raphaël, avait repris contact avec lui à leur majorité. Elle se faisait appeler Solène Dumas, à l'époque. Christophe Mougin l'avait au départ mal vécu. Solène était morte depuis neuf ans et il n'avait toujours pas réussi à l'oublier. Que Raphaël puisse prendre sa place était inacceptable. Il se souvenait des railleries du jumeau, de sa cruauté envers lui. Mais Raphaël avait changé. Il n'était plus le même. Il était littéralement devenu Solène. Il n'avait pas eu à se transformer physiquement. La nature l'avait aidé. Il avait gardé ses traits d'enfant, son visage d'ange. Un traitement à base d'hormones avait suffi pour stopper sa pilosité. Même en homme, Raphaël aurait pu être taxé d'efféminé. De petite taille, les articulations fines, Raphaël avait la carrure d'une femme.

Non, Raphaël avait changé psychologiquement. Il avait épousé la personnalité de sa sœur. Il avait récupéré son pouvoir d'attraction, son charme auquel Mougin était incapable de résister.

Solène s'était installée avec Michel Dumas dans un studio en Avignon. Là-bas, personne ne les connaissait. À la mort de sa mère, elle avait fait le pari de revenir à Piolenc. C'était dangereux. Son père pouvait tomber sur elle à tout moment, mais Victor ne fréquentait plus le village. Après le suicide de sa femme, il évitait tout le monde et passait son temps dans ses vignes. Elle avait attendu quelques mois avant de se faire embaucher à La Ròca par Pierre Bozon. L'idée ne lui plaisait pas, mais c'était compliqué de refuser quelque chose à Solène, surtout quand elle avait un dossier sur vous long comme le bras.

Elle avait gagné son pari. Personne ne l'avait reconnue. Qui aurait pu imaginer qu'une petite fille était revenue d'entre les morts ? Quant à Raphaël, à part son père, plus personne ne s'en souciait. Solène

Gauthier avait très vite été acceptée. Les enfants l'adoraient et les parents aussi.

La seule fois où elle avait paniqué, c'était en voyant Jean Wimez débarquer à La Ròca. L'ex-gendarme avait cherché Raphaël des années, et il aurait pu être interpellé par ce visage familier. Elle fit en sorte de ne jamais se retrouver face à lui. Contrairement à son modèle, la nouvelle Solène savait rester discrète jusqu'à se faire oublier.

— Le docteur Florent avait compris tout ça ? l'interrompit Fabregas pour la première fois.

— Oui ! Je ne sais pas comment elle avait deviné, mais elle avait compris, oui. Elle n'a rien dit au début. Elle a laissé Solène lui raconter ce que je vous ai dit. L'histoire de sa fuite après que son appartement a brûlé. C'est seulement quand elle est arrivée dans le bureau qu'elle a abattu ses cartes. Il y avait une photo encadrée au mur. Je l'ai retirée avant votre arrivée.

— Qu'y avait-il sur cette photo ?

— Solène, Michel et moi. C'est Pierre Bozon qui avait pris cette photo. On devait avoir vingt-cinq ans à l'époque. Le docteur Florent l'a décrochée et nous a dit que nous étions beaux.

— C'est tout ?

— Non. Elle a dit que nous formions un beau couple, Solène et moi. Puis elle a ajouté : « Ou devrais-je dire Raphaël ? » Je ne sais pas ce qu'elle cherchait à faire en disant ça, mais Solène a réagi au quart de tour. Elle s'est précipitée sur le bilboquet. Vous connaissez la suite.

Un silence s'imposa dans la salle d'interrogatoire. Fabregas se posait toujours la même question : pourquoi le docteur Florent avait-elle pris ce risque ? Que pensait-elle prouver en se jetant, seule, dans la gueule du loup ? Il chassa cette pensée de son esprit. Il ne pouvait pas perdre de temps en conjectures.

— Que Raphaël ait perdu pied au point de s'approprier la personnalité de sa sœur jumelle, je peux comprendre, mais ce que je ne m'explique pas, c'est la suite des événements. Que s'est-il passé pour que Solène décide d'enlever Zélie et Gabriel ?

— Je ne sais pas. Il faut me croire. Quand Pierre Bozon est mort, quelque chose s'est brisé en elle. Il était comme un père. Il était même plus que ça. Solène a perdu pied, je ne vois pas d'autre explication.

— Vous ne lui avez pas demandé pourquoi elle s'en prenait à des enfants ? s'énerva Fabregas.

— Bien sûr que si ! se défendit Mougin. Elle a tenté de m'expliquer, mais ça n'avait aucun sens. Elle disait que Pierre mort, c'était son devoir de continuer.

— Continuer quoi ?

— Son œuvre, souffla Mougin. Solène disait qu'elle devait continuer l'œuvre du maître. Je vous l'ai dit. Ça n'avait aucun sens !

— Et Arnaud Belli dans tout ça ?

— Qui ça ?

— Michel Dumas, se reprit Fabregas. Pourquoi est-il mort ? C'est Solène qui l'a tué ?

— Oui, admit Mougin du bout des lèvres. Michel l'a aidée au début pour enlever les enfants. Il était pire que moi. Quand Solène lui demandait quelque chose, il le faisait sans se poser de question. Sauf qu'il a fini par comprendre que sa sœur, c'est comme ça qu'il l'appelait, avait perdu la tête. Qu'elle ne savait plus ce qu'elle faisait. Quand Solène lui a dit qu'elle avait demandé au docteur Florent de passer chez elle, il a cherché à lui faire entendre raison. Il lui a dit qu'elle allait trop loin et que ça allait mal se finir. Il lui a dit que si elle n'arrêtait pas, il partirait. Solène ne l'a pas supporté. On ne quitte pas Solène. C'est elle qui vous quitte, vous comprenez ?

Fabregas, malgré le délire des propos, comprenait. Il ne saisissait pas tout, mais il avait vu assez de drames dans sa carrière pour savoir qu'une simple étincelle pouvait anéantir un équilibre précaire. L'équilibre, en l'occurrence, était incarné par Pierre Bozon. La mort de l'instituteur avait été le déclencheur d'un maelstrom.

Fabregas n'avait plus qu'une dernière question. Les autres, les hommes de loi et les psychiatres s'en chargeraient. Sa mission à lui était de retrouver Zélie avant qu'il ne soit trop tard :

— Où sont-elles ?

— Je ne sais pas.

— Où sont-elles ? cria Fabregas, faisant sursauter toutes les personnes présentes dans la pièce.

— Je vous jure que je ne sais pas !

Mougin gémissait, à bout de nerfs. Fabregas radoucit le ton.

— Vous connaissez Solène depuis que vous êtes enfants. Si vous deviez la chercher, par où vous commenceriez ?

— La cabane, j'imagine. C'est là que j'irais en premier.

Fabregas attrapa un cahier et un stylo et les planta sous le nez de Mougin.

— Dites-moi comment y aller !

– 63 –

Assise sur un tabouret, Zélie se laissait docilement coiffer par Solène. Vêtue d'une robe blanche, la petite fille donnait l'impression de se préparer pour sa première communion. Solène s'appliquait à lui nouer les cheveux en tresse avant de parfaire sa coiffure avec la couronne de fleurs posée sur la table basse.

La femme et l'enfant ne les avaient pas entendus arriver. Fabregas avait déployé ses hommes autour de la cabane et avait observé la scène au travers d'un carreau embué. S'il n'avait pas été au fait de la situation, il y aurait vu une image d'Épinal. Une mère s'occupant avec tendresse de sa fille dans un décor de maison de poupée. Tout le mobilier était adapté à la taille d'un enfant. Un ours en peluche, assis de guingois sur une console, semblait les observer avec amusement.

Le décalage entre ce tableau et la réalité déstabilisa le capitaine. Il était venu jusqu'ici pour arrêter un meurtrier. Un homme déguisé en femme, qui avait manipulé Nadia au point de la pousser au suicide, enlevé Zélie et Gabriel, pour finalement se débarrasser du dernier comme on le fait d'un kleenex usagé.

Un homme, une femme, qui avait tué son compagnon d'infortune, Arnaud Belli alias Michel Dumas, avant de s'en prendre au docteur Florent.

Le plan de Fabregas n'était pas de donner l'assaut. Une entrée en force aurait pu mettre la vie de Zélie en danger. Il n'avait cependant pas imaginé qu'il hésiterait à intervenir le moment venu. Il se faisait l'effet d'être un animal aux aguets, un prédateur prêt à s'abattre sur deux proies innocentes.

Fabregas se dirigea vers la porte. Il tapa une seule fois avant de pousser le vantail en douceur. Solène le fixa et esquissa un sourire. Elle n'avait l'air ni surprise ni effrayée. Comme si elle attendait ce moment depuis toujours, et que c'était pour cette occasion qu'elle préparait Zélie.

Elle attira la petite fille à elle et lui déposa un baiser sur la joue avant de lui dire avec fierté : « Voilà ! Tu es prête. »

Zélie passa ses deux petits bras autour du cou de l'institutrice et l'embrassa en retour. Puis, semblant exécuter une scène répétée longtemps à l'avance, elle se dirigea tranquillement vers le capitaine et lui prit la main. Elle leva la tête pour le regarder et lui dit avec assurance : « On peut y aller, maintenant. »

La gorge nouée, Fabregas s'agenouilla devant Zélie et lui proposa avec douceur de partir sans lui. Un de ses hommes s'occuperait d'elle à la sortie.

Une fois seul avec Solène, Fabregas reprit son rôle de capitaine de la gendarmerie.

— Solène Gauthier, vous êtes en état d'arrestation.

— Je sais, répondit la femme presque amusée.

Sans témoin dans la pièce, Fabregas savait qu'il devait se contenter de lui passer les menottes avant de la conduire à la gendarmerie. Mais rien ne lui assurait que Solène se mettrait à parler une fois enfermée dans une salle d'interrogatoire, surtout après avoir pu consulter un avocat, et il n'était pas prêt à prendre ce risque. Parmi toutes les questions qui se bousculaient dans sa tête, il y en avait une en particulier qu'il était trop impatient de poser pour attendre plus longtemps :

— Pourquoi le docteur Florent ? Cette femme ne vous voulait aucun mal.

Solène fronça les sourcils avant d'adoucir son regard :

— Vous l'aimiez bien, n'est-ce pas ? Si ça peut vous faire plaisir, je crois que c'était réciproque. À chaque fois qu'elle évoquait votre nom, on pouvait voir une petite étincelle dans ses yeux. Elle vous respectait, c'est évident, mais il n'y avait pas que ça.

Une colère noire s'empara de Fabregas.

— C'est pour ça que vous l'avez tuée ? cria-t-il au risque d'être entendu par ses hommes. Parce qu'elle me plaisait ? Vous étiez jalouse, c'est ça ?

— Jalouse ? répondit Solène dans un éclat de rire. Vous plaisantez, j'espère ! Mais capitaine, si vous m'aviez intéressée, je n'aurais pas eu besoin de la tuer. Il m'aurait suffi d'un claquement de doigts pour que vous tombiez à mes pieds.

Exit la femme douce et attentionnée, Solène révélait à présent son vrai visage. Sadique et manipulatrice, l'enfant morte était ressuscitée dans un autre corps. Fabregas avait beau avoir été prévenu, il avait failli se laisser prendre dans ses filets, comme tant d'autres avant lui. Cette femme aux traits purs et innocents aimait détruire ceux qui l'entouraient. Désormais sur ses gardes, le capitaine reprit son interrogatoire informel plus froidement.

— Alors pourquoi ? Elle vous avait percée à jour ? Elle avait deviné votre véritable identité ?

— Et quelle est donc cette identité, capitaine ? Raphaël ? Raphaël est mort dans cette forêt il y a bien longtemps. J'aimais mon frère, mais il était le plus faible de nous deux. Et ce monde n'est pas fait pour les faibles. Pierre a voulu le dresser contre moi. Il a cru que je ne m'en apercevrais pas. Il croyait être plus intelligent que tout le monde. Je lui ai montré à quel point il avait tort et qu'il n'aurait pas dû me sous-estimer.

Fabregas ne pouvait pas continuer dans cette voie. Les propos de Solène n'avaient pour lui aucun sens, ils relevaient de l'analyse psychiatrique. S'il voulait avoir une chance qu'elle lui réponde, il devait ramener cette femme dans un semblant de réalité.

— Le docteur Florent ne vous aurait pas jugée. Elle aurait cherché à vous aider !

— À m'aider ? répéta Solène d'un ton sarcastique. Vous croyez vraiment que j'ai besoin d'aide ? Regardez-moi ! Tout le monde me croit morte depuis trente ans et je suis là devant vous alors que je n'ai même pas cherché à me cacher. J'ai donné des cours à des enfants dont les parents étaient mes camarades de classe. Même ce crétin de Darras n'y a vu que du feu ! Je vous ai tous bernés ! Tous autant que vous êtes.

Le délire mégalomaniaque de Solène commençait à le fatiguer. Fabregas avait envie de la gifler et regrettait presque d'avoir voulu la faire parler. Il posa une dernière question, oubliant pour un temps celle qui le taraudait :

— Alors pourquoi vous livrer maintenant ? Avec votre intelligence, vous auriez pu continuer comme ça longtemps !

La flatterie fonctionna. Solène avait enfin l'attention qu'elle attendait.

— Pierre a voulu me cacher toute ma vie. Michel pensait aussi que c'était mieux comme ça. Aujourd'hui, ils ne sont plus là et je n'ai aucune raison de vivre dans la clandestinité. Je veux que le monde sache qui je suis. Je veux que Victor me voie, qu'il me regarde dans les yeux et qu'il s'excuse pour ce qu'il m'a fait !

— Ce qu'il vous a fait ? s'étonna Fabregas.

— Il croit peut-être que je ne m'en suis pas rendu compte, mais j'ai bien vu comment il me regardait.

Fabregas redoutait la suite.

— Il me voulait pour lui tout seul, ce pervers ! C'est pour ça qu'il a cherché à me séparer de mon frère ! Raphaël était naïf. Il disait que ça n'avait rien à voir, mais ce n'est pas à moi qu'on va apprendre le comportement des hommes. Vous êtes tous pareils !

Fabregas n'avait jamais étudié la psychanalyse, mais il était prêt à parier que la schizophrénie de Solène expliquait en partie sa paranoïa. Il comprit également que cet échange ne lui apporterait rien de plus et lui passa les menottes sans ressentir la moindre satisfaction.

– 64 –

En attendant son procès, Solène Gauthier, alias Raphaël Lessage, était suivie par deux psychiatres. Les experts seraient entendus par la Cour qui déciderait de sa responsabilité pénale. Fabregas connaissait le système et lui faisait confiance. Même si Solène distinguait parfaitement le bien du mal, on ne pouvait faire abstraction de ses troubles mentaux. Sa place n'était pas dans un établissement carcéral. Il ne doutait pas que les juges partageraient son avis et opteraient pour une mesure d'internement.

L'un des psychiatres n'était autre que le docteur Blanc. Il avait accepté de recevoir Fabregas, tout en lui précisant que la conversation serait informelle et que ses conclusions ne seraient transmises qu'au juge d'instruction. Le capitaine n'en demandait pas tant. Sa démarche était personnelle. Il avait besoin de comprendre.

En arrivant à l'hôpital Louis-Giorgi, Fabregas croisa le chef de service qui s'était occupé de Gabriel un mois plus tôt. Le docteur lui confirma ce qu'il savait déjà. Gabriel était rentré chez lui et réapprenait à vivre comme un enfant de onze ans. Il était suivi de près par le docteur Blanc, qui avait bon espoir que le garçon se remette de ce qu'il avait subi. Il en allait différemment pour Zélie. La petite fille continuait à voir Solène Gauthier comme la mère qu'elle aurait aimé avoir. Elle refusait de s'alimenter, faisait des cauchemars chaque nuit et ses parents étaient impuissants face au mal-être de leur petite fille.

Le docteur Blanc reçut Fabregas dans son bureau. Ses yeux étaient cernés et le capitaine imaginait sans mal la responsabilité qui pesait sur les épaules de cet homme. Personne n'avait oublié le suicide de Nadia et on attendait de lui qu'un tel drame ne se reproduise pas.

— Avant de commencer, j'ai besoin de savoir à qui je m'adresse, attaqua le docteur Blanc. Au capitaine qui cherche à combler les blancs de son enquête ou à un homme qui refuse d'admettre que certaines choses puissent lui échapper ?

En souriant, le psy avait d'emblée indiqué à Fabregas que sa question n'était pas un piège. Il délimitait le cadre de confidentialité dans lequel ils allaient évoluer.

— En ce qui concerne la gendarmerie, le dossier est clos. Les enfants ont été retrouvés et nous avons arrêté le meurtrier d'Arnaud Belli et du docteur Florent.

— Sauf que vous aimeriez savoir pourquoi ils ont été tués, je me trompe ?

— Pour Arnaud, j'ai la réponse. Pour votre consœur, en revanche…

Le docteur Blanc sourit tristement.

— L'appeler ma consœur ne vous fera pas prendre plus de recul, vous savez ?

— Que voulez-vous dire ?

— Vous vous reprochez sa mort. Rien de plus normal. Mais ce n'est pas en l'appelant par son titre ou en vous la figurant en blouse blanche que vous atténuerez votre peine. Une femme est morte, capitaine. Je ne la connaissais pas, mais je peux vous dire qu'elle n'était pas seulement une consœur ou votre partenaire temporaire. Elle était la fille de quelqu'un, elle était peut-être même une mère, l'amie de certains. Derrière le titre de docteur se cachait une vie.

La discussion ne s'orientait pas du tout comme l'avait imaginé Fabregas. Même si le ton du psy était bienveillant, le capitaine se braqua :

— Et ce que vous dites est censé m'aider ?

— Pour résoudre un problème, capitaine, il faut déjà pouvoir le cerner. Ne cherchez pas à fuir le mal qui vous ronge. Affrontez-le ! Avec les bonnes armes.

Fabregas maugréa qu'il n'était pas venu pour qu'on s'occupe de lui et qu'il préférait revenir au sujet qui l'intéressait.

— Je ne peux pas vous dire pourquoi le docteur Florent est morte. Pas encore, du moins. Si je m'en réfère aux notes que vous m'avez montrées, je ne peux qu'essayer d'extrapoler ses pensées en prenant en compte les derniers événements.

— Je ne vous en demande pas plus, répondit le capitaine plus calmement.

— Je pense que ma consœur avait compris que Raphaël souffrait de schizophrénie et que la personnalité de sa sœur jumelle avait pris le dessus. Vous vous souvenez de cette flèche à double sens qu'elle avait inscrite sous l'archétype animus-anima ?

Je crois qu'elle avait cherché à symboliser cet échange. Raphaël devait avoir une part de féminité très développée qui laissait toute la place à l'affect et aux sentiments. Solène le décrit comme un faible pour cette raison. Enfant, elle devait se considérer comme le jumeau alpha et le lui dire régulièrement. L'animus puissant de Solène ne fait aucun doute. Cette petite fille a dû assimiler tous les préceptes patriarcaux de son entourage et les imposer à son frère.

— Mais comment le docteur Florent a-t-elle compris que Solène était Raphaël ?

— Le juge d'instruction m'a fait part des différentes théories que vous aviez établies avec le docteur Florent. Si vous voulez mon avis, je pense qu'elle a fini par conclure que deux d'entre elles se rejoignaient.

— C'est-à-dire ?

— Vous avez en premier lieu évoqué la famille comme étant le moteur du ravisseur. Vous n'aviez pas tout à fait tort. Même si Pierre Bozon n'était pas responsable au départ de la disparition des jumeaux, il s'est dans un second temps créé ce qu'il estimait être sa famille idéale. À la mort de Solène, il s'est libéré de la honte que générait son attirance pour elle et Arnaud Belli lui a permis de s'inventer une tout autre histoire. Celle d'un père adoptif protégeant deux enfants totalement dépendants de lui, dotés d'une intelligence supérieure qu'il pouvait modeler à l'envi. Solène, alias Raphaël, était désormais à l'image qu'il souhaitait. C'était lui maintenant qui la dominait. Bozon mort, la Solène destructrice a refait surface. Elle a repris le flambeau et s'est substituée au père de famille. Vous avez d'ailleurs noté dans cette colonne que le ravisseur pouvait être une femme.

— C'est le docteur Florent qui l'a suggéré, précisa Fabregas.

— Je m'en doutais un peu, sourit le psy. Votre deuxième théorie se basait sur la personnalité de Solène. Vous l'avez intitulée « Lolita ».

— Je m'en souviens.

— Vous acceptiez le fait que Solène puisse être une manipulatrice. La place de Raphaël, en revanche, vous gênait.

— Comment le savez-vous ? s'étonna Fabregas.

— Vous avez inscrit un point d'interrogation après le mot « sbire ». J'en ai déduit que son rôle n'était pas clair pour vous.

— C'est exact.

— Et c'est tout naturel. Solène n'accordait de place à son frère que lorsque cela servait ses intérêts. Comme vous l'avez supposé, Solène a dû voir en Zélie et en Gabriel le reflet parfait de son frère et elle. Zélie n'a pas du tout les mêmes prédispositions que Solène, mais j'ai décelé chez cette petite fille une empathie très forte. Je pense que Solène était persuadée de pouvoir la manipuler au point de lui instiller sa personnalité. Gabriel, quant à lui, est un garçon obéissant. Son mutisme après son retour nous l'a prouvé. Solène lui avait réservé en toute logique le rôle de Raphaël. Gabriel n'a pourtant pas été à la hauteur de ses attentes. Peut-être trop sensible, ou plus limité intellectuellement que ne l'était son frère. Nous finirons par le savoir quand Gabriel sera prêt à se livrer. Le docteur Florent n'a malheureusement pas su que le garçon avait été libéré, mais je suis sûr que ça ne l'a pas empêchée d'entrevoir ce schéma.

— Vous pensez vraiment qu'elle a compris tout ça ?

— Je le crois, oui. Comme elle a dû comprendre juste avant de mourir que votre troisième théorie était tout aussi juste.

— Je ne vous suis pas.

— Votre dernière colonne s'intitulait « Vengeance ». En constatant que Solène s'était emparée de l'esprit de Raphaël, le docteur Florent a compris que le garçon avait une part de responsabilité dans la mort de sa sœur jumelle et qu'il avait décidé d'appliquer sa propre vengeance. Il ne méritait pas de vivre et il s'infligea le châtiment de laisser la place à sa sœur.

— Et voyant que le docteur Florent avait tout compris, Solène s'est sentie menacée !

— Je pense, oui.

— Mais vous n'êtes sûr de rien !

— Non. Peut-être avec le temps… conclut le psy, sans achever sa phrase.

Fabregas ressentit un grand vide. Il cherchait désespérément des réponses que seule le docteur Florent détenait. Il allait devoir apprendre à vivre avec ses doutes.

En saluant le docteur Blanc, il lui posa une dernière question :

— Vous êtes pédopsychiatre. Solène est une adulte. Pourquoi vous occupez-vous d'elle ?

— Je ne m'occupe pas de Solène, capitaine. Je laisse ce soin à mon confrère. Celui qui m'intéresse dans tout ça, c'est Raphaël. Contrairement à ce que pense sa sœur, il n'est pas mort. Il est là quelque part. Et ce petit garçon de onze ans a besoin qu'on lui vienne en aide. Il a des choses à nous dire. Il a d'ailleurs essayé plusieurs fois, mais nous ne l'avons pas écouté.

Fabregas se figea jusqu'à ce que le docteur s'explique.

— Je ne devrais pas vous le dire, mais j'estime que vous êtes en droit de savoir. J'ai demandé à Solène de recopier le texte qui vous était adressé. Tout au long de la dictée, je l'ai appelée Raphaël. Solène haussait les épaules pour me signifier que je perdais mon temps, mais sa main s'est mise à écrire d'une manière enfantine. J'ai comparé les deux messages et, même si je ne suis pas graphologue, je peux vous dire que les écritures correspondent en tout point.

— Et vous en concluez quoi ?

— Que Raphaël s'est exprimé à l'insu de sa sœur.

— Il voulait nous faire comprendre qu'il était toujours vivant ! percuta le capitaine.

— Et qu'il avait un message à nous faire passer.

— Lequel ?

— Solène déteste son père, elle le crie à qui veut l'entendre. Je ne comprenais donc pas pourquoi la fin de cette lettre s'adressait à lui en des termes aussi bienveillants. Ça n'avait pas de sens. J'ai donc volontairement omis de lui dicter la dernière phrase.

— Et qu'est-ce que ça a donné ?

Le docteur Blanc sortit une feuille volante de la chemise qui se trouvait devant lui. C'était une photocopie. Fabregas se doutait que l'original avait été ajouté au dossier d'instruction. Il connaissait les mots par cœur pour les avoir lus une centaine de fois. Leur disposition et le papier sur lequel ils étaient écrits étaient différents, mais le message restait le même. Rien ne manquait. Raphaël, muselé depuis des années par sa sœur, avait trouvé la force de dire ce qu'il avait sur le cœur :

« *Et dites à notre père que nous l'aimons et que nous sommes désolés.* »

– Épilogue –

Caroline. Le docteur Florent se prénommait Caroline. Elle avait deux ans de plus que Fabregas. Son épitaphe ne disait pas de quel mois elle était. Il ne précisait que son année de naissance et celle de sa mort. Fabregas avait attendu plus de trois semaines avant de se rendre sur sa tombe. Il pensait pouvoir s'en passer. Il était persuadé que le temps aiderait, que le travail suffirait. Il avait fini par capituler. Le docteur Blanc avait raison. S'il voulait rendre hommage à cette femme, il devait apprendre à la connaître. Fabregas commençait par la fin, par sa dernière demeure, mais il en savait déjà plus qu'à son arrivée au cimetière.

Sa famille avait choisi un granit rose pour sa pierre tombale. Était-ce parce que c'était une femme et que personne d'autre ne partageait son emplacement ? Fabregas sourit de sa propre réflexion. La guerre des genres finissait par influer sur n'importe quelle pensée.

Un bronze représentant une palette de peintre était scellé à la stèle. Fabregas n'aurait jamais imaginé que Caroline Florent avait une autre passion que celle d'exercer son métier.

Deux gravures lui étaient dédiées. L'une commandée par ses parents et l'autre par ses neveux et nièces. Fabregas en conclut que Caroline n'était pas mariée et qu'elle n'avait pas eu d'enfants. Elle avait en revanche un frère ou une sœur. Peut-être les deux. L'inscription disait en tout cas que c'était une tante aimée.

Des marguerites fanaient doucement dans un vase sans eau. Julien Fabregas ne s'y connaissait pas en fleurs, mais il eut envie de croire qu'une âme éplorée était passée par là récemment.

Ses yeux s'attardèrent sur le médaillon en céramique. Il avait retardé le plus longtemps possible ce moment. La reproduction était en noir et blanc. Caroline avait l'air heureuse, elle souriait, et Julien s'avoua pour la première qu'elle était très belle.

Remerciements

Il me paraît impensable d'achever ce livre sans exprimer ma gratitude auprès de Michel Bussi et du jury du prix *VSD*-RTL du meilleur thriller français pour le temps qu'ils ont consacré à mon manuscrit et pour leurs conseils avisés. Merci également à Bertrand Pirel et aux éditions Hugo Thriller pour leurs encouragements, ainsi qu'aux équipes Fyctia et à leur communauté pour la merveilleuse opportunité qu'ils offrent aux auteurs. Sans eux, cet ouvrage n'aurait certainement jamais vu le jour.

Il m'est ensuite difficile de citer toutes les personnes qui me soutiennent au quotidien et me permettent de vivre cette aventure qu'est l'écriture. Je tiens néanmoins à dédicacer ce livre à Rita, ma prima-lectrice qui m'encourage à la moindre faiblesse, à mes deux Éric grâce à qui aucun mal ne me sera jamais fait et à ma famille qui me porte et me supporte.

Enfin, merci à vous, lecteurs, qui me donnez l'envie de continuer !

Ouvrage composé par
PCA 44400 Rezé

Imprimé en Espagne par:
BLACK PRINT
en avril 2020

S29625/03